彗星住民

J 文學賞

「無限卡農」三部曲之一

島田雅彥 著
沈曼雯 譯

臺灣商務印書館發行

作者序（台灣版序文）

獻給台灣的讀者們：

到現在爲止，我訪問過台灣六次，每次的印象不盡相同。因此來幾次也不厭倦。雖然不分晝夜被塵囂包圍的大城市充滿著猥褻而雜亂的魅力，然而台南和鹿港等深深殘留著過去記憶色彩的土地也挑起旅情，而高山和東海岸雄偉的自然美令人難以割捨。如同在台北就可品嚐中國各地的佳餚，台灣積蓄了傳統中國文化的原型。原住民的文化、日據時代和國民黨支配的痕跡，現在又加上中國文化、日本文化及「全球主義」（globalism）。各個文化並沒有融合，在差異中共存。因此可以感受到無比的魅力。另外，或許在台灣可以找到自己所不知道某處的日本。透過和不同世代的幾個朋友交往，「先來的人」和「後來的人」不和，受到支配關係擺佈，找不到穩固的住處……曾經聽過台灣人們這些共通的煩惱。不過，戀愛的煩惱無國界。戀愛也跨過世代差距、民族、文化和語言的藩籬。對於目前我頗爲自豪的代表作品「無限卡農」三部曲，不知台灣的諸位讀者會以什麼樣的心情來閱讀，內心充滿不安與期待，不由得滲出汗來。

人是無毒就無法生存的生物。明知有害健康卻抽煙和飲酒過量。爲了追求輕飄飄、興奮和幻覺，於是沈溺在毒品裡或乘坐雲霄飛車。日常生活中使人覺得快樂的東西全部都是有毒的。有談過一次戀愛的人就會知道，會嚐到沒有戀愛時就不會嚐到的嫉妒、悲傷、憤怒和空虛等。否定的感情也全部包含在內，這就是「戀愛」。戀愛也可說是生活中不可或缺的「毒」吧。比別人加倍體味愛的快樂者，就吸入同等分量的戀愛之毒。

人不一定只做對生存有利的事。在本能的深處，尋求使生存陷入危機的局面。由於硬要做出不利生存的事，因此追尋其前端逐漸打開的境界。在舌頭和性器官上穿孔戴耳環、割腕，無法中止與或許會使自己的人生一敗塗地的男人交往，這些全都是本能的伎倆。難道她們希望被變態或壞男人糟蹋嗎？自己今後的生存即將受到威脅卻沾沾自喜的女人們毫不在乎且自傲自己遇到壞男人。我認識的朋友也有這種人。其臉龐立即浮現眼簾的就有五個女人。爲何她們如此閃耀呢？

人雖活著卻受死神誘惑，爲了將自己拉回到「活著」的狀態，因此需要快樂。我們稱呼做出對生存不利的事之本能爲「達拿都斯」（Thanatos‥死神），稱呼認爲可以活著眞好的快樂爲「厄洛斯」（Eros‥愛神）。兩者經常進行危險的拔河比賽。這就是所謂的生存、所謂的戀愛。

印度的古訓說愛有五個階段。第一個階段是師生的愛，包含老師和學生、主人和僕人、神和信徒之間萌芽的愛。第二個階段是友愛，競爭對手間惺惺相惜的友情和同班同學間的相親相愛就是如此。第三個階段是父母和子女間的愛。第四個階段是夫婦間的愛。至高階段的愛就是不倫之愛。戀愛則包含前述五種愛。不過，不倫更勝於結婚是因爲能引人入勝。的確，在某些情況下結婚需考慮到保護財產或重視門當戶對，彼此的家世背景優先於兩人的相愛。因此，掙脫一切的束縛，能自由謳歌戀愛的只有不倫吧。在印度寺院對克利希那神（Krishna）熱情祈願的女人，說不定秘密想像著自己深夜悄悄溜出夫婦的臥室，接受克利希那神誘惑的身影。因爲信仰是一種疑似對神的戀愛。或許已預先如此設想，因此克利希那神的肖像畫和雕像都被塑造得非常英俊。

我的女性朋友們曾經說過這樣的話：

「有幾個男人會在自己的葬禮中流眼淚呢？一想到這樣，就覺得非得和越多越好的男人談戀愛不可。」

我當然和她約定：「到時我會哭的喲！」

邊浮現走過自己身體的許多男人們的臉龐，逐漸死去也好。即使沒有結合，一生始終想著與那個人的點點滴滴，死前一直呼喚著他的名字，能有個如此永恆的戀人，那也是戀愛的勳章。

戀愛往往與信仰結合。不斷地詢問自己能爲這個人做什麼，這種想法幾近信仰。此外，有錢能使鬼推磨，因爲所有的人都有想成爲有錢人的慾望，因此「資本主義」也是世界上信徒最多的宗教。同樣地，「戀愛」是在追求一種幸福的原理，又汲汲於趨向快樂的彼岸。因此，戀愛就能變成宗教。人常常被戀愛傷害，被戀愛背叛。苦於無法完成簡直欲狂的心思，因此越發陷入戀愛中。失戀才得以加深對戀愛的信仰。「因爲不合理，所以我才相信」的境界正是宗教。

只要與戀愛有關，就不會有什麼覺不覺悟的問題。戀愛是能面對自己的執迷、過度迷戀和內心瘋狂的機制。因此，如果反覆談戀愛，無庸做精神分析等就能明白自己的事。爲了瞭解自己之精神衛生上的狀態，只要不斷重複「無悔的戀愛」即可。只要強烈激發出喜怒哀樂的情感，人就能健全。

一個戀人比任何宗教更深入內心。

爲了將承自遙遠的平安時代之戀愛的遺傳基因在書中甦醒，我創造一個名叫薰的人物。這位好色的英雄只打算活在戀愛裡，結果反受戀愛擺佈，人生爲之狂亂。由於情慾無法滿足，對對方的依戀增強。依戀這種感情出乎意料地複雜，也具有讓看似已結束的戀愛甦醒的力量。即使兩人中的一人離開人世，在如碎片的夢中和回憶中，戀人可以長存。雖然戀愛被封印了，解開封印的日子必定會再來臨。那時，兩人的戀愛會威脅到國家。好色的榮光也還存在那裡。透過本書，我想引導諸位讀者至**戀愛最後好不容易才到達的地方**。這個具有賺人眼淚的愛情故事最少能讓讀者哭上三回，因此閱讀本書時要備妥毛巾。

二〇〇五年八月二十四日
島田雅彥

直到薰誕生的宗譜

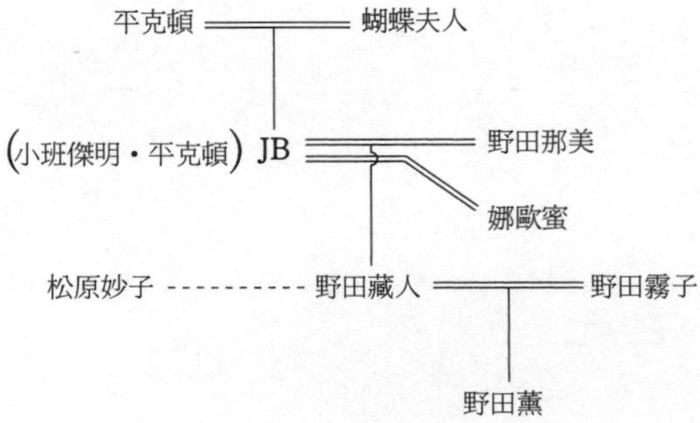

薰成為常磐家養子時常磐家的宗譜

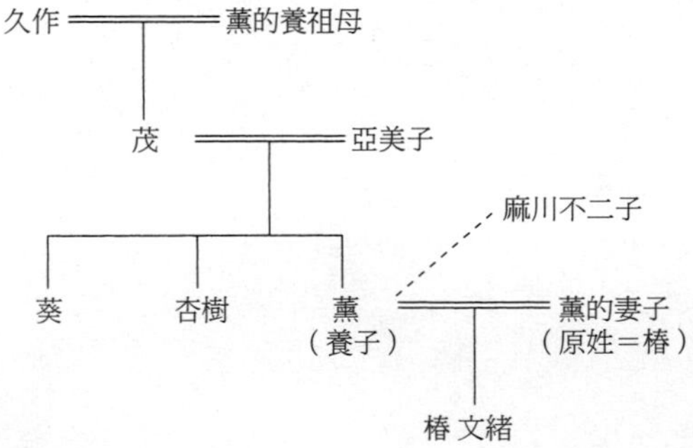

彗星住民

無限卡農1

寧靜的星空下，我在墓碑的周遭徘徊，凝視穿梭於石南樹叢和釣鐘草間的飛蛾，傾聽搖動小草的微風呢喃。在如此謐靜大地下竟然有無法成眠的人，真是令人無法想像啊。

《咆哮山莊》愛蜜莉・白朗特

「到剛剛為止我都在作夢。我們要再相會啊，一定要相會，就在瀑布下相會。」

《春雪》三島由紀夫

第一章

1

十八歲的妳在獲得母親的首肯下踏上了旅程。妳似乎也遺傳了不得不漂泊的血液。母親只好莫可奈何地目送妳離開美國郊外的城鎮。

在慶祝十八歲生日時母親送妳的旅行袋中，除了有讓妳穿起來像個大人的黑色套裝、以及使妳展現出一股不可言喻魅力的橘色套裝，還放入緊要關頭時可以換錢的萊卡相機，以及母親一直放在枕邊的愛蜜莉・白朗特的《咆哮山莊》等。《咆哮山莊》中夾著父親與妳合影的唯一一張照片。母親說這本她最鍾愛的書可以成爲妳的精神支柱，所以讓妳帶在身邊。書卻無時無刻成爲妳的累贅。妳不禁想，書是書，反正只要能旅行就好了，結果書和夾在書中的照片都一起弄丟了。書到處都有賣，需要的時候，頂多去圖書館找或從書店順手牽羊。倒是弄丟了夾在裡面的照片頗令妳懊悔不已。因爲不只是父親，連和父親合影的照片都失蹤了。

「我想去找爸爸。」

有一天洗完澡後妳隨口說出這句話。由於事出突然，母親啞口無言。以彷彿看到毒蛇的眼神凝視著妳，卻無法從妳茫然的表情中猜測妳的眞意吧。因爲妳本來就沒有什麼企圖或疙瘩，只是出於好奇心而已。

母親不反對也沒有贊成。詢問妳一句話：「爲什麼？」妳靦腆地裝作是在開玩笑，回答說：

「因爲他一個人正在玩捉迷藏的遊戲，我如果不去找他，他豈不是太可憐了。」

母親雖然還想把妳留在身邊一陣子。既然妳父親的磁力遠從如彗星的故鄉傳來，誘惑著妳，只好無奈地死心了。

妳最初的第一步的確很沈重。腳有兩種。一種是生根的腳，另一種是長翅膀的腳。妳繼承了父親有雙長翅膀的腳。只要能運用那雙腳，同時間就可以出現在多處。

旅程遠自妳出生之前、從曾祖父的時代開始。彷彿接力似地，旅行的接力棒交給祖父，然後由父親繼承，現在傳給了妳。妳們家族的旅程已經持續了一百多年。

旅程的出發點在長崎。妳的曾祖父搭乘美國的軍艦「林肯號」橫渡太平洋。

那是一八九四年的事了。

那時曾祖父年方三歲。妳們家族的旅程是被一個美國人強迫開始的。

妳未曾聽聞祖父的故事。本來應該由父親告訴妳的，他卻永無止境地到處漂泊。他的旅程沒有終點。他迷失了終點。妳的旅程可有終點？至少妳是帶著目的開始旅程的。妳是追逐的旅人，而妳的父親是逃走的旅人。

妳打算收集飛散到全世界的父親之鴻毛鱗爪。那是身為女兒的妳責無旁貸的任務。妳的母親管他叫「窩囊廢」。不過，妳必須知道那個「窩囊廢」究竟做出了什麼事。否則，父親將成為幻影，永遠被遺忘。妳心想忘記「窩囊廢」的事亦無妨。不過，妳也知道歷史的軌道上並不是只有聖人、偉人和天才。總之，對大家都渴望的歷史來說，父親似乎是個不受歡迎的贅人。有個贅人的父親，當女兒的心情又是如何呢？不管是引以為傲或引以為恥，妳都必須找到父親。因為能完成這個工作的，當今除了妳之外不做第二人想。

或許妳不是心甘情願，不過妳打算成為那段被忘記歷史的解說人。當將散落在意想不到地方的父親之碎片一塊一塊拼湊起來時，妳所不認識的父親就出現在那裡，而父親旅行的全貌也浮現眼簾。在有父親碎片影子的地方一定有證人。妳的母親也是證人之一。到現在為止妳應該已再三聽過她的證言。如果用一句話來總結，父親只是個「窩囊廢」。不過，那只不過是父親面對母親時的一個形象罷了。父親應該還擁有更多的面貌。

妳的旅行和祖父的旅行相似吧。而父親的旅行似乎與曾祖父的旅行相似。

妳曾祖父的旅行與二十世紀的前半部歷史一樣，殘酷、瘋狂，所有的營生都徒勞以終。他極盡所能「忍人所不能忍」。不管他去何方，都是被差別待遇與遭受迫害的巡禮者……那個人就是妳的曾祖父。

祖父不想重蹈父親悲慘人生的覆轍，著實學到他倖存的智慧。兒子必須以學習來報答父親所遭受的苦難。否則，兒子將與父親一樣被殘酷地對待。妳的祖父被教導到比曾祖父更靈活地在此塵世生活。他應該是從母親那裡學到洗練的處世之道，而非從父親身上。總之，他的母親，也就是妳的曾祖母，是二千年前就背負著苦難、被殘酷對待、苟延殘喘的子民之後裔。

祖父記住自己的父親和母親如何與歷史交集，然後從中發明了某種生活方式。然而這種方式沒有傳給妳父親，因爲祖父英年早逝。

妳橫渡太平洋，來到了那裡。

妳父親也在八歲的時候被新的父親即養父帶到那裡。父親在那裡與沒有血緣關係的養父母及兄弟一起生活了十八年。而且在比曾祖父小一歲的十八歲那年開始從那裡出發，遍歷意想不到的地方，與妳母親邂逅，生下了妳，又再度出發去旅行。在漫長的旅途中，妳父親似乎返回好幾次。

如果在那裡等待，或許就可以遇見父親……，即使父親過世。

據說那裡有父親的墳墓。

建造墳墓不是爲亡者而是爲思念亡者的人。

有必要爲不知是生或死的父親造墳嗎？說不定父親還沒有要在墳場遊蕩的心思。以父親的立場來看，造墳只是多餘的協助。要如何稱呼爲多餘的人做多餘事的人呢？就叫愚人嗎？因此，愛上窩囊廢的愚人日夜焦急地等著妳父親的歸來。由於深信他隨時都會回來，因此建個空墳等著。不管妳父親是活著歸來、只有遺骸回來或是人和遺骸都不回來，那個墳也不會浪費。因為愚人打算把妳父親的幻影收到那個墳墓，等自己死後也要進入那裡。

有一天妳收到了一封信。寄件人好像是妳父親的姐姐，也就是妳的姑姑。她的信是這樣寫的。

在我有生之年，請妳一定要來拜訪我這裡。這裡留有許多妳父親的過去。只要妳願意，妳可以住在妳父親生活過的房間。這裡還有許多妳父親常用的物品，等著沒指望會回來的主人。我想請身為他女兒的妳領回那些東西。

妳無法像祖父那樣直接向父親學習處世之道。不過，妳從小就被母親施加符咒。母親慎重地撫摸妳的頭邊嘟噥著。

不要考慮模仿父親。因為會招人嫉妒。

不要喜歡像父親那樣的男人。因為會步上母親的後塵。

希望妳的男人運會變好。阿門！

很懷疑母親的符咒是否能如願對妳起了作用。因為不論是想模仿或學習什麼，你對父親都一無所知。不過，妳極度渴望知道父親的事。妳父親和妳一樣都沒有從父親那裡學到什麼。那麼，他到底是向誰學習了什麼？為何到現在還持續永無止境之旅呢？是否犯了什麼無法挽回的失敗呢？

2

看似白色脂肪塊或溶雪的雷雲現在籠罩著前頭的藍天。妳走累了，不由得佇足回望走過的路。這裡的藍天殘留著看似足跡或車轍的鱗雲。

盛夏的午後，妳在人煙稀少的住宅街之坡道上上下下，揮汗成雨，已分不清哪裡是回頭路。原本今天早上還應該放在口袋的地圖也弄丟了，眼簾模糊地浮出線與角，試著走看看，還是遍尋不著墓地。於是尋問一位看似心情愉快的青年。

「請問要怎樣去墓地？」

青年左顧右盼看了一下兩個完全相反的方向，左手腕彎成鐮刀的形狀。不知是否憶起什麼有趣的事，正露齒微笑。他雖然停了一下腳步，但不是為了回答妳的問題，是因回憶而微笑。

此時妳雖然非常迷惑，但因為執意要走到墓地，於是就豁出去了，尾隨心情愉快的青年身後。他緩緩地左右搖晃著身體，朝雷雲的方向走去，不知其意的話語從他的嘴裡灑向大街。心情愉快的青年走近飲料的自動販賣機，確認每一個銷售的物品，非常喜悅地發出「啊啊」的怪聲，然後再開始左右搖晃地走起路來。妳等了一會兒，終於能以檸檬汽水來解喉嚨的乾渴。然後又開始尾隨其後。

如脂肪塊的雲是不久後暴風雨即將來臨的前兆。不過現在太陽打算榨取城市的雨源，毫不留情地毒曬大地。心情愉快的青年完全無視如火烤著頭頂的暑熱，持續發出怪聲。五種蟬在街樹的樹幹上聲嘶力竭地叫喊著，恰似頭腦不正常的男人欲求不滿的吶喊聲。

啊啊啊，我非常想要。嗚嗚嗚，我非常想要啊。

除此之外完全聽不見其他的聲音。莫非盛夏的炎暑使周遭呈現假死狀態，整個城市不發出一點聲音，也打算消除胡亂發神經、垂頭喪氣的男人之單獨表演及蟬的合唱。應該在有高樹籬或石牆、華麗大門或厚重大門裡面的人們沉默不語。

徘徊在烤箱中一個小時，妳好不容易走到可以俯視目標所在墓地的坡道上。沒想到頭殼壞掉的青年竟然完成了嚮導人的任務。他是墓地的鄰人，向塗抹粉紅色油漆的木造房子內叫喊「給我冰」後就走進去了。妳目送他進屋，然後就從停車場旁邊的台階走下去。

棋盤式被整齊隔開的墓地有編門牌號碼。因爲已經忘記地圖上所寫的墳墓地址，因此必須一個一個確認墓石上所刻的名字。即使想詢問他人，墓地裡也只有妳一人。這裡沒有陰涼處，頭頂也與墓石一樣被燒烤著，簡直就快要冒煙了。

妳到墳場的看守室借水桶和舀子，將感覺像在發燒的額頭和頸部弄濕。使人聯想到拐杖的看守墳場老人，從缺少前齒的嘴裡吐出空氣，一直凝視著妳的一舉一動。

「小姐！不管有多熱，水都不是用來澆頭的喲。是用來澆墓石的。」

未曾有過掃墓經驗的妳心想墳墓會覺得熱嗎？隨口回答：「是嗎，」隔了一會兒後詢問：

「常磐家的墳墓在哪裡？」

老人的嘴半開，眉宇和鼻間聚起皺紋，頻頻凝視妳那張因背對太陽而令人無法看清的臉龐，然後以一副無所謂的表情冷淡地說：「S-13下方。」在哪附近？老人手指微高的山岡說：「南邊的盡頭。」

「謝謝，」妳點頭後就朝向無名的山岡走去。看墓老人在背後說：「不要過分騷擾墳墓。」老人爲何這麼擔心呢？妳不悅地回頭看他一眼。看墓老人的表情不是嘲弄或不懷好意的笑容，有的只是嚴肅的面孔。

「在這個墓園裡，掃墓是在弄亂墳墓嗎？」

妳將濡濕的頭髮往後撥，露出一張面無表情、宛如石膏像赫米斯的臉，看墓老人原本蜷曲的背更加蜷曲，露出卑屈仰望的眼神，口中唸唸有詞。妳詢問：「有什麼事？」對方揮手說：「沒有什麼事，」然後就返回房間了。總之，妳好像不太受歡迎。

從種了三棵高大染井吉野櫻樹的無名山岡往下走，有個微暗的竹林，那裡就是墓園和住宅的分界。舖上大粒砂石、在盛夏陽光照射下白花花的墓園，宛如精密的機械工廠一塵不染。可是來到竹林，雖然位於相同的基地，卻呈現任其荒蕪的情景。枯萎竹葉無人打掃，任其堆積地面，青竹被奪去光彩任其枯萎。而且寫了「請別亂丟垃圾」的告示牌也虛立著，到處散落著果汁的空罐、舊雜誌、傷痕累累的破塑膠軟管、沒有車輪的自行車以及生鏽的冰箱等。

妳很訝異這個畫面竟然是兼垃圾廢棄場的墓地。竹林緩緩往下傾斜的前方就是空地，不知在怎樣的機緣下，大家似乎都把巨大垃圾扔到這裡。也有人湊熱鬧地在竹林裡丟棄冰箱和自行車，不知不覺間墓園就被垃圾場侵蝕了。雖說垃圾場是東西的墳地，也不能糊裡糊塗作爲與人的墳地之界線。莫非來丟棄巨大垃圾的那夥人認爲人死後就變成了垃圾？

守墳老人一定認爲妳是那夥人之一。於是令妳更加生氣。自己正在尋找常磐家的墓地竟然是在如此的荒郊野外。

竹林裡有個稍微開闊的地方，建造了兩米高的門柱。鐵柵欄已經毀壞，一直到死者的聖地都散落著空罐。

那裡就是常磐家的墓地。景致荒涼。如公寓一個房間大小的地基上鋪著生苔的大粒砂石，兩米高的墓碑上刻著「常磐家之墓」，兩旁豎立石燈籠和如來像。從竹林的綠蔭和砂石的縫隙長出雜草的綠意和附在石頭上起苔毛的綠意，似乎勉強地裹著死者的睡眠。妳凝視大門兩旁柱背上用紅色噴漆胡亂寫著的文字，直接感覺出纏繞這個家不吉利的過去。

門柱如下潦草地寫著：

污穢物永遠沉默

妳發現埋在門柱旁邊的黑色大理石。那裡有用白色噴漆畫著「卐」和「✡」。知道那塊石頭是妳父親的墓碑，於是有人畫上納粹黨和猶太人的標記。

妳不知道的父親就在墓地裡。

即使那裡沒有父親的遺骸，只有刻上父親名字的石頭，沒有禮貌的掃墓者還是來了。雖然妳母親管父親叫「窩囊廢」，同時也注入不少愛到那個詞上。然而在父親的墓上看不到絲毫對死者的敬虔之意，有的只是赤裸裸的憎惡。這個墳是將他二度埋葬的紀念碑嗎？

妳往父親的墓碑撒水，嘗試用枯竹消去那個亂寫的字，卻無法輕易就抹除。於是用指甲去摳、再用鞋底和石頭試著擦拭，很快就悟出非得要靠稀釋劑不可，不由得坐到墓石上。

妳心想眞是奇怪的相遇方式。叫父親「窩囊廢」，一開口就充滿怨氣的母親如果看到這個墳墓，一定會默默哭泣吧。或許認爲那個人還是不要回家好。因爲父親不在，才能變成是好父親。父親只不過是母親甜美戀愛的回憶。而且，妳被冷凍保存在母親記憶中的父親欺騙至今。母親和妳生活的那個家，只不過是父親短暫的溫柔鄉。不在那個家的期間，父親一定被捲進麻煩的事件中。作夢也沒想過這種事的妳，發現自己以往的幼稚，不禁在父親被弄髒的墳前咬牙切齒、頓足悔恨不已。

或許父親是被什麼人殺死的。

那樣的想法突然化成一股冷風，穿透妳的身體。

不！這個墳下沒有骸骨。因此，他還活著。不是說惹人嫌的孩子反而在社會上有出息嗎？瞬間又轉成這種想法。接著妳從皮包取出萊卡相機，將父親被弄髒的墳墓收到鏡框裡。

妳只撿起會弄髒墳墓的垃圾，特意拿到守墳者的守候室，然後在老人的眼前全部傾倒一空。打算諷刺守墳者疏怠了清掃墓地的工作。老人怒視妳的臉。說句：「妳是常磐先生的親戚吧。」「因爲有常磐家的墓，還給我添了不少麻煩呢！」

3

妳從母姓，名叫椿文緒。父親的墓石刻著常磐薰。因爲母親叫不在家的父親「薰桑」，你在不知不覺間也模仿那個調調，「如果薰桑還活著的話，一定在某處閒逛吧。」母親看心情，有時會說「父親」、「爸爸」、「那個人」、「那傢伙」等。不過，你只習慣「薰桑」的稱呼。因爲要稱呼的對手不在，不管是叫「父親」或「爸爸」，總覺得像在演戲，令人覺得害臊。儘管如此，妳從沒懷疑薰桑不是父親。因爲沒有父親就不會生出自己。薰桑就像曾經聽過名字卻沒有吃過的水果。雖然能用言語說明那是什麼東西，卻無法實質地直接感受。那種焦急的滋味正是薰桑、也就是父親。

妳時常詢問朋友。

父親在身邊是什麼樣的感覺？

在同一個屋簷下聽到父親的聲音、接觸他的態度、聞到他的味道的朋友人們回答：「邋遢」、「背影令人覺得悲哀」、「好像盆栽」、「好像水牛」、「無聊」、「要極力忍耐」、「可愛」等。其中也有人笑說：「最好快點死掉。」不管哪種說法都離自己很遙遠。妳很羨慕大家在日常生活中都和父親接觸，有種難以言喻的感情。妳對讓妳懷有特殊感情的父親之背影、聲音和體味懷著憧憬。

母親不僅知道薰桑的體味、聲音和背影，她還愛過他。雖然現在那份愛枯萎一半、恨增爲二倍，她的腦海中卻塞滿薰桑的碎片。母親以某種方式來回憶薰桑說過的話和神情舉止，然後突然脫口說給女兒聽。在那一瞬間，母親的臉微酡，聲音提高半音。

薰桑始終露出若無其事的表情。不過，他經常因做惡夢而盜汗，而且當我感到涼颼颼時，他的鼻頭卻在冒汗。

薰桑時常凝視別人的臉孔，一直看到對方的臉孔簡直快要開個洞。然後說句：「這是怎麼一回事，」表情依然不變，嘟噥著：「怎麼這麼漂亮啊。」接著一定笑著說：「年輕就是本錢。」心想他又開始不正經了，不知不覺中我就被他慣壞了。

薰桑是個像鯊魚那樣不繼續游泳就會死掉的人。總是在追逐著什麼，或從誰那裡逃回。他一定隨處都可以生活吧。不過，無法佇留在同樣的地方。他如果還活著，現在五十歲了。由於逃跑的腳力逐漸衰弱，如果運氣好就會被捉住。薰桑一定也想和文緒見面。不過，看到個子已這麼高、而且變得漂亮的妳，他會知道妳就是他的女兒吧？

我經常夢見薰桑無聲無息地歸來。躺在床上睡覺時，腳趾有纏上刺人東西的觸感，用另一隻腳試著確認，是薰桑的腳。因爲腳趾有腿毛。

有時，大門口有流浪漢在徘徊。我問他有什麼事，他向我要水喝。當我把冰水和塗上花生奶油的麵包給他時，他嘟噥著：「年輕就是本錢。」因此，我知道薰桑像尤里西斯那樣回來了。

薰桑應該有什麼顧慮吧。即使變成流浪漢、流氓或痴呆，只要人回來就好了。連看墳者都討厭父親，如果不快點把他找出來，他眞的會被殺害的。說不定妳的旅行是妳和不讓父親在人世專橫跋扈的那群人之間的一場戰爭。妳的旅行才剛開始，即使途中放棄回到母親等待的家，也不會有誰來責備妳。畢竟將妳和薰桑牽繫在一起的只是血緣的關係。妳對父親幾乎沒有任何記憶。對妳來說，父親無異是個虛構的人物。儘管如此，畢竟還是血濃於水吧。

或者妳嫉妒母親？和活著的薰桑相愛、接吻、爭吵，然後懷了妳。雖然妳很同情當他不在了以後仍受喜怒哀樂情緒牽引的母親，自己卻幻想也能那樣感覺父親的存在。同年齡的男孩全都向妳靠攏。而妳的眼中卻只有不知在何處的薰桑之幻影。捕捉到妳的視線，妳的女性朋友們經常揶揄妳。

「文緒的一個眼神就可以殺死爸爸、流氓和老師。」

妳在無意識中從街頭巷尾物色適合自己的父親之形象。他如果還活著，今年已經五十歲了，不過看起來約莫四十歲。裝扮得宜，背脊挺直，一副心不在焉的神情，凝視某處或遠方。絕對不會嘆氣，充滿威嚴。不過，爲人詼諧，深受孩子喜愛。妳將那樣的中年人形象與父親重疊。

想起那張弄丟照片中的父親抱著三歲或未滿三歲的妳。照片中微笑的父親約莫三十四、五歲。精悍的臉上隱約流露出挫敗的神情。剛拿到那張照片時，妳把透明塑膠貼到他的臉上，試著添加白髮和皺紋，想像實際上他應該有張更和藹可親的面貌。

此外，妳對父親有所期待。女兒已經妙齡如花，只要願意，就可以讓有錢有閒、整天遊手好閒的中年男人發狂。妳希望中年的父親一被和妳同齡覺得寂寞的女孩凝視，就會目不轉睛地觀察她的心情，然後陪她一起吃飯和遊玩。那個孩子非常愛問問題。你喜歡什麼花？不吃、討厭什麼東西？人生最美好的一天和倒楣透頂的一天是在什麼時候？最喜歡的城市在何處？最愛的人是誰？儘管女孩一直問個不停，希望他都能一一回答而不是敷衍了事。這麼一來，在他和幾個女孩交往時，總有一天應該能夠遇見自己的女兒。

妳把這樣的想法融入旅程。妳從墓地拾起父親分散在世界各地的其中一個破片。它是母親所不知道的父親之破片。母親說只要薰桑能夠回來，無論變成怎麼樣都沒有關係。

母親已經有所覺悟，她決定要永遠等待父親的歸來。

父親被施加了「永遠沉默」的詛咒。

妳該怎樣做才好？

將父親的破片全部收齊，然後做出一個自己的父親。這麼一來，妳就可以讓母親放棄等待，就可以破除父親被施加的詛咒。

當然，你確信除了母親以外，還有許多女人同樣愛著父親，不斷地訴說父親的事。

4

妳不知道那裡是擁有什麼樣過去的城市。從首都呈放射狀延伸的民營鐵路沿線，只要搭乘電車，僅需十五分鐘就可以抵達。由於妳坐過頭一站，得知那裡位於可遙望河流的高地。車站周圍明亮地敞開，打扮入時的行人來往於兩旁有白楊樹林立的商店街。以土牆、石垣或矮樹籬笆圍著的房子，庭園都種有大樹，任蟬聲嘶鳴。

整個城市彷彿在公園內，綠意盎然，綠蔭落在柏油和混凝土上，城市籠罩在青草散發的氤氳熱氣中。

不見人煙。每個房屋都井然有序地作內外之分，屋內的人們正在做什麼？隱瞞了什麼事實？不相干的人無從得知，只能凝視著牆壁。

提到不相干者，城市的高空中出現以不滿的聲音叫囂、飛來飛去的黑影。那群烏鴉就棲息和來往於這個城市勉強殘留的林內、房屋的庭園或墓地嗎？這個城市有只夠養活同伴的剩飯嗎？還是在首都有常去的攝食場嗎？

薰桑也曾仰望那群烏鴉嗎？他能適應這個城市的生活嗎？墳墓告訴了妳眞相。不吉利的影子糾纏著薰桑。不知何故，妳覺得薰桑與在頭上飛來飛去的烏鴉相似。

那裡叫做「眠丘」。以前在這個城市周遭有著遼闊的田園風景。現在房屋卻櫛比林立、無半點空隙。牆上寫著「眠丘一丁目二十五番」來表示住址。沿線的城市充其量只有五十年左右的歷史，相對地那裡是百年來的「眠鎮」。此外，首都很整潔，而郊外十公里處卻殘留著充滿糞臭的農村和塵土飛揚的砂石道、小龍蝦棲息的小河或蛇吞青蛙的曠野。那裡如蜘蛛網般被分區處理，已經是脫離生存競爭賽的人們安眠的城市。

眠丘在雲端。聽不見罵聲、嬰兒的哭聲和汽車的喇叭聲。烏鴉和蟲以假聲鳴叫。都市的發展和成長總是伴隨著噪音和各式各樣的氣味。而那個城市卻沈澱在玫瑰和丹桂隱約飄香的透明寂靜中。

這個國家把因奇蹟性的成功而變爲富人的故事稱爲「在眠丘蓋屋」。顧名思義，百年來這個國家的人們都在那裡過著作夢的生活。某個晴朗的假日，在涼台享受遲來的早餐，在有壁爐台的大客廳裡把孩子放在膝上，讀童話書給他聽，端著麥森瓷杯啜飲下午茶，採擷庭園的香草來入菜，舉行家庭音樂會呼朋引友共襄盛舉。仰望蒼穹，盡是無垠的蔚藍天。

這個國家的某個鐵路經營者，想在聯繫東京和橫濱的鐵路沿線，建造一個在這個國家逐漸成長的「紳士」專用的城市。那個鐵路經營者聽到英國人談及，在遠離首都喧囂的郊外生活，認眞思考這個國家未來的就是「紳士」。他信以爲眞，於是在眠丘陸續建造大宅邸。事實上，聚集在那裡的全都是操縱這個國家政治經濟立場的人們。有時他們的心中存有中庸之道。當生活方式成形後，便遠離失敗。不管是進行投資、從事政治活動或談戀愛，完全不再冒著風險起而效尤。他們總是在意有無前例。不說贅言，中規中矩工作，祖父母和父母的愛予人如沐春風，守護重要的人際關係，努力節約，肚量大，以不忘追求自由、平等和博愛為終身的理想。

雖然首都和郊外到處散落著與那裡非常相似的城市，只有他們生活的森林宛如被杳然的霧包圍的聖地般遺世獨立。位於二十四小時不眠的首都中心，佔據廣大面積的森林在不透明的寂靜中打盹。不管是什麼樣的謎、如何污穢、有什麼樣的抗議聲音，那個森林都完全將之消除。那個森林簡直宛如和黃泉國鄰接。

在如公園的城市生活的人們和在寂靜的森林生活的人們，愛好和生活起居非常相似。不過，兩者卻如生者與亡者般迥異，兩個地方宛如人世和黃泉之隔。能自由往來如公園的城市和寂靜的森林之間的，一定只有飛過妳頭上的烏鴉吧。

另外，這個城市因是一位有清澈雙眼的女孩和父母、外祖父母、孿生妹妹以及一條狗一起生活的城市而聞名。那個女孩迄今依然沉默地守著靜謐的森林。帶著在這個城市生活的過去記憶，變成森林居民的她的心也如烏鴉般來往這兩個地方嗎？

5

妳到達常磐家時，陽光已經隱藏到樹林背後，也是烏鴉歸巢的時刻。妳伸手去按埋在黑色大理石大門兩旁柱上的內部對講機按鈕，在等待對方應門時，妳仰望建立在相同地方屋齡將近六十年的紅磚西式樓房。每一塊紅磚都長出薄薄一層青苔，整面牆看似貼上怪物濃毛的陰影。石牆斑駁點點，樹蔭投到路旁的櫻花和櫸樹有著橢圓的樹形。

門裡發出好像是女僕的女人聲音，妳自報姓名，塗飾剝落的門鎖瞬間解除。妳沿著石階上爬，走過黑色鋪石，站在門口時，原色木門發出嘶啞的呻吟聲倏地打開。當看似泰國人的女僕迎接妳進屋時，薰衣草的微香迎面撲鼻。寬廣通風的走廊兩側放置了大的洗臉盆來代替石獅子狗，一邊擺滿乾燥花，另一邊裝滿水，三隻金魚嬉戲於水藻間。

仰望樓梯的平台，一位戴著太陽眼鏡的女人挺胸地佇立，只把一邊的臉頰轉向妳，嘴邊掛著微笑。妳馬上就知道那位混雜著柔軟波浪狀的白髮、頭髮中分，穿著白色罩衫配上白色長裙，以充滿威嚴的聲音說話的那個人才是給自己寫信及替父親立墳的杏樹姑姑。她那無法令人輕易猜出年齡的謎樣神情，泛發出與生俱來的氣質。

「我剛剛才在想妳應該要出現了。來！請進來。讓我聽聽妳的聲音。」

妳對著手扶在樓梯扶手緩緩走下樓梯的那個人說：「我是椿文緒。很高興能見到您。」

杏樹姑姑沒有正面看著妳，她的視線凝視別處，聽著妳的聲音。

有力又清澈的聲音……孩子時的薰也是用這樣的聲音嚷著……杏樹姑姑似乎有這樣的想法，她試著要聆聽遙遠的過去所聽過薰的聲音。不過，由於那個聲音太小，無法傳到她的耳朵。

杏樹姑姑也吸入從妳微微出汗的身體所冒出的味道。已經有幾年這個家不再瀰漫著如烤麵包那種年輕肉體的熱氣，她感覺到這個家在瞬間甦醒了。另一方面，妳覺得將完全迥異的氣息帶進充滿枯萎空氣的這個家是件錯誤的罪惡。簡直宛如被押到入侵他人住宅的現場。

「把這裡當作是自己的家，放輕鬆。來！把行李放下，喝杯茶吧。」

少說有四十塊榻榻米大小的起居室中央，有張大到能在上面跳舞的橢圓形桌子，茶也準備就緒了。妳的眼神無法安定，頻頻環視屋內的日用品、器具、牆上掛的畫以及被雜草湮沒微暗的後院。看來要適應這個房子還要花費相當長的時間。

寂寞地裝飾貼上十字架牆面的，都是如午餐墊大小的銅版畫，沾滿塵埃的畫框將陰暗的情慾關住。那群有著學者面孔、崇拜穿著高跟鞋而擺出裝模作樣姿勢的少女之侏儒們，拜倒石榴裙下、舔著貴婦腳指的男人，滿臉歡喜被女人用力踩在腳下的官員，和馬臥床的女人，想用花束和甜言蜜語誘惑女人卻被拒絕的男人……截取閨房一景的版畫中的男人全都露出相同的臉色。在那個男人所崇拜的女人中也有一個人是模特兒。版畫家一定將現實中的一個女人框入自己的妄念中，在她的旁邊刻上自畫像，想使兩人的關係化做永恆。

在只響起女僕倒茶聲的起居室，妳試著聆聽姑姑談論牆上銅版畫的來歷，極力忍受那令人窒息的沉默。姑姑面露微笑，嘟噥著：「有個變態的人生。」瞬間妳突然有種想法，那個女模特兒會不會是年輕時候的姑姑。

「如果妳不喜歡，可以取下來喲。收集那個版畫的人已經變成幽靈了。」

「是誰收集的？」

「是葵，我的哥哥，妳的伯父。他是從猶太人的畫商手中購得的。是一位名叫布魯諾‧舒爾茨（Bruno Schulz）的猶太人作家夢想在巴黎成功的浮雕作品。和《偶像禮讚之書》是一系列作品，葵把他當作偶像般崇拜。」

「舒爾茨是史努比之父嗎？」

「是另外一位舒爾茨。舒爾茨有兩個人，妳所知道的是只有孩子才會認識他的舒爾茨。而葵偏愛的是唯女人的命令是從的舒爾茨。他將版畫中的男人和自己重疊起來喲。」

連妳也不知道有個那樣的伯父吧。

常磐葵在五年前去世。

這個家是在葵出生那年建造的，也看著他的死亡。可以這麼說，葵的人生完全被收納在這個家裡。

「我對常磐家的事一無所知。如果不是姑姑寫信給我，我也不知道父親曾經住過這個家。連母親都說：『我從來都不知道薰桑的眞面目。』父親來自何處？又消失在何方呢？」

「薰是被從河的對岸帶來的喔。然後又被放逐到遠方。要是那裡不是彼岸就好了。」

杏樹姑姑這麼說時，好像想回憶起什麼，不由得皺眉嘆氣。

「該從哪裡說起才好呢？就說這個家裡的庭園繁花盛開時候的故事吧？在這個家裡有祖母、父親和母親、葵和薰，還有好幾個傭人在工作，猶記得美術家、外交官、葵的朋友和母親教授書法的門生們使客廳熱鬧非凡。妳也想聽聽薰少年時代的事吧？薰被帶到這個家那天的事我依然記憶猶新。門口有金魚吧。這件事也必須說明。因爲時間充裕，我必須好好說明才不會讓妳感到混亂。」

說著說著，杏樹姑姑戴著太陽眼鏡的臉龐轉向已完全沒有陽光的後院，手指在茶杯上摸索，將變冷、香味撲鼻的紅茶一飲而盡，再用左手確認茶托的位置後把茶杯放回去。妳戰戰兢兢想捕捉姑姑在太陽眼鏡背後那雙朝上看的眼珠。對妳如此不自然的動作她依然無動於衷，於是妳更加確信了。

因爲杏樹姑姑的眼裡完全沒有顯現任何東西。

雖然視線的前端是妳那張光滑宛如赫米斯像的臉龐，太陽眼鏡映出的是如要稱之爲英國花園、雜草的生命力又似乎過度旺盛、看似已經放棄當它是庭園的窗外情景，她依然只是凝視著黑暗。不管是白天和夜晚，夏天和冬天，靜止的東西和躍動的東西，活的東西和死的東西，過去和現在，都一律平等地出現在毫無變化的黑暗中。不過，那個黑暗是有深度和廣度的，而且不斷地變化著。她的耳朵、鼻子、皮膚和骨頭，感受著黑暗無時無刻的變容。黑暗散發香味，人聲嘈雜，眼前開始搖晃起來。

6

不知道從什麼時候起，來這個城市公園玩耍的孩子們把常磐家叫做「House」。原本的名字是「Haunted House」，用來稱呼出現幽靈的房子，簡稱「House」。與附近收拾整潔的房子相形之下，宛如廢墟的這個家，也是小學生們好奇心的靶子。據說有一天從補習班回來的小學生聽見貓聲，於是隔牆窺視房子的庭園，結果發現胡亂披上鮮紅和服外掛的「胖叔叔」正匍匐笑著吃蘑菇。

杏樹姑姑不曾見過那個「胖叔叔」。不過她認爲大概是葵的幽靈。

事實上，杏樹姑姑在「House」裡與幽靈共度晨昏。因爲住在這個房子裡的人都死了，回憶他們的事，將他們迎入家門的只有她一個人。爲了讓死者們能自由進出，不會感覺不舒服，她毅然讓房子維持原來的模樣。

如今映入她眼簾的是已經死去的人、失蹤的男人，以及住在不准別人接近的地方之女人身影。杏樹姑姑自己就像是個收集纏繞著死者們的記憶和過去的事情之博物館。連面對現在發生的事和即將發生的事，她都閉上雙眼。因此，她能和死者們及過去所發生的事一起活在當下。

例如讓微風撫摸臉頰。聆聽來自遠方、耳熟的聲音。在黑暗中的感覺與平時不同。那時，杏樹姑姑能感覺到幽靈就在身邊。一天裡，尤其是退潮時感覺非常強烈。在此塵世與黃泉國境曖昧不明時，她悄悄走到死者們蹲伏的地方，撫摩他們的背部。杏樹姑姑深知幽靈出沒在周圍有溫度不同的空氣團或能形成小漩渦的地方。

「雖說我的眼睛看不見，也不是多麼不得了的事啊。因爲在此塵世有許多不想看的東西，而我只是沒有看到那些，可說是很幸福啊。」

杏樹姑姑一邊帶妳去餐室一邊說著這些事。妳認爲她已經放棄了什麼、以及在詛咒著什麼。妳很害怕翻開她心裡的褶痕，卻又不得不聆聽。

「爲什麼說眼睛看不見是件幸福的事？這個塵世應該還殘留很多美好的東西。」

她低頭用手指撥弄垂到臉頰的鬢髮，露出宛如如來佛像的表情詢問妳：「妳幾歲了？」

「十八歲。」聽到妳的應答，她忽然深呼吸，然後緩緩嘆了一口氣。

「妳是從現在開始的女人。而我是用畢的女人。已經不需要再看什麼了。妳就是因爲以輕率的眼睛來看事務，看見前方形狀美好和有趣的東西，所以才會被騙喔。我在年輕時也是這樣。被騙、受傷好幾次，失去所愛的東西，連光也失去了。啊，因爲我已經深深體會到就是那麼一回事。」

用畢的女人……妳認爲她還不到那樣的年齡。現在已經是許多女性五十歲過後依然談戀愛、生小孩、以及開始事業的時代。不過，妳只能閉口。因爲她的態度從一開始就拒絕廉價的虛情假意。

妳面對在餐室正襟危坐、享受沉默的杏樹姑姑說。

「姑姑！您一定有什麼企圖。要不然您應該不會把我叫來的。」

「妳明白嗎？」

妳毅然回答：「明白。」她沒有確認妳明白什麼，嘴裡含著微笑，喃喃自語著。

「雖然妳和我宛如人世和黃泉之隔，卻想不到會在像海灘的地方有交集。我在這棟幽靈的房子裡，是個不斷發霉的女人。而妳的內心深處也潛藏著黴菌般的感情。妳已經在擔心薰的事了吧。是的，妳應該每天會與幽靈和幻影往來的。妳去掃墓的時候，有沒有什麼樣的感覺？」

沒有飄著靈氣的氣氛。光是垃圾散亂的一個情景，妳似乎已經忘記墓地的存在。妳所看到的是和這個家的後院同樣變成是「用畢」的地方之空虛感。或許妳想說杏樹姑姑喜歡這種空虛的地方、幽靈聚集的場所？這麼一來，一切都結束了，已經用畢的這個房子也會有幽靈棲息，妳今後似乎也必須和這群夥伴交往。

「葵經常將自己關在這個餐室裡，玩些下流的遊戲。薰也會勉強配合他。當然，平常母親和祖母會泡茶招待客人。」

杏樹姑姑如何看待父親那個空墳？也認爲是「用畢」的場所嗎？

「看到薰桑的墳墓，不由得悲從中來。」

妳試著表現出十八歲的純眞，嘟噥著說。「爲什麼？」姑姑反問妳。她不知道薰桑的墓碑被亂寫嗎？她不想看到的東西，女僕里吉娜代她看到了，卻假裝沒有看到嗎？有種想傳達事實的衝動誘惑著妳。如果不能知道常磐家之墓爲何會被弄髒，就無法尋找出圍繞著薰桑的過去。

「到底是誰在薰桑的墓石上亂寫？爲什麼常磐家的墓地會變成垃圾場？」

妳以粗暴的語氣逼問姑姑。妳還不能巧妙地控制年輕肉體的氣憤。「唉呀！」她嘆了一口氣，立刻就以微笑來取代，說句：「即使那樣也不需要悲傷啊。」

從她的態度妳推測她還不知道那個事實。大家都保持沉默。匿名丟垃圾，亂寫的那群人和看到卻佯裝未看到的那群人約好一起保持沉默。杏樹姑姑恰似沒有被告知罹癌的患者。因爲宣告事實的話，反而會造成麻煩。不要通知她了……那樣壞心眼的沉默籠罩著墓地，包圍著這個城市。

妳不顧一切告訴杏樹姑姑有關墓地大門兩旁的柱子被亂寫的事。「污穢物永遠沉默」。瞬間杏樹姑姑皺眉，彷彿爲了消除不吉利的詛咒之餘音，她說聲：「謝謝妳告訴我。」

她稍稍有感覺到了。墳墓的周遭沈澱著肉的腥味和充滿腐爛味的熱氣，簡直像體育館的裡面。她也察覺一起去掃墓的遠房親戚之態度，在薰的墳前突然變得很冷淡。不過，薰的墳墓只是一種思念而已，今後不管自己的喜怒哀樂如何減少，也不會忘記他的事。

「妳不認爲那個野蠻人做了一件矛盾的事？因爲故意亂寫『永遠沉默』，把薰的墳墓變成紀念碑了。結果對名叫常磐薰的男人充滿好奇心的人逐日增加。對亂寫的人來說，薰也是他不想遺忘的男人。沒有必要塗消那些亂寫的字。也不用把垃圾撿走。就讓它像歷代的天皇皇陵那樣吧。不過，它與不容許別人進入的皇陵不同，常磐家的墓地歡迎萬人來訪問。不知不覺中，那裡變成情侶們秘密約會的場所，蹺家少女、變態少年和流浪漢的逗留處。雖然母親和祖母覺得厭煩，葵和薰一定都感到喜悅吧。」

妳認爲眼前這個人是能自由自在更換自己喜怒哀樂的人。因爲當遇到令人悲傷的事時，妳只能悲傷莫名，而她卻能把憤怒變成感謝，把悲傷解讀成幽默，快樂地爲寂寞加工。於是妳投注在杏樹姑姑身上的眼神自然而然充滿親情。

7

終於到妳必須詢問關鍵事情的時刻了。

常磐薰到底做了什麼事？

杏樹姑姑聽到妳的問話沒有馬上回應，她一直在聆聽餐室裡瀰漫的沉默。妳也模仿她的作法，聆聽滲入牆內的寂靜。

妳聽到了吧！

雖然她這麼說，妳什麼也聽不到，只覺得很納悶。

「這個家會告訴妳薰的事喔。」

杏樹姑姑靜靜地站起來，走出餐室，佇立在可以看見鄰家的窗邊。

「原本隔壁和對面的房子都是屬於常磐家的地產喔。我的眼睛看不到房子蓋成什麼樣子眞是幸運啊。」

她好像在招手要妳靠近，就在利用三米四方的高布林編織掛毯隨便擺放、營造出伊斯蘭教皇宮後苑氣氛的客廳，她的手指向那裡的大鋼琴。
妳彈鋼琴嗎？
「會一點點。」針對妳的回答，她說：「改天彈給我聽看看。」杏樹姑姑又帶妳在家中繞一圈。一樓除了有起居室、客廳、餐室以外，還有工作室和圖書室。工作室是星期日畫家、上一代的家長，也就是杏樹姑姑的父親建造的，還殘留些微松節油的味道。大小三十個畫布全部翻向背面靠牆豎立。圖書室裡，各種沒有人能閱讀的褪色書籍擺放在書架上，在採光用的小天窗下，整個房間呈現彷彿陵寢的光景。不知道為什麼，這裡擺放了一張撞球檯，還蓋上原木的蓋子。
地下室有倉庫和酒窖。起初這裡預定要蓋成核子避難所的，但在杏樹的祖母強烈的反對下作罷。
「祖母是這樣說的：『可以不要蓋成那種不能隱藏別人的極小房間。只有自己們存活時也不會非常快樂的。反正眼前面臨的是悲慘的現實，想死才是結局。』大家都承認還是祖母說的話是正確的，於是就變成酒窖和倉庫。」
倉庫裡收藏了掛軸、茶具、五十年前的玩具、一百數十雙鞋子等。酒窖裡只沉睡著三十幾瓶沾滿塵埃的葡萄酒和兩個用來裝小米釀造的陳年燒酒的酒甕。
「光是那個葡萄酒啊，就已經放在那裡十年了。應該有羅曼尼・康帝（註：紅酒的極品），我原本打算如果薰回來的話，就把它們全部都打開。既然妳來了，就打開一瓶吧。」

她拔出一瓶葡萄酒的瓶蓋，然後交給里吉娜，說是「讓它透透氣」。

杏樹姑姑時常用手拍打牆壁只是為了要數走了幾步，然後自在地在家中四處踱步。她說每個房間都有獨特的味道和獨特的空氣。妳不太明白其間的差異。對已經在這個家生活五十多年的她來說，每個房間都變成自己身體的一部分。

二樓是家人各自的單獨房間。杏樹姑姑說她就睡在母親生前使用的房間。這個房間裡頭有更衣間，她和母親的衣服排列得井然有序宛如百貨公司的一景。大半的衣服都有套上乾洗用的塑膠套，不知道下次什麼時候才會被姑姑套上袖子。

充滿乾燥花香味的房間真是殺風景，似乎連床上的泰迪熊也很憂鬱。

除了從走廊進入的入口和盥洗室的入口外，她的房間另外還有一個門，可以從那裡走去另外的房間。以前那是父親睡覺的房間。他們夫婦在各自的臥室睡覺，然後帶著各種事情互訪對方的房間。

父親的書房在另外一個房間，就在長廊的盡頭，可以暗中監視兒子和女兒們的房間。以前杏樹姑姑的房間，現在讓女僕里吉娜使用。而葵桑和薰桑的房間宛如博物館的佈景模型，他們使用過的桌子、床、立體音響和電視，他們每天凝視的繪畫和照片，以及不知道為什麼有貓的剝製標本，就原封不動地在房內展示。現在沒有人會凝視。

妳被招呼進入薰桑住過的房間。乍看之下是沒有什麼出奇之處的房間。值得一提的是，應該是他倚靠的牆壁、做夢的床、供他天馬行空幻想的桌子，卻什麼話也沒有告訴妳。雖說那裡是有數十萬男人都叫 suzukihiroshi（註：日語同樣的讀音有許多不同的漢字，比喻極平凡）中的一人住的地方，聽到的人也只會淡淡回應「是嗎」然後就走過，是個無聊的旁人房間。不過，妳發現那裡擺放了一面有裂縫的穿衣鏡。妳試著站在左右相反映照出無人房間、好久都沒有浮現人臉的鏡前。以前曾經映照出薰桑的那面鏡子，現在稍微歪曲地映照出是他女兒的妳之臉龐。鏡子的裂縫是否有什麼因緣呢？

妳發現鏡子的旁邊有一張少女的笑臉。回頭一看，桌上放了一個手掌般大的木框，框子收納露出驚嘆神情笑著的少女。不是杏樹姑姑。是張似曾相識的臉，不過無法說出她是誰。

「姑姑！請用一句話回答我剛才的問題。到底薰桑做了什麼……」

「果然。」杏樹姑姑嘟噥著打斷妳的話。

「妳想聽聽那個故事吧。也不是沒有道理的。那就全部都省略，勉強用一句話來說，阿薰啊……」

8

他戀愛了。

杏樹姑姑確實是那樣說的。戀愛之類的沒有白天、沒有夜晚，不論是在哪裡的街角、海邊、或微暗的小屋，宛如永遠不厭倦、滾滾的潮水般。他到底是談了什麼樣的戀愛，才會變成污穢物、必須永遠沉默呢？妳百思不得其解。他談過一兩次戀愛吧。妳的出生也是薰桑和妳母親戀愛的結晶。或許那確實是造孽的戀愛。總之，因爲母親叫他「窩囊廢」，他另外還有相愛的女人吧。儘管如此，妳相信薰桑和母親互通他們那顆無依無靠的心，而且坦誠地談戀愛。如果他只是在某種機緣下不得已與妳母親發生關係，那妳就是被開玩笑生下來的女兒囉。

從現在開始聽到杏樹姑姑說的一定是有關薰桑玩弄女人的情史。玩弄女人的男人都會招致女人和男人厭惡。被嫉妒之火包圍的情敵和被拋棄的女人會希望薰桑在人世消失。因此，那樣的陰謀就由匿名的共犯們一起實行吧？

誰知杏樹姑姑告訴妳的卻是與妳的解讀正好相反的事。

「薰不惜一切和一個女人相戀。從結果來說，是個沒有結果的戀愛。不過，對薰來說還沒有完全結束吧。因爲在十年前，他就是這樣向我透露的。」

杏樹姑姑模仿薰的聲調說。

姐姐！我不能放棄那個人。既然我的戀愛還沒有獲得回報，即使被殺我也不能死喔。

讓薰桑那樣說的對象不是妳母親。和妳母親的戀愛因爲妳的出生應該就已經充分獲得回報，妳母親不是說只要薰桑能夠活著回來就好了。

妳的視線移到薰桑的桌上。那幀被收到紅木木框、像遺照般的相片，看似被捕捉到和懷念的人再次相見的瞬間、露出笑容的少女。

「讓薰桑無法放棄的就是這個人嗎？」

「是的。那張照片是他們兩人開始意識到彼此存在時的快照喔。好像是在三十六、七年前吧。由於他們兩人是青梅竹馬，最初的相遇是在四十年前。」

也就是說，比住在美國偏僻鄉村的妳母親遇到薰桑更遙遠以前，就已經播下讓他不惜一切談戀愛的種子。妳再凝視一下少女的笑容。看起來比妳更年幼，所以是十五、六歲吧。睜大的眼睛好像在凝視什麼，充滿著天眞爛漫的喜悅。不過，瞳孔清澈，似乎想看出對方隱藏在表情背後的感情。而且也看著喜不自禁的自己。那個眼神不會令人厭煩，或許蘊藏著想鼓舞對方、使其有幸福心情的力量。薰桑爲了看到她的笑容，一定不惜一切去努力吧。不知道爲什麼，妳受到她若有所悟的表情吸引，一直凝視著相片。

三十六、七年前，一位少年在這個城市遇到一位少女。今天也在某個街角、在學校、在河畔、在公園、在咖啡廳，重複上演 boy meets girl 的戲碼。如果，boy meets girl 是一種罪惡，那我們是住在造孽的行星上嗎？

那時候她的名字還是麻川不二子。非常有教養、聰慧，是個只要出現在眼前就會使人心情平靜的少女。談到麻川不二子和薰桑青梅竹馬的關係，大家都有經歷過少年時代令人莞爾的記憶。在即使跨越過青梅竹馬的關係、彼此尋求對方心靈和身體的時期，在她自報姓名是麻川不二子的時期，如果兩人的戀愛能夠安樂死，薰桑就能有個與今日迥異、多采多姿的人生吧。

回想至此杏樹姑姑不由得深深嘆了一口氣。嘆氣會使平常就很憂鬱的家更加憂鬱，因此禁止自己嘆氣的杏樹姑姑一想到薰的戀情，自然而然就嘆氣了。

「不被世人允許的戀愛到底是什麼樣的戀愛啊？」

對他們兩人戀愛始末一無所知的妳，只能投出恰似直球的問題。

「通常人們是不會那麼認眞地談戀愛喔。因爲爲愛痴狂是種自殺的行爲。看穿戀愛是一種遊戲、一種娛樂，人就長大了。一般人只談能被允許的戀愛。即使是不被祝福的戀愛，也是結果能被允許或承認的戀愛。可是薰的戀愛……」

杏樹姑姑欲言又止，摸索握住妳的手，壓低聲音嘟噥著。

「薰的戀愛被硬生生撕裂了。因此，薰才會這麼無法死心。」

就如同舌上有沙殘留的那種不痛快的感覺，妳回握杏樹姑姑冰冷的手詢問：「爲什麼被撕裂了？是誰撕裂的？」

「因爲他們兩個人相愛的話，會有很多人感到困擾啊。而且在這個國家任何人都是另外一個也愛著麻川不二子的男人。從那時起，薰就變成是『用畢』的男人。」

「爲什麼？」杏樹姑姑以充滿玫瑰香油味的手捂住她的嘴，表現出再也不回應妳幼稚的疑問之堅決態度。她的手指從妳的下巴、顴骨到額頭劃上來，再從眼皮向鼻樑滑下來。妳認爲這樣她就能看到妳的臉，於是任憑她擺佈。

「光滑的肌膚。從額頭到鼻樑的曲線和嘴角都和薰神似。少年時代的薰如果和妳並排，一定看起來好像兄妹。妳身高一百七十公分左右嗎？」

「您怎麼知道？」

「從妳移動身體時產生的風得知的。從妳走路時地板的彎曲度可以得知，妳的體重約五十公斤吧？」

妳又認爲杏樹姑姑只是把僅有的一點希望寄託在妳身上，希望薰的女兒能在自己的旁邊。已「用畢」的男人之女兒來到已「用畢」的這個家，聆聽已「用畢」的女人說起那段已被遺忘的戀愛之來龍去脈。失蹤的薰、在誰都無法接近之處的不二子、以及蹲踞在看不見現在和未來之黑暗中的杏樹，只深埋在他們三人記憶深處的戀愛之始末，可以清楚地告訴尚不知父親身世背景、人情世故的文緒嗎？有可能判斷錯誤或誤解的妳，能夠一清二楚地聽懂她說的話嗎？假若妳暫時瞭解被封印的戀愛之始末，妳的未來也不會因此就如何改變。常磐家不會就從廢墟中復活。不過，沒有人知道未來會如何翻滾。就如同薰的父親和母親、祖父和祖母、曾祖父和曾祖母無法預言薰的人生。

不過，妳有權知道薰甚至說被殺也不能死的那段戀愛糾纏的事實。因爲妳自己和妳母親都受到那個戀愛的連累。

或許也可以這麼說。

如果薰能夠趕緊抹掉那個令人絕望的戀愛，他就不會遇到妳母親，也沒有必要生下妳。

正因爲如此，妳必須奔向已被遺忘的戀愛之現場，不是嗎？

在妳出生之前有好幾場戀愛。薰的兩場戀愛、過著變態人生的葵之無數場戀愛、薰的母親和常磐家上一代家長的戀愛、薰的親生父母親的戀愛、薰的祖父晚年的戀愛、薰的曾祖母悲劇的戀愛……那些全部都投影在妳現在的身上。如果那是薰行動的遠因，妳需要知道所有的一切。而且，妳要以自己的風格來經營、否定、收拾自己所營造的幾場戀愛，然後採取某些行動吧。妳對未來的事尚未做出任何的決定，一切都事先被允許。已「用畢」的人對妳頗有用處。如果妳不採取行動，他們就永遠不能浮現。

杏樹姑姑打算讓妳做遺言的執行人。再度拉著妳的手，邀妳下樓。

「喝杯葡萄酒吧。和已用畢的人們。」

第二章

1

杏樹猶然記得在自己度過四歲生日時，在父親耳畔低語的言詞。父親抱起杏樹，詢問她想要什麼樣的生日禮物。

「我想要有個弟弟。」

杏樹的那個反應是整件事情的開端。為了讓坐在同桌對面的母親也能聽見，父親要她再說一次相同的事。杏樹也還記得那時父親和母親的反應正好相反。

「好啊！」父親輕易答應，母親卻驚慌地交替注視丈夫和女兒的臉龐，然後說聲「就從某處帶回來吧。」母親常磐亞美子剖腹生下葵，然後流產一次，要生杏樹時已有幾近流產的經驗，所以不想再品嚐生孩子的痛苦滋味。在杏樹出生四年後，夫婦間已經默許不再製造孩了。

父親有時會陪伴葵或杏樹在附近散步。每次去散步時，父親都會有急事或瑣事。對他來說，散步不是隨便走走，而是記起已遺忘的事之一種儀式。散步總是在離家門不遠的公園或車站就中斷，然後葵和杏樹必須一個人回家。

父親遺忘的事早就決定好了。和孩子們分手後，父親招來計程車或乘坐電車兩站，去找對岸河邊的某戶人家。父親的朋友夫妻就住在那裡。母親克制不深入探查，默認父親背地裡的行動。因為通常父親外出都會使用司機隨行的車子，父親會用自己的腳走路的唯一機會就是那個謎樣的散步。或許是以前常跳交際舞留下的後遺症，總覺得父親稍微內八字的走路方式顯得笨拙。杏樹好幾次目送父親的背影，父親都頻頻回頭，對女兒揮手並露出心情愉快的笑容，完全看不出是否會擔心女兒尾隨其後。

杏樹八歲的某日，和平時一樣陪父親散步。不過只有當天父親坐在公園的長椅上凝視玩得入迷的杏樹。杏樹不時窺探父親什麼時候會想起急事。每次父親都會笑著向她揮手。當她的目光暫時離開一會兒時，父親不是陷入沈思就是抱著自己的頭。仔細一看，他像在喃喃自語，也像在聆聽坐在隔壁長凳上的年輕女人說話。

結果當天父親難得和杏樹一起回家。沿路杏樹不禁詢問父親。

「爸爸！今天怎麼沒去朋友家？」

父親停止走路。凝視感受性比別人加倍強的女兒之臉龐，以訓戒的口吻說。

「朋友死了啊。留下一個比杏樹小的孩子。人死了會變成怎樣呢？會從此消失了嗎？還是脫胎換骨轉世成另外一個人？」

父親的眼眶濕潤。杏樹認為父親在向自己尋求安慰。

「爸爸！您剛才在公園裡和死去的朋友說話吧。我認爲人如果死了一定隱藏在另外一個世界。有時剝開空氣的薄膜，就可以見到死去的人，不是嗎？」

雖然是隨口說說，杏樹的話讓父親非常感動，不由得抱緊聰明的女兒。

朋友好像死了，父親仍持續散步。當葵十四歲、杏樹十歲時，兩人陪父親的散步終於結束了。

父親與到了難纏年齡的長子透過撞球開始對話。直接接受過全日本冠軍教導的父親，一邊傳授兒子技術，一邊暗中查探兒子的學校生活和交友情形，而且定期性地規戒他的怠惰，又某種程度地採取放任的態度。學業方面全權委託給家庭教師，父親則談論機敏的人生訓示，努力表現出做父親的威嚴。

女兒杏樹時常說出令父母震驚的話。不過，大致上都是將讀過的書現學現賣，依然還是和年幼時一樣非常怕黑。父親喜歡和杏樹聊天，現在想暫且讓她成爲一起散步的同伴。

冬天的某日，是個星期六，杏樹正打算出去上鋼琴課的時候。正好和父親散步的時間一致。杏樹記得那天穿的是她喜歡的英式帶風帽的紅色粗呢大衣，父親則穿上平常很少穿的皮質運動夾克。

「爸爸！你要去做什麼？」杏樹背對著門詢問。父親回答：「去河灘散步。」朋友死後已經過了好久，杏樹懷疑父親還有事要去河對岸的家嗎？她半開玩笑地問：「又想起急事了嗎？」結果，父親以嚴肅的面孔低聲私語似地告訴杏樹。

「杏樹還記得四歲生日時獲得什麼禮物嗎？」

已經得到十個生日禮物的杏樹雖然無法立刻想起第四個是什麼禮物，不過她想要弟弟的說法與母親看似爲難的臉交織在一起。父親想確認她眞的想要什麼東西的記憶。而且，父親還詢問杏樹現在是否依然想得到四歲生日時沒能得到的東西。

家裡有狗狗 Pavlov 和貓咪 Tao。不過，覺得沒有弟弟深感遺憾的杏樹不加思索就回答：

「想要。」

「因爲是約定。」父親露出滿臉笑容，然後就與杏樹分手了。杏樹目送那個背影，父親卻一次也沒有回頭。剎那間心裡湧現不安的情緒，或許父親就這樣一走了之不再回家。

那時候杏樹察覺父親有兩個可以返回的家。朋友已經死去理應沒有要事，不過朋友的太太和孩子就住在河邊的家，父親每週一次回去那裡。

當他在與母親、葵和杏樹一起生活的此岸這個家裡時，對岸的另一個家就好像不存在，等散步途中甩開孩子們渡到對岸，剎那間又忘記此岸這個家的生活。然後，等要再度返回此岸的家時，就陪朋友的兒子沿河散步，途中想起有重要的事，就在那裡和男孩分手，接著渡河。

杏樹終於了解平日母親經常說的話之眞意。母親是這樣說的。

「和爸爸的散步不可以跟到最後。不可以去河的對岸。」

總之，就是對岸有孩子們最好不要知道的世界。葵在那時候就已經知道父親有小老婆的事。葵曾對親近的友人說「下次我要去看父親的小老婆」之類的話。

結果葵的小小冒險沒有實現。父親最後帶十歲的杏樹一起去散步後，就不再突然想起急事。

父親的小老婆在父親和杏樹最後散步之後不到一個月就撒手人寰了。

2

父親說要去視察公司的新專案，要出差三天。他雖然常常因公司業務而出差，但對公司和家人來說都是屬於秘密的工作。爲了不讓大家胡亂瞎猜秘密，他沒有一次不爲妻子和孩子們帶回旅遊地的土產，有時女僕們也有份。除了母親外，大家都很歡喜地被父親收買了。由於父親從來沒有將外邊的混亂帶回家中，儘管母親心生疑心，只得勉強屈服於父親的冷靜。

不過，母親卻在那時候變成一頭豹或面目可怕的女鬼。

因爲出差回來的父親帶回的土產竟然是一位男孩。

在女僕恭迎下的父親，緊握著男孩的手，在門口的大廳叉腿站著大叫：「杏樹在嗎？叫大家來這裡集合。」女僕穿過走廊，呼喚母親、祖母、葵和杏樹。「先生在叫大家」。杏樹很高興父親回家，率先奔出房間。接著是女僕、一樓餐室的祖母、然後是母親，最後是擺出一張臭臉的葵到大廳集合。沒有人吭聲。葵看一下父親的臉，又垂下視線看一下男孩的臉，馬上又把視線移開，佯作沒有看見。只有杏樹與祖母察覺男孩非常緊張，立刻對他微笑。男孩沒有時間微笑，就照父親說的那樣，背挺直、嘴吧緊閉、不看任何一個人，眼光注視著放在大廳的洗臉缽。

「杏樹！我已經照約定，把弟弟帶來了喲。」

從聚集在大廳的家人冷淡的沉默中，可以明顯地看出形勢對父親不利。父親已經有所覺悟，除了預先將杏樹納入夥伴，他必須不斷堅持地勸導家人。

「你說弟弟，那個孩子是從哪裡帶來的？」

母親立刻開始追究。刻不容緩，父親抬出與杏樹四歲生日時的約定。母親立刻拒絕說：「天底下哪裡有把小孩任性說的話當眞來聽的笨蛋父母啊？」父親卻回答說：「不就在日本嗎？」他的話令人再度驚訝不已。

「爸爸！那個孩子是在哪裡買來的？多少錢？」

葵斜靠著樓梯的扶手，嘻皮笑臉地詢問。「你在說什麼啊？」父親瞪了葵一眼，拳頭舉到肩膀。瞬間從鼻孔排掉怒火，開始陳述事先想好的一套說詞。

「這個孩子是我好友的小孩。父親很早就過世，前些日子母親也死了。我從以前就照顧這個孩子，而這個孩子也和我很親近。如果就這樣棄之不顧，他就會變成孤兒了。幫他找過親戚，似乎沒有可依靠的家。送去孤兒院又於心不忍。因此就決定把他帶回我們家。這個孩子死去的母親在生前也同意了。從現在開始這個孩子就是我們家裡的一份子，冠上常磐的姓。

這個孩子的名字叫薰，那就是常磐薰了。是和常磐這個姓很相配的名字吧。也應該是這樣。因爲這個孩子的名字是由我命名的。亞美子！從今天開始薰就是妳的兒子。葵！杏樹！從今天開始薰就是你們的弟弟。媽媽！從今天開始薰就是妳的孫子。文哉、圓、春枝！妳們要協助薰早點適應這個家。以上報告完畢。」

「說什麼以上，你這樣會不會過於唐突啊？我們家又不是教會或飯店，也不是葵或杏樹的朋友留下來過夜，突然把別人家的孩子帶回來，說是要當弟弟什麼的，我們只會認爲是在開玩笑，而且沒有準備房間、沒有做好心理準備、什麼都還沒有準備好。你說的最好朋友是誰啊？莫非是你的孩子？什麼都沒有和我事先商量就隨隨便便決定了。啊！你……」

母親陷入恐慌中，眼看著蒙娜麗莎優雅的笑容產生皺紋，瞬間變成了畢卡索之哭泣的女人。父親打算採用與出席公司會議時封住幹事們異議的封建君主之態度，在預先表明自己的方針後，再慢慢施以懷柔政策。

當天從妻子的臥室整夜傳來母親如梅雨聲的啜泣聲。

3

祖母什麼話也沒有說。兒子茂的博愛總是在大家遺忘時發揮的淋漓盡致。而且，明治以後常磐家都是由能幹的人來繼承，始得以繼續維持家聲，因此沒有理由拒絕茂收養養子。祖母認為茂因長子葵的資質不太好，擔心他將來會危及常磐家，為了保險起見，所以才把那個孩子帶進家門吧。以葵的立場來說，由於突然闖進來一個競爭對手，應該覺得很無趣吧。葵一定會輕視薰吧。已洞燭機先的祖母決定站在薰這一邊。

杏樹在那個夜晚左思右想始終無法成眠。她先整理一下思緒然後就眠，結果惡夢卻攪亂了她的腦海。

父親拜託杏樹在還沒有準備好薰的房間時，先讓薰在她的房間留宿。葵拒絕不認識的孩子進入他的房間。如果讓薰一個人在寬廣的客廳裡睡覺，他一定會害怕吧。硬冠上一個能將薰培養成好弟弟的只有年紀相近的杏樹之理由，決定讓他們兩個一起度過最初的夜晚。

薰用鋪在地板上的被子蓋住整個頭，然後背對著杏樹睡覺。薰被邀請進入常磐家後，沒有開口說出任何一句話。杏樹肩負著要讓薰打開那張沉重嘴巴的任務。父親必須花整夜時間來說服母親。葵又採取拒絕的姿態，祖母打算沉默地注視事情的發展。誰都不打算和薰說話。薰似乎誤解那就是「沉默」的命令。

杏樹雖然想跟薰說些什麼話，不過薰緊閉雙唇的態度看似目中無人，杏樹不由得也鬧彆扭，想比賽看誰能沉默更久。

杏樹無法相信父親眞的把弟弟帶來了。沒想到四歲時心血來潮說的話，竟然以這種形式掀起家庭風暴。就如同想要一隻貓的感覺，杏樹只不過說想要有個弟弟。

突然間杏樹試著計算自己和薰年齡的差距。薰即將滿八歲。也就是說，杏樹四歲的時候，薰是兩歲。當杏樹說「想要弟弟」時，弟弟就已經被準備好了。

杏樹懷疑自己被父親的陰謀利用了。如果薰是父親的私生子，而父親隱瞞了事實，策劃如何讓他進入常磐家，於是杏樹就變成是幫兇了。

葵深信薰是小老婆的孩子。他比杏樹更早察覺出去散步的父親背後的愧疚，因此無法接受這個會帶給家庭糾紛的不吉利弟弟。

葵和杏樹都很擔心父親和母親協商的結果。時鐘的短針指向上午三點時，母親臥室的門打開，響起母親邊抽鼻涕邊走去廁所的跫音。接著就是父親追趕母親的大步腳步聲。他們兩人好像在樓下的起居室繼續協商。

杏樹討厭家裡的和平被擾亂了。她想如果薰是元凶，即使今天、明天不說，下星期或下下星期內，一定要把他送到別人家。如果讓他當父親認識的朋友、沒有小孩、富裕人家的養子，這個孩子也就不會變得不幸了。杏樹發誓再也不順口說出想要弟弟的話了。一般而言自己的房間睡著別人總覺得很不自在。又不是有臥鋪的列車。是啊，這個孩子只不過是在臥鋪列車的包廂內偶然在一起的乘客。到達目的地後，只是寒暄互道：「再見！珍重了。」

想到這裡，總算全身有了睡意，杏樹開始打鼾。

她從將母親珍惜的基諾理（**註：Ginori，義大利高級陶瓷器具的一種品牌**）咖啡杯打破的惡夢中驚醒。天色已亮。結果杏樹始終無法熟睡。醒來後杏樹的眼簾出現的是薰蓋著棉被的背部及後腦杓。和幾小時前瞥一眼時是完全相同的姿勢。

這個孩子的睡相很好。

原本這麼想，但在重新觀察時，發現他的肩膀微微顫動。而且微微聽到他在聞東西味道的鼻聲。心想他睡夢中的呼吸聲不自然，等仔細聆聽，明白他似乎是以手摀住嘴吧屏息在哭泣。繃著身體始終保持相同的姿勢，爲的是不讓睡在同一個房間的杏樹注意到他在嗚咽吧。他似乎整個晚上沒有翻身、沒有作夢、沒有合眼，只是一味地承受惡劣的心情，到了黎明，越發忐忑不安，終於忍不住啜泣起來。

看到他的情景，杏樹決定把凌晨三點在心裡描繪的事作罷，而且停止孩子氣。她對著顫動的背部出聲。

「明天你也可以睡在這裡喔。」

4

薰這個名字是爲在葵和杏樹之間預定要生的次子而準備的名字。以母親亞美子的立場來說，她無法忍受丈夫毫不在乎地將別人生的孩子取名爲薰。她堅持即使要她讓步承認薰這個名字，如果拿不出那個孩子的父親不是丈夫常磐茂的證據，家裡就不能安置那個孩子。要讓那個孩子作爲養子，如果不是純粹發揮博愛的精神，她是無法承認的。

召開家庭會議了。

薰在錯認是走廊的桌子右側與父親並排坐著，對面依序是祖母、母親、葵和杏樹。薰一個人要回答從現在起被問到的所有問題，爲的是要試探和父親的說明有沒有出入。絕對不允許父親補充或掩飾薰說的話。

母親換上一張露出優雅微笑、社交用的面容，葵明顯地露出不高興的臉色，祖母保持中立，而杏樹以內心來支援薰。母親開始訊問了。

「你要老實回答！即使隔壁的叔叔要你這樣說，你也要說出眞正的事喔。明白嗎？」

薰點頭，看了一下杏樹的臉。

「你眞正的爸爸和媽媽叫什麼名字呢？」

「我爸爸叫野田藏人。媽媽叫野田霧子。」

這是薰來到常磐家最初說的話。

「你爸爸是做什麼工作？」

「他是作曲家。」

「你記得爸爸的什麼事嗎？」

「葬禮的事。」

「常磐叔叔什麼時候去你家的？」

「不知道。不過，媽媽說在我出生以前爸爸就和叔叔是朋友了。」

「叔叔在你家都做了什麼事？」

「爸爸活著的時候，他們都談論工作的事。爸爸去世之後，他鼓勵媽媽，買玩具給我。」

「媽媽是怎麼談論叔叔的事？」

「說他是個非常好的人。媽媽說如果她死了，要我照叔叔說的話去做。」

昨晚一句話也沒有說的薰，對母親的盤問一點也不遲疑，而且以符合八歲孩子的口吻來回答。整夜抽泣，用光眼淚，心情已恢復了嗎？薰看起來好像已經決心「要當這家人的小孩」。

「是個聰明的孩子。在母親去世沒有多久就這麼堅強。這個孩子是『待價而沽的美玉』喔。將來一定是個美男子。而且他的聲音很好聽。」

祖母幫薰推波助瀾了。瞬間薰的表情變得開朗。父親從祖母的感想中判斷是絕佳時機，於是這樣說。

「對了，因爲這個孩子是作曲家的兒子，所以歌唱得很好聽。你可以好好唱首歌給叔叔，哦不，是爸爸聽嗎？用媽媽的鋼琴來伴奏。你可以爲大家唱一首歌嗎？杏樹！妳來鋼琴伴奏。」

因爲父親的一句話突然開始音樂會了。薰非常清楚自己該怎樣做。杏樹問：「你要唱什麼歌？」薰冷淡地回應：「什麼歌都可以。」父親立刻說：「薰！就唱那首。」他取出收在樂譜架內理克爾德公司出版的聲樂樂譜，然後把它放到樂譜架上。那是杏樹也知道、名叫「弄臣」抒發女人心的歌。雖然認爲孩子是不可能會唱歌劇的曲調，杏樹還是彈出八分之三拍的韻律。當薰一開口唱出聲音時，在場的每個人都露出「難以置信」的表情。杏樹敲打鍵盤的手指也不禁放入了力量。薰凝視虛空，太陽穴青筋曝露，以刺破鼓膜的高亢聲音唱了起來。不知道是義大利話、還是痛罵人的話，他以令人不太明白的歌詞唱出。聲音忽高忽低，最後以穿透頭頂的聲音作結束。不知在什麼時候女僕們也集中在客廳，大家都喝彩叫好。以大家不認爲是適合八歲孩子的曲調、正確的音程、以及充滿憤怒的少年之高昂聲音，母親和葵都驚愕到不由得拍起手來。大家都被他的專注說服了。父親以滿足的表情對杏樹使了一個眼色。杏樹看了祖母一眼，她正默默地點著頭。

薰不由得臉紅起來，第一次在新家露出笑容。薰是憑著自己的歌聲讓常磐家的人承認是他們家的小孩。這時薰懵懂地悟出歌聲是超越說理的道具。

5

薰被分配到的是原本作爲儲藏室使用的房間，把聖誕樹、女兒節陳列的玩偶、彈簧墊以及不玩的無數玩具等都搬到另一棟建築物的倉庫，然後把床和桌子搬進來。過幾天就把薰愛用的枕頭、椅墊、父母留下的紀念品、藏書和樂譜等搬進薰的房間，於是那裡就變成是回憶死去的父母和被迫離開對岸的家之場所。薰只要待在這個房間裡就能沉浸在已消失的家人之回憶中。

在父母的遺物中有把收在緞質袋內的短刀。養父茂雖然沒有問過薰那把短刀的事，他看到的是磨破的緞子上面有菊花花紋的刺繡，刀鞘刻有一條眼睛鑲上紅寶石、嘴裡銜著水晶珠的泥金畫龍，護手上盤蜷著一條蛇，刀身則刻有漢文的銘文。拿給祖母看，她說是「不能與名譽同生，則與名譽共死」的意思。

「它大概是明治天皇御賜的東西吧。為什麼這個孩子擁有這麼美好的東西呢？」

沒有人能回答祖母的疑問，遺物的刀就像是謎樣的東西，被放入寫著「薰生父的遺物」之箱內，然後藏到壁櫥裡頭。

辦好薰轉到鎮上小學的手續後，他就開始在早飯的餐桌上和全家人一起生活。葵搭電車到採取小中高一貫制的私立國中上學，杏樹徒步到天主教的女子小學，薰則通學到當地的公立小學。由於途中兩人走在相同的道路上，每日能有五分鐘來確認彼此的喜怒哀樂。

薰知道如果被杏樹討厭，自己在常磐家會越難生活下去。於是他絞盡腦汁、不做和不說無用的事，努力要討她的歡心，結果變得沒有什麼互動。

不過，薰為了不讓自己意識到父母早死的事實，他盡量消耗感情。

即使被誇獎也不喜形於色，反而顯出迷惑的表情。甚至表現出和愛自己的人疏遠的態度。簡直就像那個愛也會叛變自己。也可以說薰已經有遭到別人嚴重叛變的經驗。因為不求回報愛他的父母親之死，讓薰有了奇怪的領悟。

愛我的人一定會死。

雖說是不吉利，薰遠遠地凝視常磐家站在自己這方的祖母和杏樹以及常磐茂之死。想獲得杏樹喜愛的薰之率直的想法也化成態度歪曲地呈現出來，結果變成旁人眼中不知他在想些什麼的異怪孩子。

儘管如此，杏樹想了解薰內心的孤獨。在學校作禮拜時，杏樹將修女說過的話融入獨自一個人時的呢喃中。

請愛世界上最孤獨的人。

大概在杏樹那時所遇到的人中，薰是世界上最孤獨的孩子。

6

葵一點也不喜歡薰。薰完全不流露出感情的臉令他頗爲生氣，不管是被小戳或被踢，完全都不會訴苦，生氣時不看自己眼睛的舉動也令他心焦不已。對於這個完全不抵抗的弟弟，葵也有種無法控制、不透明、想破壞的衝動。

他一點也不擔心薰會威脅到他這位常磐家唯一且絕對的兒子之寶座。他堅信自己的優勢，這傢伙一開始就不是他的對手。他最看不順眼的就是父親、祖母和杏樹把博愛的目光投注在「世界最孤獨的孩子」之身上。他認爲這個家中的人做的都是恰似在比亞法拉（**註：奈及利亞的一區**）地區之腹部鼓起、如骸骨的孩子面前表演時裝秀的胖阿姨，於是就越想欺負薰。

欺侮弱者正是中產階級的工作，葵也曾經若無其事地把這話告訴同班同學。薰是最適合實踐葵之信念的「弟弟」。

「啊，把那個傢伙殺了。」

葵一個人關在房裡，製作一個塑膠模型，被粘著劑的味道嗆到，一邊不安地喃喃自語。

父親嚴厲地對葵下命令。

「你不可以欺負薰！如果你讓薰含恨，我會加倍奉還！你要有這個覺悟噢。不要把薰當作不相干的人看待！如果你無法把他當作弟弟，就以疼愛晚輩的心來照顧他！」

葵打算以自己的方式來執行父親說的話。因為毆打、捉弄或叫薰跑腿，都是疼愛晚輩的一種作法。

葵不在薰的臉上或身上留下證據，盡情地疼愛他。例如他用鉛筆夾緊薰的手指；用力握緊他的手；說是要鍛鍊腹肌，把籃球丟到他的肚子；又說要研究技術，把他手臂緊綁成十字形、或用蛇皮帶綑綁，宛如每天的功課，他不厭其煩地帶給薰痛苦。

「疼愛你就是不要殺死你。如果我停止打你，那時你就危險了。如果你去告狀，你會招致最惡劣的事態。」

葵以這種口吻告誡薰，而且再三叮嚀，薰低頭發呆似地嘟噥著。你說什麼？葵很介意反問薰。薰把眼球往上翻看了一眼葵的臉，回答：「沒有說什麼啊。」「什麼叫沒有說什麼，」

葵抓住薰的頭髮把他的臉往後拉，不知道為什麼「世界上最孤獨的孩子」帶著娘娘腔的面孔。

爲了趕走不愉快的心情，葵打鼓似地猛力捶了一下薰的頭部，然後悻悻然地返回自己的房間。那混球竟然露出一副早就等待惡劣事態來臨的表情，使得葵越發惱怒。

對薰來說，或許最惡劣的事態已經過去了。失去雙親後，不管是再多麼不幸的事，相形之下也顯得可喜多了。因爲葵的欺負等就如同電視動畫般。

「如果被欺負，你就趕快逃走！」

祖母平常就這樣告訴薰。

走過庭園水池上的小橋就是祖母和女僕住的另一棟房子。當葵心情不愉快時，薰只要到那裡避難就會平安無事。葵不斷地做出令人生氣的事，不管他說什麼或做了什麼，薰始終不抵抗，裝成遲鈍的感覺，不過薰已經厭倦了。

「你還眞是若無其事啊！你可是在別人家生活呢。」

葵經常這麼數落他。在主屋沒有一個可以讓心靈休憩的地方。即使稍微也想遠離葵，於是拜訪祖母的次數增加了。葵討厭祖母對他斥責，因此不常來祖母這裡。

薰喜歡在女僕的房間睡午覺。照顧祖母生活起居的文哉喜歡聽歌，她爲薰的聲音著迷。文哉會幫他買些在主屋無法吃到的點心。薰在屋裡宛如擁有自己專用的糕餠店。

杏樹把薰當作弟弟看待，而葵卻視薰爲僕人。父親把薰當作是好友和情人的兒子來疼愛，對母親來說，薰只不過是個借來的兒子。祖母則對葵和薰都一視同仁。她毫不偏心地觀察孫子們的成長。女僕們則各擁其主，春枝擁護葵，圓是杏樹的支持者，唯一只有文哉在遠離常磐家利害的地方和薰接近。在常磐家，狗狗Pavlov是杏樹的衛兵，而貓咪Tao是葵的玩具。

文哉爲了謝謝薰常常唱歌給她聽，有一天她買了兩隻金魚當禮物送給薰。薰從祖母那裡獲得小洗臉盆，把金魚放進去帶回自己的房間飼養。

他把身上有紅白斑點的金魚命名爲「喜」，黑色凸眼金魚命名爲「悲」。

祖母雖然知道葵欺負薰的事，由於薰三緘其口，因此對他來到這個家之前接受什麼樣的教育方式深感興趣。她也很在意有菊紋短刀的來歷。

有一天，祖母把來到文哉房間消除疲憊的薰叫到走廊來詢問。

「你死去的父親是在哪裡出生的？」

薰回想生父死後聽母親說過的事，回答說：

「滿州。一個叫哈爾濱的地方。」

「哈爾濱嗎？你曾經見過你的祖父嗎？」

「沒有。」

「祖母呢？」

「不曾見過。大家都在我出生之前就去世了。」

祖母重新凝視薰的臉龐，心想莫非這個孩子混有外國人的血統。細長而清秀的雙眼皮，從額頭下來高聳的鼻樑，如蠟的雪白肌膚，茶色的頭髮……，這些都是無法隱藏的證據。不過，現在是一個街頭巷尾到處都是茶色頭髮、戴假睫毛、有張輪廓很深的臉龐、令人無法確認對方是否是日本人的時代，因此反而可以認爲薰的臉孔就是流行的臉孔。

「或許薰的祖父母是外國人？因爲當時哈爾濱有許多俄國人和猶太人。」

薰露出一副對祖先的事絲毫沒有興趣的態度，只回答一句：「我不知道。」不過，薰想起母親在病床上打開一本相簿，「這是你的祖父，」母親所指照片中男人的瞳孔是很淡的顏色。「這是你的祖母，」母親所指的女人雖然穿著和服，怎麼看也不像日本人。

在祖母說這句話之前，薰跟本就沒有想過這件事——自己的身上是否流著特異的血。

7

移居常磐家後已經過了一年歲月。薰也在屋裡找到能讓心情愉快的地方，飼養琉球金魚（**註：身上有紅白斑點的金魚**）「喜」和黑色凸眼金魚「悲」平添幾許樂趣，與杏樹的感情也逐漸深厚，一切總算步入正軌。雖然葵繼續進行「指導後輩」的行徑，但他本身已厭倦千篇一律的手口攻擊，只要薰能完成跑腿的任務，而他心情也沒有太惡劣的話，就允許薰能在主屋的客廳閒逛。平常沒有接待客人的客廳，除了杏樹練習彈鋼琴的時間外，宛如教會的禮拜堂般寧靜，只有從窗戶射進來的陽光和掛鐘鐘擺支配著整個房間。這裡也是薰作夢的房間。

大鋼琴的下面是貓咪 Tao 曬太陽的指定座位。薰和牠平分，排上椅墊，躺下來閉目養神。在聆聽杏樹彈鋼琴的琴音或停在庭院樹上的小鳥婉轉的歌聲時，他的腦海裡就會描繪出全世界幾千幾萬個觀衆摒息的情景。聽衆視線的前端就是未來的自己。薰以讓常磐家人啞然的歌聲唱著死去的父親留給自己的曲子。

薰夢想有一天和父親兩個人分享幾千幾萬個聽衆的喝采。他想那時候自己才能獲得眞正的自由。他現在寄人籬下，抱持狹隘的想法，安於比葵和杏樹更低的身份，都是爲了未來的自己和應該給予死去的父親之名譽。

薰只向杏樹、文哉和金魚坦白說出自己的夢想。

「不管吃下多少夢想，不會變胖也不會吃壞肚子，請儘量多吃點。」

文哉說完後，就從自己每個月薪水中撥出可以購買兩杯咖啡的錢來供給薰的夢想。薰就用那個零錢來購買「喜」和「悲」的飼料，又在車站前的肉舖買了炸肉餅。

杏樹說：「這裡你唱看看。」她將練彈中莫札特的奏鳴曲各彈數小節，要薰跟著拍子哼唱，兩人並肩坐在鋼琴前面，「這裡你試彈看看，」要他彈一下徹爾尼的練習曲，這些都是陪著薰實現未來夢想的訓練。

薰將收藏在一個梧桐木箱中父親藏人手寫的樂譜如遺骨般地珍視。不管是哪一部作品，在父親生前都沒有見過陽光，持續沈睡在梧桐木箱中。最長的曲子約有二十頁，最短的僅有一頁，全部作品有三十首，其中有一首的扉頁是用鉛筆寫上「給薰」的「搖籃曲」。

薰拿「搖籃曲」的樂譜給杏樹看，說聲：「這是我出生時爸爸作的曲子噢。」「咦？那是什麼樣的曲子啊？」杏樹立刻把「搖籃曲」放在莫札特奏鳴曲譜子的上面，然後用鍵盤畫出音符。

慵懶的半階音在三拍的旋律中緩緩上升和下降。聽起來像是午後兩點左右在郊外散漫的空氣中，女人、小孩、老人和小狗一起在打哈欠。說是「搖籃曲」，樂譜上沒有歌詞，只是用哼唱的方式。

杏樹模仿曲調試著「啊－啊」打哈欠。「不是啊－啊，是啊啊啊啊啊啊啦！」

薰唱出一小節的旋律。杏樹心想：「在作曲家的耳中，哈欠聽起來是這樣啊！」哈欠似乎不是單純用滑奏來連接，必須是溶入不同音調的半音階。用慢鏡頭將緩緩湧出的哈欠複雜化的「搖籃曲」，具有使人心情愉快且放鬆的效果。

葵特別喜歡這首曲子。他認爲剛好適合平日鬱悶不樂、充滿徒勞感的自己之心情。每次聆聽這首不可思議的「搖籃曲」，頓覺平日對散漫的社會發怒的自己就像個傻瓜似的。從這首曲子中，葵的腦海不禁浮現飽食一頓而無法自己爬起來的熊先生在地板上翻滾、以誰也聽不懂的語言在說夢囈的情景。寫了這麼一首能讓自己怠惰的曲子，薰的父親究竟是何方神聖？葵開始對薰的身世感興趣。

「喂！薰！現在就去你以前的家吧！因爲我想看看你曾經住過什麼樣的地方。」

星期六的午後，正和學校的朋友在公園玩足球的薰被葵帶去搭電車，杏樹也一起跟隨其後。無法理解葵有何企圖，一年前被養父茂帶著過橋，這次反方向過橋。

電車越過眼前的河川時，杏樹對於違反和母親所約定的事「不去對岸」有種罪惡感，但禁不住好奇心的誘惑。葵漠然地期待著對岸或許有排遣自己心情焦躁的東西。雖然沒有要找什麼東西，三個人被三種心情誘惑到對岸。

街道和一年前一樣沒有什麼改變。車站、商店街的氣氛、房子的排列、電線桿的位置也都一樣。只是自己不在那裡。母親也不在。散步的養父也不在。完全找不到拋棄這個街道者的任何痕跡。

薰確實奔跑過這條商店街，爬上河堤，在河川用地丟擲石頭，以及和養父一起去散步。不過，一年前的自己宛如是個虛構的人物。

那麼，現在在這裡的自己又是什麼呢？幽靈？玩偶？在某人夢中出現的人？

這條街在不知不覺中變成是近在咫尺卻遠如天邊的地方。

三個人來到薰生活到八歲、父親八年間來來往往的房子前面。

不知是否因爲已習慣在常磐家的生活，薰覺得自己住過的家何其狹小。與一年前相形之下，感覺自己似乎長大了兩倍。

這屋子來了素不相識的家人，展開新的生活。

不管是玄關三合板的門、白鐵皮的屋頂或灰泥的外壁，全部都帶者鄉村風味。小老婆竟然被關在這種地方啊！葵半感動半失望，凝視著現在已有別人居住、原本是薰在那裡出生的家。二樓的曬衣架披著男女的內衣和小孩的衣服迎風搖曳，玄關前面擺放一部裝有嬰兒坐椅的自行車。不知從何處飄來下水道的臭味和燃燒枯葉的煙味。沿著堤防的道路上車子來來往往，蹓狗的主婦穿著針織緊身衣。

「原來你是在這種地方被撫養長大的，很好很好。」

葵撫摸薰的頭說：「你告訴我在這個家中的情形。」葵心裡盤算著只要知道父親在別人家究竟做了什麼，就可以隨時威脅父親。

打開玄關的門，裡面是鋪上藍色瓷磚的水泥地。養父茂的鞋子和他固定在後腦杓的頭髮一樣閃閃發光。朝外擺放整齊的鞋子與主人威嚴的臉孔非常相似。每次茂來到這個家，就借穿藏人的木屐走去庭院。

庭院裡擺放好幾盆盆栽。茂會一一指著詢問母親：「這種花叫什麼名字？花的象徵語是什麼？」他似乎對草木一無所知。庭院有一棵梅樹。當果實累累時，就會採來釀造梅子。藏人在世時，也作成鹹梅乾。

一樓短廊的右側有間八個榻榻米大小的西式房間。裡面擺放一架大鋼琴，生父作曲，薰則接受母親教他彈鋼琴和唱歌的啓蒙。走廊盡頭有間四個半榻榻米大小的餐室。養父盤腿坐在狹小的餐室和藏人談論音樂，和母親閒聊薰的將來。

養父總是突然就出現。中午過後，他提來一盒蛋糕，三個人一起飲茶，等太陽西沈時，就帶薰去河堤散步。如果有再回他家就順便帶他去附近的餐廳用餐，然後在薰和母親的目送下搭計程車離去。有時是一大早開著黑色的車子出現，陪他們一起吃納豆、味噌湯和海苔的早餐，然後用車子送薰到小學的校門口。

「爸爸曾經留宿你家吧？那時，他在哪裡睡覺？」

葵仰望著有臥房的二樓，用眼睛追尋著風中飄揚的內衣。

「三個人並排躺著睡覺。」

「就在川旁的家排成川字啊？」

「不過，當我早上醒來時，我已被移到自己的房間，而叔叔已經不在了。」

「應該就是這樣嘛！」

葵暗自竊笑，擴大幻想父親絕對不會說出口、深夜裡的情事。

父親一定是趁薰熟睡的深夜，把他抱到隔著走廊、旁邊的小房間，然後和薰的母親壓低聲音享受性事。而且在黑夜即將變成灰色時，留下一句：「一個星期後我會再來。」然後搭乘叫來的計程車揚長而去吧！計程車即將到達自家門前時，性事後的疲憊就代替工作後的疲憊。父親在淋浴沖掉小老婆的殘香後，爲了補眠再度鑽進被窩。

杏樹詢問薰。

「爸爸在這個家輕鬆自在嗎？」

她認爲這個問題對父親和常磐家人來說都是很重要的一件事。

「很輕鬆自在啊！就像是在自己的家裡。和我在車站分手時，他也這麼說。『我實在是不想回家，不過我必須回去。』」

「哥哥！爸爸為什麼不想回常磐家呢？」

杏樹有種被父親出賣的感覺。她終於明白母親不時對父親投射冷淡眼光的含意了。絕對不讓孩子們知道他們夫婦感情不睦。兩人的感情早在薰來到這個家之前就已經冷卻了。杏樹不希望哥哥否認她的想法。哼！葵以鼻子發聲回應。

「父親在常磐家無法輕鬆自在吧？因為他喜歡這個窮鄉僻壤的地方。已經夠了。我們回家吧！」

葵焦躁不安地嘟噥著。一個人快步往車站的方向走去。「不過，為什麼在自己的家無法輕鬆自在？」杏樹的聲音緊追其後。

「他認為還有別的人生吧。因為王子嚮往庶民的生活。爸爸不是好好回家了嗎？而且不會再來這裡了。因此不要介意了。」

葵的嘴裡雖然這麼說，心裡卻盤算著。如果薰的母親沒有去世，父親始終都會來這個貧窮的家，然後待在這裡，最後就不回去常磐家了吧……薰的母親真的是那麼好的女人嗎？

「喂！薰！你媽媽很溫柔嗎？」

葵把手搭在薰的肩膀上詢問。

「嗯！她很溫柔噢！」

「她煮的菜很好吃嗎？」

「是啊！糖醋排骨、炸丸子和醬菜都很好吃。」

這些不都是父親愛吃的東西嗎？葵不禁咋舌。這個家也有父親專用的小飯館吧！雖然葵也打算要另蓋房子來金屋藏嬌，然後常常去那裡，不過他無法理解父親融入別人的家庭反而比在自己的家更逍遙自在的心情。或許人到中年在別人家充滿鄉土風味的飯廳內心情反而平靜下來了吧？

如果我要金屋藏嬌……葵開始思考起來。不是這種在郊外的庶民家，而是都市中心高層大廈的頂樓。他要在房間的正中央放一張理髮店的椅子，然後靠背躺下來，讓他的愛人幫他刮鬍子，然後在寬廣的浴室裡放一個透明巨大的水槽，讓愛人打扮成美人魚，在裡面表演水中芭蕾舞。而他則喝著飲料欣賞。

祖父在世的時候，一定也是用這樣的方法把他的愛人關起來。祖父把一位新橋的藝妓當作小老婆。因為不喜歡她的牙齒之排列方式，在大學畢業剛任職時一個月的薪水是五萬塊的時代就花八十萬為她矯正牙齒。當齒科醫生把帳單送到家裡的時候，祖母才知道這件事。因此，有一段時間祖父沒有辦法回到家裡。

葵很懷念祖父生前的日常行徑。

常磐的祖先長久以來都是居住在京都的政府官員。在明治維新的時候才到地方，和義大利的商人交往密切，奠定了之後常磐商事的基礎。祖父從十歲就開始抽煙和喝酒，十三歲的時候沉迷於聲色場所。常磐家讓小孩很早就學會大人的遊戲。因為他們認為武家式的質實剛健之教育會使小孩長大後產生反彈，變成對酒和女人都非常貪心。從十幾歲開始頹廢就變成到祖父為止遺傳下來的家訓。

不過武家出生的祖母對小孩管教非常嚴格，監視著不要讓丈夫變成一個不良示範。父親受到祖母的影響，雖然覺得有罪惡感，或許還是有去小老婆的住宅。因此，葵想要模仿祖父。

祖父常磐久作在葵十歲的時候因為心臟病發作，死於小老婆的住宅。享年七十二歲。

第三章

1

就在久作擔任常磐商事的社長職務時。

三十五歲的常磐茂在義大利歌劇團來日本公演幕間休息時，在演奏會場的大廳遇到在唱片公司工作的大學同學，當場介紹一位作曲家和他認識。是個在人群中高人一等、瘦弱的男人，有著一張令人誤認是義大利人、輪廓很深的臉。心想和某人相似，卻始終想不起名字。在握手、彼此自我介紹、稍微談論一些對歌劇的感想後，「是卡夫卡，」他突然想起。恰似充滿警戒的北狐之目光，活脫就是弗朗茨・卡夫卡（Franz Kafka）本人。

歌劇散場後，爲吉賽佩・狄・史帝法諾（Giuseppe Di Stefano）和提多・戈比（Tito Gobbi）等人壓倒性的聲音震憾而處於興奮狀態的三人，爲了冷卻熱情，相偕走去銀座。吃完牛排後，茂邀約同學和作曲家去他常去的俱樂部。雖然作曲家的話不多，卻是個很懂得幽默的男人，不會讓一起喝酒的人感到厭倦。當茂詢問他至今做了什麼曲子時，「我來試彈一曲吧，」說完把俱樂部的鋼琴家推開，開始彈奏自己的作品。

那是一首令人覺得憂傷的華爾滋。眼前鮮明的浮現在霧茫茫的北漠荒野中，罹患風濕的老女人踩在泥濘地和亡靈一起跳舞的情景。總覺得很可笑。脫序的節奏，彷彿忘記彈奏、旋律數度中斷，突然就停止了。

茂和朋友竊笑地詢問作曲家，那首曲子叫什麼名字？起初認爲是充滿悲傷的華爾滋，聽著聽著卻有種關節要脫落的感覺。作曲家出神地嘟噥著。

「這首曲子名叫『優雅且充滿感傷的土左衛門』。表達出鐵達尼號上即將溺斃的乘客在洶湧波濤間被迫跳華爾滋的情景。」

茂的笑容僵在臉上。朋友對他耳語：「因爲他只寫這種曲子，所以完全賣不出去。」不過，這是一首只要聽過一次就令人難以忘懷的曲子。土左衛門的華爾滋是最近的作品嗎？

面對茂的詢問，作曲家以若無其事的神情回答說：「現在才剛完成的。」是即興演奏，某個情景鮮明地浮現眼前，然後敲出引人微笑的音樂……。茂不禁啞口無言。這個男人一定是個天才或有特異的體質。朋友對茂低聲私語。

「這個男人擁有和我們迥異的感覺。因此他瞭解被迫跳舞的土左衛門之心情。眞是個不可思議的男人啊。」

常磐茂就這樣和野田藏人邂逅。當晚就跑了三間酒吧。茂對野田的天才和特異的體質越發感興趣且充滿敬意，臨別時不禁詢問他。

「你來自何方？」

野田回答他：

「我在哈爾濱出生。家父在長崎出生。家母在聖彼得堡出生。我們家是喜歡旅行的一族吧。從十九世紀末開始旅行，我也是在旅途中出生的。不知不覺中繼承了父親的行徑繼續旅行。並不是長距離的接力賽。」

「你是日本人嗎？」

在醉意的協助下，茂開門見山地詢問。結果野田的眉毛抽動了一下，仔細閱讀茂的表情後回答說：

「雖然混過很多血液，我是日本人啊。就像長崎什錦麵（champon）。你喜歡那道菜嗎？」

「啊！那道菜很好吃。」

「那麼改天煮給你吃。」

就在茂已經將對方要做菜給他吃的事完全忘得一乾二淨時，郵差送來一封收件人是常磐茂的大信封。寄件人是半年前在銀座一起喝酒、留下令人難忘印象的作曲家。信封裡面放了三頁的鋼琴譜。譜上面附了一張字條。

常磐茂先生
上次承蒙款待，銘感於心。
為了作為謝禮，請允許我野人獻曝呈上一曲。

野田藏人

樂譜的扉頁寫上「長崎 champon 第一號」、讓人覺得像是假貨的標題。

當知道作曲家就住在和常磐家僅有兩站之遙、河川的對岸後，兩人就變成酒友，交往頻繁。茂的散步就是從此時開始的。野田藏人和妻子霧子剛生下一個男孩。爲了作爲他們友情的見證，藏人指定由茂爲孩子命名。

被命名爲薰的男孩每次聽到父親作的搖籃曲，就會露出不安的表情，手伸向天空宛如在摸索什麼似地揮舞，並且嘟噥著「nbanbarerorero」。當沒有人理睬他時，又會提高三度音階，大叫「nbanba」。

薰從嬰兒時起就以非常響亮的聲音哭泣。

野田藏人就靠著荀白克（Schoenberg）的教科書自學作曲法。不知是受到目中無人的作風和破天荒的言論之累，或是學院派藩籬之故，雖然境遇不佳仍甘之如飴。如果在收音機、電視機或電影方面找不到工作，應徵作曲觀摩，也可以有機會通過最後選拔。他擔任歌手或獨奏者的練習鋼琴師（**註：收費的伴奏**），承接流行歌曲的編曲工作，藉以維持一家三口的生活。

茂屢次邀約野田去吃飯、賽馬或打網球，分擔他的喜怒哀樂。此外，趁著常磐商事開設公司接待貴賓的機會等，舉辦沙龍音樂會，要有名的鋼琴家彈奏野田的作品，讓生活費能進入野田的口袋裡。

對茂來說，拜訪河對岸的家宛如在盛夏想去呼吸高原的空氣，再自然也不過了。不知道什麼緣故，待在原本是適合自己回去的場所，卻又在思念的牽引下來到這裡。不知不覺中，對岸的家變成是茂可以自我解放、肆無忌憚地嘆息及開懷大笑的場所。當然，也是因爲野田的妻子霧子若無其事的神情。每次盤腿坐在野田家的餐室，喝著霧子斟的酒，香甜地大啖霧子親手做、絕不會引起胃酸的料理，就想把常磐商事經營者那張倍受拘束的椅子拱手讓人，然後當個靠股利分紅悠閒度日的大少爺。唯一扼止他怠惰慾望的就是霧子是朋友妻的事實。若非如此，對茂來說，霧子是他最渴望擁有的妾之最佳人選。

2

「我出自代代都能戀母的家族。如果說我有戀母情結，那家父也有戀母情結。我的兒子薰一定也是如此吧！我們一族的男人不管到幾歲都能戀母是有很深的因緣的。」

有一天野田難得如此提起自己家族的事。似乎是因爲看到三歲的薰在飯廳向母親撒嬌的情景有感而發的。野田是想和兒子爭寵，也向妻子撒嬌嗎？

「與戀母情結一族有關的因緣究竟爲何？」

茂以半開玩笑的口吻詢問。「那你可要仔細慢慢聽囉！」野田報以頗有含意的微笑。

「霧子很像你的媽媽嗎？」

茂換個角度詢問。野田沉吟一會兒後小聲回答。

「在我花好幾個鐘頭埋首作曲時，看到霧子坦然自若的神情，不禁想起母親。當我凝視霧子的臉龐時，她笑著問我：『你在看甚麼呢？』她的聲音非常像家母年輕時的聲音。霧子在日本的吉野出生，而家母……是猶太人，照理說應該不會相似。不過，大海和天空也是出乎意料的相似。陰天的日子裡，不知道水天一線在何方。或許母親和老婆就在水平面上相交。」

「有個猶太人的母親，你的心情如何？」

茂也曾經提過這樣的問題。野田回答：「不怎麼樣，」接著反問茂。

「你在資本家的家庭長大的心情如何？」

看到茂遲疑不知該如何回答時，野田連忙說：

「你和我就像是王子和乞丐，只是胡亂羨慕彼此的人生。你之所以踏入這麼寒酸的小屋，也是因爲想體驗像我一樣的部分人生吧！厭倦了打高爾夫球和網球，想找點別的什麼樂趣，因此才來和貧窮的藝術家來往吧？而我和你來往，才知道有個自己無法想像的世界。不過，我和你一樣只不過是以管窺天罷了。當突然間回歸自我時，我和你都要回到適合自己的人生。你是公司的重柱，謹愼地進行商品交易，而我是面對著鋼琴，寫著沒指望發表的曲子。」

就在兩人的交往邁入第三年時，野田娓娓談及自己母親的事、父親的事、自己那段無法說是幸福的少年時代以及自己的夢想等。

野田說他有兩個母親。

一個是撫養他長大的猶太人母親，另一個就是因生他難產去世的母親。

留在他記憶裡的只有猶太人的母親。不過，她也在戰敗的混亂中身亡。戰後他和父親兩個人被遣回日本，就在生母出生的故鄉吉野屈身一段時期。

「我的戀母情形很複雜。我無法報答最初教我彈鋼琴和作曲的那位猶太人母親娜歐蜜（Naomi）的恩情。Naomi 是希伯來語，據說是『喜悅』的意思。我經常將母親的名字和音樂的『喜悅』連在一起。我認爲至少是爲母親安魂，因此繼續地作曲。或許我作的曲子給人目中無人的感覺，但是我融入了自己的祈願。同時，我一直很在意生母的事。我對她的事完全沒有任何記憶，因此沒有辦法戀母。我是在娜歐蜜死後才從父親口中得知生母的存在。一直以來我都認爲自己的確是娜歐蜜的兒子。因爲即使沒有血緣關係，臉孔也非常相似。不！老實說我不知道眞正是從什麼時候開始的。無怪乎在十三歲以前，我常常半信半疑自己可能是、可能不是娜歐蜜所生。我也曾經認爲是因爲父親要把我當日本人來撫養所以才說謊的。因此幫我製造出娜歐蜜之外的另一個生母。」

雖然有留下娜歐蜜的照片，但生母的照片卻在敗戰的紛亂中遺失了。因此，藏人無法完成將生母和自己的臉作比對的心願。

「如果野田不是猶太人母親的孩子，又如何造就出那張像卡夫卡的臉呢？」

對於茂的疑問，野田只回答一句：「是父親的血液啊！」

野田的父親繼承了半個美國人的血統，因此野田也自動受到四分之一的影響。

「又是美國人、猶太人、吉野等，關係眞是錯綜複雜啊！霧子也是吉野出身吧。」

藏人在戰後的一段時期和父親一起離開劫後餘生的東京，拜訪生母在吉野國栖村的故鄉，然後寄身在親戚家。那位親戚姓野田。那時藏人才恍然大悟自己的姓是從吉野母姓。

不存在藏人記憶內的母親名叫那美，出自代代都擔任神社宮司的家族。父子兩人就在相當於那美叔叔的人家裡側屋度過了半年，然後就去首都了。

當時藏人十五歲。在國栖村時，他教之後變成他妻子的村長女兒彈鋼琴。霧子當時八歲。

「國栖村眞是個不可思議的地方。簡直就像混入古代故事的世界裡。說起來或許我就是那時才初次接觸到日本這個國家。樹木靜靜嘆息的深邃森林、蟲兒不斷交換秘密信號的原野，在細微光線射入的山澗有座吊橋。在朦朧的霧中從遠處傳來鐘聲。那裡到底是個什麼樣的地方啊？父親彷彿非常瞭解情況似地侃侃而談。不過，等我們去國栖村時，令人困惑的是：『我所學的日語竟然在這裡不通』。」

藏人在哈爾濱出生。一回到東京就被送進橫濱和輕井澤的俘虜收容所，戰後曾在帝國飯店生活，之後在神戶、長崎各住了幾個月，因此在國栖村生活之前都是生活在如租界的地方。提及吉野的國栖，完全不在茂的想像中。不過，曾聽在大藏省服務的朋友說過，那裡是製造紙鈔的紙之原料楮樹的產地。當茂問及在那個村子的生活如何時，藏人舔了舔嘴唇。

「那個村子很甜，」他以味覺的說法回答。

「很甜的村子是什麼樣的村子啊？」

茂要求只憑感覺過活的天才舉例說明。

「我們經常吃用白蘿蔔、蒟蒻或蕃薯等煮出來的東西。雖然沒有放砂糖，但有微甜的感覺。詢問對方，似乎是因爲和柿餅一起煮才會有甜味。村人也食用名叫『zukushi』的熟柿。拔起柿蒂就會流出如紅色沼澤的果肉。他們用木製湯匙挖果肉出來吃。那種纏繞舌尖的甘甜令我異常懷念。有種以前曾經來過那裡的感覺。雖然不知道生下我之後就去世的母親的事，但待在那個富有鄉村風味的村子總覺得母親就在身旁。蟲鳴或枝葉的摩擦聲似乎不斷在對我耳語。事實上是我聽錯了。好幾次聽到有人在呼喚自己的名字，不禁頻頻回頭。心想莫非母親回來出生的故鄉。」

藏人叮嚀地說：「只有你聽過我說的這些事，我可以再告訴你一件事嗎？」他壓低聲音說：「雖然不知道以前歷史的意義，吉野這個地方啊……」

「是世界大戰主角的天皇之血統，還有另外一個系統的天皇。我和這件事沒有什麼關係。」

「是有關南朝後裔的故事嗎？」

「我是聽霧子說的。聽說有個叫後醍醐什麼的天皇爲了統治日本曾經握有權力。」

「啊，是建武中興。」

「那時好像有內戰哦。」

「我沒有看過，是在上歷史課時學到的。」

「那時日本有兩個天皇。是吧？」

「不過，南朝在後醍醐之後的五十年就滅絕了。」

「霧子說是持續了一百多年。霧子的出生地有許多傳說。聽說她有個遠房親戚的家裡還留下後醍醐天皇留宿三晚的房間。」

「三晚啊！」茂面露微笑，突然想起什麼似地喃喃自語。

「現在的天皇是北朝的後裔。正統應該是南朝。」

「也就是說，現在的天皇不是正統囉？萬世一系的說法是錯誤的嗎？」

「天皇的歷史充滿許多矛盾。因此，大家對此事必須三緘其口。」

「爲什麼必須保持沉默？」

「爲什麼嗎？戰後沒有人想觸及矛盾。在沒有打破萬世一系的原則下，天皇就直接君臨天下。藏匿南朝王的土地至今依然被迫要保持沈默。因爲歷史討厭異端。或許你母親的故鄉流傳古時的傳說。湮滅的傳說被歷史抹除了。」

與生母故鄉的牽繫只有自己的名字冠上野田的姓。藏人的父親讓兒子冠上亡妻的姓，一定是想安慰妻子的孤獨。

藏人隨著父親被召還首都，離開了國栖村。他和教她彈鋼琴的霧子約好改天再相會。藏人一心一意想從年幼的霧子彈鋼琴的身影中想像母親的少女時代。

霧子在十九歲的那年，到首都投靠藏人。時值一九五九年，藏人二十六歲。這年與藏人同年的皇太子迎娶太子妃。藏人把霧子視為自己的妹妹，讓她住進八個榻榻米大小的公寓。霧子就變成是藏人和國栖村心靈相通的橋樑。

3

就在常磐茂迎接不惑之年時，彷彿等待這天到來似的，他的父親撒手人寰。茂粉碎了常磐商事董事們政變的陰謀，繼承了父親八成的持股，坐上新社長的寶座。他刷新公司內部的人事，並開始指揮新的業務，每天忙著向內外大肆宣傳將來的成長。好不容易有餘裕可以變成為父親之死悲傷的兒子時，已經過了三個月。

茂絞盡腦汁想為長眠墓地的父親做點什麼事，突然想到拜託野田製作彌撒曲。

他立刻把野田叫到日本料理店。如同野田曾經談論自己母親的事，他對野田傾訴對自己父親的回憶。野田什麼話也沒有說，承受茂哀悼父親的心情，只回答：「我明白了。」不過附帶了一個條件。

「因爲我不是基督徒，無法寫出像威爾第（Verdi）或福萊（Fauré）那樣的彌撒曲。不過，我一直在緬懷亡者，自己的心靠近亡者的身旁。我不相信神，我只相信亡者。如果像我這樣的男人寫『死者之歌』亦無妨的話，那我就樂意接受。」

茂說聲：「拜託。」然後握著他的手。

「死者之歌」的作曲遲遲沒有進展。

反之，野田喉嚨的癌細胞以驚人的速度蔓延，移轉到淋巴節和肺。

那是完全出乎意料的事態。「死者之歌」非常不吉利，可能也在哀弔作曲者的本身。不過，藏人把和病魔纏鬥的事置之腦後，開始忙著作曲。從他當初接受委託作曲開始，就決定在總譜的第一頁以女高音唱的旋律寫出猶太人母親臨終時告訴他的話。

「棺木只能放入一個人。不過，不是嘆息。死者和夢中人都是由相同的成分構成，隨時都會來相會。」

野田將繼母的遺言化成音符後，無法再繼續完成「死者之歌」。

「抱歉！無法完成和你的約定。」

全身的肉都被去除的野田連聲音也被奪走。茂頻頻鼓勵野田，「沒有這回事，不要相信醫生說的什麼話，你比癌還堅強，只要打起精神就可以戰勝病魔。不要氣餒。『死者之歌』

的下一首是歌劇，我也要委託你爲歌劇作曲。」不過，野田已完全放棄了。

「我輸了！金錢或名聲一點也不愛我，我卻被病魔喜愛。」

不！不只是病魔！你也被母親和霧子喜愛，被資產階級的兒子喜愛吧！茂這麼說時，野田卻嘆息回應。

「我家是有戀母情結的家族，也是早逝的家族。我完全把這件事忘得一乾二淨了。」

委託野田創作「死者之歌」或許因此縮短了他的壽命。茂非常擔心，不由得想起莫札特晚年的軼事。

有一天有個穿黑衣服的男人拜訪沃爾夫。沃爾夫收了若干訂金接受創作彌撒曲的委託。卸下宮廷的恩賜，他變成資產階級愛好音樂者的寵兒，重新奠立生活的基盤，開始過著忙碌的生活。作曲、指揮、當家庭教師及拈花惹草。曾經是個天才少年，迎接中年期，隨著肉體衰退，同時品嘗了精神的頹廢，而作曲已達顚峰造極之地。不過，衰退、頹廢和純熟三位一體，無法痊癒的疲憊追趕著沃爾夫。而且時局非常混亂。法國大革命之後，在前方等待沃爾夫的是遠離優雅的頹廢。六歲時被要求結婚的瑪麗也被送上斷頭臺。就是在此時他接受了彌撒曲的訂貨。

他用烏賊墨的墨水開始書寫彌撒的樂譜。在他的腦海中充滿能用次中音單簧管演奏的悲傷旋律。或許是出於天才，曲中的旋律聽起來像是在告訴人們優雅且寬容的十八世紀已經結束了。而頻頻來催曲的黑衣男子充滿稚氣，令人聯想到死神提早來告知自己的死期。

茂沒有想到自己竟然扮演死神的角色。野田在臨死前不斷地喃喃自語：「薰和霧子太可憐了。」茂和他約定要儘量援助他的兒子，作爲是獻給他的彌撒。

4

「我雖然沒有打算就這樣死去，但壽命卻不允許。因爲人的死亡率是百分之百。」

野田在打了止痛的嗎啡中意識逐漸朦朧，拼命要露出平常難得一見的笑容，他懇求常磐茂。

「雖然你不是神燈，可以滿足我三個願望嗎？」

「只要是我能力所及，我都會去做。」茂在藏人的耳畔輕聲私語。

第一個願望就是希望茂當薰的監護人。

對六歲的薰來說，父親的死就如同父親出遠門長期旅行。不過，這樣的意義會逐漸改變。在某種的機緣下，薰會想起父親吧。在小學父親參觀學校日、寫「我的父親」的作文時、去遊樂場、水族館或動物園時……。那時薰就會感到空虛、美中不足或悶悶不樂，重新體會到父親已經死亡的意義。在薰能理解父親已去世之前，藏人希望茂能代理他的工作。監護人的義務還包括看到薰的未來。野田無法忍受「死者之歌」沒有完成，他想把這個心願託付兒子。將來有一天，薰能從父親絕筆之處接下去作曲，然後完成曲子交付給雇主常磐茂。因此，他和茂約定要催促及支援薰作曲。

第二個願望就是希望他能安慰妻子霧子的孤獨。

「霧子是個如果沒有爲某人一直工作就會罹患憂鬱症的女人。因此拜託你要常常拜訪這個家。霧子需要你多方的照顧。如果你不討厭的話，就請陪她玩家家酒。霧子應該對你很有好感。」

野田的話中暗示茂和霧子的關係可以進展到什麼地步。

最後野田交待希望茂要記憶且傳給其後代子孫的事。野田擔心在自己死後，父親、兩位母親及祖父母的事將被永遠遺忘，而一族的歷史就此灰飛煙滅。

「戀母情結且早死的一族之列傳，和你沒有任何關係，或許也沒有記憶的價値等。不過，所謂的歷史，當你把它說出時，就會滿是空隙。置之不理，或許我們一族就將遭遇被從歷史中完全抹除的命運。至少在薰長大之前，請記得我告訴你我們一族的故事，然後轉告給薰知道。即使些微，只要告訴薰有關祖先的故事，就可以減輕我早死的愧疚。」

茂雖然對自己的記憶力感到不安，還是接下傳令的任務。

野田藏人死時三十七歲。

兒子薰才六歲。

薰有點模糊的記憶。「爸爸在叫你，進來吧，」護士告訴他，他隨後走進病房。來到父親的枕邊，父親露出微笑告訴他：

「我要出去一下。媽媽就拜託你了。你要是覺得寂寞的話，就在夢中夢見爸爸吧！」這句話就變成是給薰的遺言。

野田去世之後，茂照舊去對岸的餐室。固然是出於遵守在野田生前答應他的諾言，茂對霧子的同情也在不知不覺中變成甜美的情欲。越是壓抑自己的情欲，妄想猶如排山倒海而來。卑劣地想把她拉到自己的身邊。這麼一來，除了援助未亡人的生活，也可以讓她接受自己的情欲。不過，他無法胡亂脫下是藏人朋友的面具。

霧子在小學協助料理午餐的工作，又有寫譜的副業，似乎足以維持生計。茂每月以房租的名義將約二十萬的日幣匯入銀行。霧子沒有動用那筆存款，結果就變成是薰的學費。

「有必要時我會出學費，妳不妨稍微打扮一下，或是出去遊玩。」

雖然茂這麼說，霧子卻回答：「我只要有喪服就可以了。」霧子穿著平常的衣服，只要擦上口紅就相當美麗了。肌膚白皙與富有彈性，在每日勞動的折磨下，挺直身子看事物、若無其事的眼神，流露出憑己力撫育幼子的驕傲。

在野田一周年忌辰時，茂看到穿著喪服的霧子，突然瞭解到那位有戀母情結的作曲家到底愛上她的哪一點。那就是不論在何時永遠都不會絕望的毅力，在逆境中更加露出無邪的笑容。當她將讓薰所看到母親的表情在瞬間投向自己時，茂感受到從妻子身上未曾感受到的愛。霧子從少女時代就開始蘊藏著對柔弱、纖細的東西懷有母性，那位戀母情結的作曲家一定就是在尋求她的母性。

在野田的墓前，茂注視著霧子的一舉一動。供上鮮花的霧子，抱著薰的肩膀、喃喃自語的霧子，閉目合掌的霧子，蹲在墓前低頭禱告的霧子……茂的腦海中淨是霧子的身影。他突然羨慕起在墓下接受霧子禱告的野田。如果自己化成灰，霧子也會同樣爲他禱告嗎？茂一直站著凝視霧子的背影。

彷彿感覺到背後的視線，霧子回頭望了茂一眼。看到自己心靈空白的茂之眼睛和霧子濕潤的眼睛相接。霧子想隱藏淚水，對著茂露出微笑。茂不想被她看穿心事，連忙挪開視線。

當天夜裡，就在薰熟睡後，只剩下兩人在餐室的茂和霧子什麼話也沒有說，尋找彼此的嘴唇與身體的溫暖。

5

「他是哥哥、鋼琴老師以及丈夫。我一次就失去三個很重要的人。其他人是如何克服心愛的人去世的悲傷呢？」

霧子爲了弔祭藏人所以需要茂。她之所以能夠接受茂的情欲，或許是爲了把死者迎到這個人世。藏人一定會來觀察妻子接受朋友擁抱的情景。因爲死者應該有嫉妒的權利。已經沒有肉體的藏人或許想借用茂的身體來和霧子接觸。

霧子被茂抱在懷裡的同時也接受藏人之亡靈的愛撫。她認爲藏人一直待在餐室聆聽茂和薰的談話。用餐時，她會在餐桌擺上藏人的盤子和碗筷。也會告訴茂和薰突然甦醒的過去之記憶。「是這樣吧！」她愼重地詢問應該坐在客廳的藏人。

「我上東京時，藏人來東京車站接我。原本應該在八重洲口等候，卻彼此看不到對方。這也不是毫無道理的。因爲藏人所知道的是臉頰通紅、有個娃娃頭、九歲時的我。而我所認識的是有滿頭亂髮、十六歲時的藏人。等到好不容易互相確認時，藏人卻說：『我沒有想到妳竟然長這麼大了。』」

「藏人經常邀我去看電影。他喜歡的女演員是松原妙子，尊敬的導演是O．Y二郎。就在他說『如果能爲她主演的電影配樂的話』時，導演去世而女演員退出演藝圈。」

「到了秋天柿子結果時，他總說想吃熟柿子。弄來還是青澀的柿子，放入籠子裡，擺在沒有風的地方等待十天。費盡心思作出熟柿子，卻始終不好吃。大概是因爲對在國栖村吃過的熟柿之甜美滋味有種特別的思念。」

「他曾經說過有一天要帶我去他出生的哈爾濱。結果沒有實踐諾言。」

和茂聊到一半突然停止時，霧子口中說出的一定是藏人的事。

霧子沒有選擇和茂談戀愛而是選擇追隨藏人吧？

那是個太短的蜜月期，而且也是虛有其表的蜜月期。霧子的心紿終沒有傾向茂。再一步……不！再兩步，如果茂能深入她的心，或許兩人就可以展開截然不同的人生。不過，曙光乍現，茂就揮去迷惑，渡河回到眠丘的家。而霧子也沒有挽留茂。

兩人互相尋找彼此的肉體，卻一直在沈默中凝視必須越過的一條線。丈夫去世後，霧子爲了感謝照顧她們母子生活的丈夫之朋友而以身相許。茂則以援助生活費來減輕愛戀朋友妻的愧疚感。不過，前方沒有路可走。

就在藏人的氣息還未在餐室消失時，她留下薰離開人世。

茂的戀愛隨著霧子的簡短遺言一起閉幕。

「抱歉！無法爲你做任何事。薰就拜託你了。」

霧子告訴不知道發生什麼事，正焦躁環視周遭的薰說：

「媽媽也要去遙遠的地方了。你要聽常磐叔叔的話，乖乖地看家哦。因爲我們隨時都能在夢中相會。」

霧子對薰露出微笑後，就閉目宛如睡著似地離開人世了。

茂回到那間常去、有霧子遺體的餐室，他撫摸薰的頭，他已經走頭無路了。爲何要留下自己和這個孩子呢？讓這個孩子變成孤兒，應該認爲是神的旨意嗎？還是有人必須要抽起的下下籤嗎？薰就待在母親遺體旁邊，不是堆塑膠積木、就是沿著榻榻米的旁邊騎迷你車，一個人玩得非常起勁。要他背負母親的死未免年紀也太小了。當薰厭倦一個人遊玩時，他連忙詢問茂。

「媽媽呢？」

薰沒有看著幾個鐘頭前對著自己說話的母親之遺體。因爲他已經領會到那個遺體不是母親。

茂心想在悲傷將薰壓碎前必須爲薰的未來佈好局。他在公司秘書室旁邊舉行葬禮。參加葬禮的人莫不爲薰的遭遇一掬同情之淚，薰卻始終沒有哭泣。他非常聽年輕女秘書的話，甚至幫忙去買葬禮的東西。

從舉辦喪禮起兩天內茂一直待在薰的旁邊，在對岸的家和他一起服喪後，就叫來業者將遺物打包，然後離開那裡。他說服堅持「我那裡也不想去」的薰，說是「和媽媽約好的」。

「拋棄舊家、搬到新家吧。新家有爸爸、媽媽、哥哥、姊姊和奶奶。這裡已經空無一人。」

不過，對薰來說，對岸的家有雙親的聲音、味道以及是充滿音樂的地方。空蕩蕩的反而是要被帶去的常磐家。

養父先帶薰去美容院，讓美容師把孩子當紳士看待地爲他理髮。接著把薰帶去百貨公司的童裝部，不只是上衣和長褲，連鞋子、內衣和皮帶都是新的。當店員說：「少爺！和你很相稱哦！」時，薰反而侷促不安。

那是野田藏人的兒子要成爲常磐茂的兒子之儀式。養父暗示性地要薰領悟，既然冠上常磐的姓，就必須要有符合姓氏的裝扮。同時，他也考慮到不要讓常磐家的人看到薰寒酸的打扮而有拒絕的反應吧。爲了讓薰跨過常磐家的門檻，就要他武裝起來。

被要求變成別人，孩子的心裡充滿畏懼與不安。當在鏡中看到自己的身影時，薰已經察覺自己再也無法回到舊家。

在杏樹的房間過夜的第一個晚上，薰因爲膽怯和害羞而無法入眠。那時他非常瞭解被帶到動物園的猴子之心情。如果天亮時杏樹不和他說話，或許他會毫不考慮後果就回到空蕩蕩的家，然後把自己關在裡面。拋棄那個家意味著也將那個家唯一活著的自己拋棄。沒有什麼事比這樣更令人覺得害怕了。

不過，從翌日起就在常磐家展開日常生活。和媽媽、杏樹、葵和祖母，以及文哉的關係開始有了互動。結果，薰必須接受成爲常磐家小孩的唯一選擇。「明天你也可以睡在這裡喔。」薰一輩子也忘不了杏樹說過的這句話。爲了回報這句話，他決定當個如杏樹所希望的弟弟。

事後薰聽杏樹提起從自己一時興起的一句話演變到今日局面的來龍去脈。

「我想要有個弟弟。」

四歲的杏樹如此說。六年後，薰爲了成爲杏樹的弟弟而被帶到常磐家。薰發誓要忠誠對待的只有杏樹。在成爲常磐家次子之前，他就是杏樹專屬的弟弟。他打算除了杏樹外不受任何人支配。他認爲自己是被派來使常磐家族分裂、不吉利的弟弟……那才是自己原來的樣子。不過，那是何等孤獨、無依無靠的處境啊？他只想讓杏樹一個人知道這個孤獨的滋味。

6

薰十一歲了。

學校的朋友雖然不少，他多半一個人獨處。對薰來說，這是再自然也不過的事了。因爲只有他一個人時，沒有人會叫他「常磐」，他就可以回到被拋棄在河川對岸的名字野田薰。常磐這個姓不斷要求薰要扮演合適的角色。舉凡餐桌禮節和遣詞用句，養母都要求他要及格，他不習慣和被邀請到常磐家的客人應對。他察覺客人看自己和看葵或杏樹時眼神有微妙的差異。雖然沒有人因爲薰是養子就輕視他，但在親戚或從很久以前就和常磐家人有來往的人面前，薰的反應很遲鈍，舉止無法得宜。他覺得問候的方法、走路的方式、甚至連喝果汁的方法都被觀察，還打上分數，他所有的舉止都很笨拙。翌日，當養母問他「昨天有什麼不高興的事嗎」時，就像把帽子丟到地上似地，薰想丟掉常磐的姓，跑回對岸的餐室。

這三年期間他拼命努力要變成一個改造人。不管是學校的功課、游泳或足球，就如同第一次在新的家人面前高歌時的情景，他努力展現實力。因爲他認爲那是使自己無依無靠的心平靜下來的唯一手段。

不過，薰開始覺得他的努力只是證明自己是個改造人而已。即使考試得滿分，「常磐薰，你考得很好，」踢足球時把球踢進球門，「常磐薰，你眞棒。」養母也誇讚薰。不過，薰從她的笑容中看到些微的陰影。要是考一百分及把球踢進球門的不是薰而是葵就會更好了……薰深入解讀出母親真正想說的心事。

薰把自己比擬成卡通裡的英雄。同時也認為即使失去自己的手和腳，也要為常磐家的人盡心盡力，這是改造人常磐薰的使命。改造人原本是人類。就如同常磐薰以前是野田薰。改造人的體內有顆人類的心。因此，為了曾經愛過自己的母親或父親，甚至不惜背叛組織。他安慰自己終有一天可以從常磐的姓改回野田的姓。

葵十七歲時更加頹廢。從小學時起，只要爬上預定的階梯，就可輕易地邁進財政界大亨的兒子或地方名紳的女兒都會去就讀的名門大學。因此，葵和同學們競爭誰有較頹廢的教養。有時葵會趁父母和祖母不在家時，把同學帶回家，把客廳擠滿。當震耳欲聾的搖滾樂即將把屋頂掀開時，從屋裡傳出應該不存在的女孩聲音。等一下啦！很痛！不是那裡！住手！……等叫聲。葵帶應召女郎進屋，要她們穿上高中制服作男裝打扮，然後和朋友們盡致玩起卑猥的遊戲。

葵為了封口，把薰也拉進來變成共犯。薰被蒙上眼睛，葵他們就大叫「右、左、後」，要薰用手觸摸，在屋裡東奔西竄。甚至還把他的臉壓入柔軟、有酸甜味道、微溫的東西上。那種記憶裡稍微殘留的觸感令他大吃一驚，等眼罩一取下，眼前坐著一位同樣被戴上眼罩、二十歲出頭露胸的女人。

當薰不由得想逃走時，葵卻硬逼他用嘴去含住應召女郎的乳頭。「你很懷念媽媽的乳房吧。」乳房上留有粗暴的抓痕。薰扭動身體，在地上亂爬，咬了葵的小腿一口後就逃出去了。

薰關在自己的房間，咬牙切齒地向亡母發誓。不管何時他都要做和那傢伙完全相反的事。那傢伙高興的時候他就發怒，那傢伙悲傷的時候他就大笑，那傢伙喜歡的東西他一律討厭。

7

「午安！」

當薰和往常一樣一個人對著公園的牆壁打網球時，耳際傳來一位年紀比他大的女孩聲音。

「一個人嗎？」

她騎著一部嶄新的腳踏車，露出從以前就認識薰的笑容。薰露出驚訝的表情對她點頭，她說：「你是常磐杏樹的弟弟薰吧。」

經她這麼一說，薰想起在杏樹慶祝生日時她也來過他家。對那部腳踏車他也覺得眼熟。一年前，朝日小學生報紙曾經以腳踏車作為懸賞，報紙上還刊登了那位幸運女孩的照片。她就是那位幸運的人兒。

「你的歌唱得很棒吧。將來要當歌手嗎？」

薰露出靦腆的笑容，回答：「想當作曲家啊。」

她跳下腳踏車往牆壁的方向跑過去，伸開雙手說：「我們來練習接球吧。」薰放掉力量投出的球劃出緩和的拋物線，然後收入她的手掌。

「你盡量用力投看看！」

說著，她投回來的球呈一直線飛向薰的胸口。那是深知球的握法及腰的使力方法之投球方式。薰就照她所說的，把球高舉加上體重的重量投出。她用雙手緊緊地抓住球，說聲：「好球。」

薰的心情非常愉快。比平日把怨恨投向「嘆壁」更令人輕鬆好幾倍。

「最近我還會去你家玩。請轉告你的姊姊。」

說完她就騎上腳踏車，留下露出白皙牙齒的微笑後，飛馳而過。

「薰！你說你和麻川一起練習接球？」

聽杏樹這麼一說，他才知道她的名字。

麻川不二子是個非常幸運的少女之名字。薰將那個名字和直線飛來的球進入手心時的感覺一起記憶。

她是杏樹的同學。功課和運動都出類拔萃，而且過目不忘。不管做什麼事，她都比同學們領先一步，經過一天之後，大家好不容易才理解她所做的是正確的。小學三年級時，老師在黑板上寫出一到十的數字，詢問學生哪些數字能被二整除。大家都選擇偶數，只有不二子回答：「全部都可以。」因爲她已經知道小數和分數。這件事就變成傳說。

她不只是學校的功課很好，也具備一休和尚的急智。六年級時，教師出了這樣的謎題。事後會想「要是不去就好了」的是什麼樣的旅行？

在老師沒有給任何的提示下，不二子回答：「坐船的旅行。」同學詢問：「爲什麼？」她回答：「因爲後悔啊。」（註：日語的「後悔」與「航海」同音）然後露出與後悔完全無緣的微笑。

不二子雖然有急智但個性不乖僻，而且深知勉勵別人的方法，因此深受老師和同學們的喜愛。當有學生被學校的規則逼得走投無路時，她也有勇氣向教師提出意見。

「姊姊！妳和麻川感情很好嗎？」

針對薰的問題，杏樹回答：「我們從小學三年級時就感情很好。大家都想和她做朋友。你也想和她做朋友吧。」「我是問問而已。」他曖昧地回答。其實他的內心在期待下次的見面。

四月，當庭院的櫻花盛開時，常磐家的人照例會邀請不會覺得拘束的朋友來家裡參加賞花會。孩子們也可以邀請各自的朋友，依照自己的方式來招待。這天就變成常磐家一年當中最熱鬧的一天。

祖母就在她的房間叫來女校時代的朋友，舉行作俳句的大會。母親就在餐室與大學美術社團的朋友舉行同學會。孩子們在自己的房間或庭院，各玩各自的遊戲。夜幕低垂時，就在客廳舉辦音樂會。飯廳擺滿向餐廳訂購外膾的料理，採取自由取用的方式。庭院由壽司店的廚師擺上臨時的櫃台，應客人的要求做壽司，女僕們則升火準備烤肉。

夜晚賞櫻是大人們的節目。天色漸暗後，來常磐家的是和茂交際應酬的朋友。打開陳年的葡萄美酒，抽著哈瓦內出產的雪茄。以各自隨身攜帶的手錶、領帶或袖釦等作爲打撞球的賭注。突然間想到什麼事，大家都走去庭院，圍著炭火，淘淘不絕地天南地北閒聊一通，不時仰望夜晚的櫻花。

只有葵被允許加入他們的行列，聆聽父親的朋友們談論旅行的經驗、奇風異俗、名人不爲人所知的奇怪癖好、以及不尋常的怪人之故事。這是身爲資產階級家庭的長子必須學會適應複雜奇怪的社會之教養。

薰招待來參加賞花會的朋友只有一個人。在班上是個子最高大、被大家唾棄、反抗心很強、鼻子有蓄膿症的同學花田貴志。被老師和女同學明白表示厭惡的這位粗暴者不知爲什麼只對薰釋放好意。

吐氣中充滿油炸丸子或水餃味，發出如煮咖哩的聲音、不斷抽鼻涕的這位同學是肉店老板的兒子，學過空手道。住在這個鎮上的小學生沒有人像花田那樣。薰很討厭花田認爲他是好不容易才出現和自己相似的轉學生。不過，他認爲花田的直覺是對的。因爲花田看到的是被薰留在對岸的野田薰。

薰不曾告訴任何人自己雖是常磐家的養子，實際上卻是個雙親俱亡的孤兒。他想試著查探這個男孩對模擬成常磐家次子的自己究竟能抱持好感到什麼時候，以及他的直覺到哪裡是正確的。

另一方面，薰也打算以自己的方式演出和麻川不二子再會的情景。不二子會以杏樹的客人的身份出現在賞花會。她一定也會和薰說話吧。那時候如果花田在旁邊，應該就可以讓不二子知道自己和什麼樣的人是同類吧。雖然同樣在常磐家生活，自己和葵及杏樹不同，為了讓她察覺自己是個無依無靠的改造人弟弟，需要有個像花田這種和常磐家不相稱的異分子。

杏樹和同班的好朋友圍個圈坐在庭院舖上毛氈的條凳上，大家吃著草莓餡餅。薰拋下正在大吃壽司的花田，靠近圈中的不二子。杏樹為同學們介紹與薰認識，大家你一言我一語地說：「啊！好漂亮的小孩」、「是那個歌唱得很棒的弟弟」、「和杏樹不太像哦」等。藏青色洋裝披上黃色對襟毛衣的不二子詢問薰：「你一個人？你的朋友呢？」

「他在啊。正在吃壽司。之前和妳一起練習接球眞是快樂極了。謝謝！妳要不要看我的金魚？」

對於薰的邀請，不二子回答：「在哪裡？」薰笑嘻嘻地帶領不二子到陽台的向陽處。陽光在小水盆的水上游泳，也在凝視金魚的不二子臉上搖晃。

「金魚有名字嗎？」

薰點頭，裝模作樣地靠近不二子的耳畔輕聲地說出名字。瞬間她的表情有點發窘，凝視在水中互碰尾鰭、然後朝不同方向游去、到了水盆邊緣再度折回正面相遇的兩條金魚。

「『喜』和『悲』的感情很好嘛。」

薰留意著不二子在喃喃自語時眨眼的樣子。眼皮打開時，她從長睫毛下凝視「喜」。不過，只有在眼皮蓋住大瞳孔的瞬間使她想起了「悲」。母親臨死前凝視薰的眼神就是這樣。母親以自己的眼神勉勵與期待薰不要悲傷。母親所凝視的只是薰的未來。

「謝謝！有機會我們再來練習接球吧？」

說完不二子就站起來，從她的髮間飄來母菊花的微香。

感覺到背後有視線，薰回頭一看，葵一隻手拿著啤酒，撫摸不二子全身似地凝視著她。沒有察覺他的到來眞是失策。

「那個正在大吃大喝的傢伙是薰的朋友吧？不要讓他進入家裡啊。」

就在葵用下巴指的方向，花田擺出歡呼的姿勢。「那孩子怎麼了？」葵向微笑的不二子說明：「我叫他舉雙手不要動啊。」

不二子的微笑解放了被當作是不法侵入者的花田之自由。他們兩人回到庭院。薰認爲沈浸在不二子的眨眼及髮香的瞬間被葵和花田偷走了。被帶來支援自己的花田甚至擁有了不二子溫柔的微笑。

「她是杏樹的朋友吧？相當可愛嘛。和你母親很像嗎？」

薰不予理會，要離開陽台時，葵故意大聲說：「也把那個女孩列入我愛人的候選名單吧。」

薰忽然吸了一口氣憋在胸口，瞪著葵那張缺乏男子氣慨的臉。

「搞什麼飛機啊。不要覬覦我的女人！你還早了十年呢？」

在薰的意識中不斷地湧出泡泡。非悲非喜、無法取名、宛如泡泡的感情從水盆的盆底淚淚湧出。不是憤怒亦非憎惡。從來到這個家時，他就已經決定絕對不要飼養那樣的金魚。一個星期後，「喜」死了，只留下「悲」。再過了兩天，「悲」停止游泳，仰浮在水面。把「喜」和「悲」埋在庭院角落後，空蕩蕩的水盆只殘留水泡。

薰凝視著水泡，模模糊糊抓住自己不想命名的感情之眞面目。水面冒出水泡、繼之消失，水泡變成不二子的眨眼，變成不二子的聲音，與不二子的微笑重疊。

第四章

1

就在薰十一歲那年夏天即將結束時，杏樹抓到一直在公園裡閒逛的弟弟，連忙詢問：

「你爲什麼沒事靠在公園的牆壁呢？老師沒有告訴你放學後要馬上回家嗎？」

薰看著相反的方向，嚅嚅地說。

「我在等朋友啊。」

杏樹早就看穿弟弟有所隱瞞時不敢正視別人面孔的習性。

「說什麼朋友，連個影子也沒有。」

「我只要等待，他就會來啊。」

「誰會來？」

「不一定啊。或許花田會來，或許哥哥葵會來，或許杏樹姊姊的朋友會來，我不認識的人常常來啊。這裡是很多人會來的地方。」

「你討厭回家嗎？」

「沒有這回事。因爲我能夠回去的家只有一個。」

杏樹不喜歡弟弟這種聽起來好像拒絕自己理解的回答方式。彷彿「成爲這個家的小孩」之覺悟必須以「勉強」的感覺來補充。

「待在公園會有什麼好事吧！」

「沒有。」

「沒有人來的時候你都在做什麼？」

「用球丟牆壁、看書、騎腳踏車或爬樹啊。我守護著公園。」

杏樹心裡有點明白了。薰在公園正在等著某個人。球放在右手不放，他是想盡力投個直球給對方。

「薰！莫非你是希望另外有個姊姊嗎？」

在杏樹的指責下，薰的小鼻子鼓起。突然間不知道如何把胸口的空氣排出，於是嘆了一口氣，儘量以生硬的口吻問：「妳說什麼？」

「沒事。我只是這麼認爲而已。」

杏樹也盡量以冷淡的口吻回答。薰宣告「回家吧」，好像要逃避什麼似地開始快速走路。自從在常磐家度過最初的夜晚被杏樹從背後看穿他在啜泣，杏樹就擁有讀出薰心事的眼鏡。即將到達家門前時，薰忽然回過頭對杏樹發表宣言。

「我一直認爲杏樹姊姊是我眞正的姊姊。」

「啊！是嗎？」杏樹含笑捏了一下薰一本正經的臉龐。是啊！所以你必須是符合我所想的弟弟哦。他們彼此心靈相通。

2

爲何大家都要回去自己的家？

家裡到底有什麼東西？

薰原本想回憶在父親藏人與母親霧子還活著時自己在對岸的家爲了何事喜悅及悲傷，結果僅是幾年前的過去卻似以銼刀銼過而磨破了，一定是自己沒有什麼需要煩惱的事吧。薰未曾想過爲何自己在那裡以及在那裡都做些什麼事。在對岸家的餐室，他只是坐著、躺著翻滾或發呆，光是這樣就可以全家歡聚一堂。父親和母親在薰出生之前就已經在那裡，不管他是在吸奶，哭鬧或睡覺，他們都面露微笑凝視著他。光憑這點，父親就是父親，而母親也是母親。

不過，在新家不論做任何事都需要有理由或意圖。爲什麼站在那裡？爲什麼發呆？爲什麼不想和家人親近……父親茂和母親亞美子常常詢問薰。他們是沒有什麼惡意。只是雙親越是關心兒子，他的心裡就越覺得奇怪。杏樹或葵不管做什麼或不做什麼，即使沒有理由或意圖，她就是女兒，而他就是兒子。薰非常羡慕哥哥和姊姊的那種無意識或毫不在乎。他很痛恨自己的神經過敏。

和家人在一起是何等的寂寞與孤獨啊？

當然，他無法告訴任何人那種想法，獨自和公園的「嘆壁」交往。在無人的公園，他的心才能平靜。

「嘆壁」也是反映出對岸家餐室的一面鏡子。

薰不只是把球擲向牆壁。牆壁上埋著死去的父親藏人，他是和自己練習接球的對手。父親藏人雖然什麼球都能接受，但在接受的同時又投回，因此一直無法和他練習接球。薰投快速球時，球也很快就彈回。投低球時，球就滾回來。父親不時從意想不到的方向把球投回來。即使如此，自己絕對不要放棄。

牆壁也埋了母親霧子。當薰把額頭靠在牆壁說話時，母親都會點頭、贊許或微笑。薰也把考一百分的答案紙和只考八十分的答案紙貼在牆壁，然後向母親報告。他儘量不說會讓母親傷心的事。不過，牆壁裡的母親和他心靈相通。因爲隔天早上，母親的悲傷就會在牆壁結露。

公園不是某人的家而是萬人的家。他夢想要在這裡搭帳篷住下來。十二歲生日的時候，他決定要父親茂買帳篷給他。而且，他偷偷計劃要在帳篷招待那個人。

在「嘆壁」的前面，薰不只是讓死去的父母甦醒，他也創造別的家人。他把來公園的其他人視爲是杏樹之外的姊姊、葵之外的哥哥、茂之外的父親及亞美子之外的母親。他把在場的人組合成家人。公園家人有無數的組合。一直在商店街跳躍、無法控制的女人就變成姊姊，是暴力集團組長的花田貴志的伯父就變成父親，燒肉店的韓國人店員就變成哥哥，每隔三天就帶長捲毛狗上美容院、有個甘藍菜頭的酒店老板娘就變成母親。

如果自己是那個人的兒子，如果那個人是自己的哥哥……薰隨心所欲的展開幻想的包袱巾，一個人自得其樂。

如果自己是燒肉店老板的兒子，每天都會籠罩在烤肉的煙裡，流淚不止。從早上就開始吃烤肉餐，在學校被同學譏笑是充滿大蒜味的傢伙。父親是韓國人，一喝醉酒就用韓語說教。不管他說什麼，都必須用韓語回答：「沒有問題！沒有問題！」

如果跳躍的女人是姊姊，當我以正常的方式走路時，她會硬要求我配合跳躍，結果我們必須在商店街進行跳躍競賽。

如果巨人隊的長嶋選手是父親，就會有所謂的一個傳接球（catch ball），我就可以請他簽上許多名字，然後以一顆球日幣一百元的價錢、賣給同學來賺取零用錢。

如果美空雲雀是母親，我就會接受唱歌的訓練，等她工作結束後，我們一起去吃叉燒麵，她以「悲酒」代替搖籃曲唱給我聽。

如果麻川不二子是姊姊，我們就背著帳篷一起去爬山，徹夜仰望星星，直到日出再鑽進同一個睡袋睡覺。

家人一個一個出現，然後又一個一個消失。如果是這種短暫的關係，那麼來到公園的人全部都變成家人了。薰面對著「嘆壁」時，不知不覺中就變成是家人的發明家。

不久後，當周遭微暗，公園的街燈亮起來時，夢幻的公園家人就紛紛離去。直到明天薰來到公園之前，他都是常磐家的次子。

雖然看起來薰只是在公園遊玩，其實他一直在等待。等待輪到自己獲得自由的時刻。只有杏樹知道。一個人遊玩的薰之背後，貼著從遙遠的過去所帶來的悲傷。

3

嚴格訓練弟弟的事，做哥哥的責無旁貸。

連葵也不知道是否有這樣的家訓。不過，葵要擺脫自己的無聊就需要薰。

葵每次和薰碰頭總是會一再叮嚀。

「你是我的弟弟吧。」

「十年後也是我的弟弟吧。」

薰雖然有預感訓練又要開始了，還是乖乖地點頭。

「大概是。」

「不是大概吧，」突然拳頭揮過來。

「你曾經想過十年後自己在做什麼事嗎？你今年十一歲。你認爲二十一歲的你會做些什麼事？」

「我不知道。」如此回答時，拳頭又會揮過來。於是薰假裝思考來換取一點時間，然後緩緩地說：

「我想我會協助哥哥的事業吧。」

葵只有左半邊的臉露出微笑，「你眞的是這麼想嗎？」他想讀出薰的表情眞正的含意。薰從平日就已鍛鍊出該如何回答就不會有難受的感覺。他也有張面對葵專用的撲克牌臉。欺騙杏樹他會有罪惡感。面對葵見招拆招可就容易多了。杏樹指導他要率直，而葵則教他要故意與人作對。

「我在十年後就二十七歲。大學畢業後，就在父親的朋友經營的公司擔任秘書工作，學習經營者應有的風範吧。總之，我必須繼承常磐商事。不過，這樣的情形也是以不讓我的人生變得無趣爲前題。我也想過和剛才說的完全不同的未來。不管如何繞道，我都會變成常磐商事的社長。因此，年輕時最好是做我想做的事。我想當婦產科醫生，也想要經營餐廳或酒吧。我不需要向任何人低頭。我只要對天皇低頭即可。我天不怕，唯一的敵人就是無聊。能殺死我的只有無聊。爲了不要死，我必須是能克服無聊的天才。你懂嗎？薰！你的工作就是要幫我打發無聊。」

觀察葵的日常舉止，薰也知道他心底覺得無聊的事。

有時候，葵會起動祖父那部放在客廳角落的唱機，然後曬太陽反覆聆聽貝尼・古德曼

（Benny Goodman）用單簧管吹奏華爾滋。然後專心地用磨刀石磨叉子。磨好後的叉子之前端像針般銳利，他就把它揷在木頭的地面。爲何叉子必須那麼銳利呢……因爲他很無聊。

有時候，葵關在盥洗室，把牙線拉出兩公尺長，然後兩端固定在牆壁的掛勾上，他移動自己的身體，讓牙線在齒間移動。爲什麼要讓牙齒走鋼絲呢？……因爲他很無聊。

葵每次告訴薰的都是這一套說辭。

「你是孤兒眞好。我也想當孤兒看看。這麼一來，會有和現在不同之宣洩感情的方法，就可以排除不少無聊的心情吧。十年後我會不會覺得更加無聊啊，我的內心非常不安啊。喂！薰！我該怎麼辦？」

如果你這麼無聊，只要老老實實被無聊殺死就可以。

薰露出奉承的微笑來隱藏自己的想法。

薰也迷迷糊糊地讓思緒幻想十年後的自己。二十一歲時的自己會比十一歲的自己更自由吧？那時候就輪到自己上場了吧。少年是認爲不幸的人只有自己的生物。過於感嘆現在的不幸，對未來又期待過多。絕不想回到過去。因爲無法回到遙遠的過去，而且過了幾年又會有相同的不幸遭遇。

父親藏人也對十年後的未來寄予過多的期待。就在未來一定比今天好的想法中離開人世。在薰出生的那年，雖然藏人夢想十年後會成功，他卻沒有未來。乘著時光機到十年後的世界旅行。當藏人知道那時自己已在這個世上消失，他一定在微笑中夾雜著嘆息說：

原來我的幸福是在墓下啊。

既然自己已經不存在，就不會遭遇不幸。在墳場的安息者就可以獲得永遠的和平。

每次熟悉的命運之神都會呢喃著不是安慰的教訓。

另一方面，早逝的父親給兒子的教訓是「未來無法如你所描繪的」。補充說明教訓，結果如下。

正因為無法如你所願，所以不要覺得無聊。因為你無法預測自己的未來，就能從命運中獲得自由。

如果葵迎接的是如自己所描繪的未來，那他就會因過於無聊而死去吧。葵的未來面對的是無聊、一望無垠的沙漠。不過……未來等待我的卻是自由。在無聊之前我必須獲得自由。不過，如何才能獲得自由呢？薰完全找不到線索。他必須乘坐花二十年前進、坐起來不舒服的時光機才能來到二十年後的未來。薰也曾這麼想過。不管遭到如何無理的對待，自己都要歌唱。因為只要不斷地歌唱，無聊就不會靠近。

4

薰如同往常在「嘆壁」前面和幻想的家人嬉戲。這天肉店老板的兒子花田貴志也和他在一起。他們把從超市拿來的瓦楞紙箱組合起來，作成有庭院的房子，然後兩個人進入裡面。

吃著花田從家裡帶來的炸丸子，聚精會神地翻閱花田從車站垃圾筒撿來的週刊雜誌和漫畫。不久後，薰專心地從牆壁上挖的窺視洞窺視外面的動靜。花田把雜誌上的裸體照片剪下來，用膠帶貼在紙箱的牆壁。佈置好畫廊後，花田躺下來，凝視著裸女，不斷地吐出充滿炸丸子味道的氣息。

「我們班上有你喜歡的女孩嗎？」

花田把左手插入胯股間，握緊變硬的陰莖，開始進入幻想的世界。

「我喜歡今泉。我想和她一起洗澡。你喜歡誰呢？」

「我不太能見到喜歡的人。雖然近在眼前。」

「你想到那個女孩時，陰莖會變硬嗎？」

偏偏麻川不二子就在他們聊得正起勁時出現。

她和杏樹在一起。隔著窺視洞和杏樹四目相接。薰祈禱她們兩人就這樣走過去。結果杏樹立刻朝紙箱的房子走過來。

「是薰吧？你爲什麼在這裡模仿流浪漢？」

薰慌慌張張地穿鞋想逃出去，杏樹和不二子卻早一步來探視紙屋。薰無法正視不二子的臉。我被她討厭了！就在這麼想的瞬間，無意識地雙手合掌。

「你在做什麼？」

針對杏樹的詢問，花田回答：「扮家家酒，」然後嘻嘻笑。杏樹瞄了一眼壁上的裸體照片，露骨地皺起眉頭。

「男生一起玩家家酒……骯髒！」

聽到杏樹吐出的話，薰才察覺自己正在玩的是無法解救的遊戲。希望能有辯解的餘地。至少不希望不二子將自己和花田歸爲同類。

杏樹抛下一句話：「趕快回家，」告訴不二子：「我的弟弟很奇怪吧，」兩人就要走出公園。薰面對即將離去的兩人說：

「我們不是在玩家家酒啦。」

不二子微笑地回頭。抓到這個機會，薰繼續說：

「我在祈禱啦！」

杏樹背對著他詢問：「你說你在做什麼？」

「祈禱死去的人在另一個世界不要無聊。」

「咦？那裡是教堂啊。」

杏樹的聲音越來越遠。薰對著她們兩人的背影大叫。

「妳知道地球爲什麼是圓的嗎？」

「爲什麼是圓的？」傳回不二子的聲音。

「爲了讓分離的人能在某處再相會，因此上帝將地球作成圓形啊。」

不二子停止腳步，遠遠地凝視薰的臉，然後揮手說：「那麼，我們還會再見囉？再見！」

從紙箱只露出臉目睹整件事情的花田以確信的口吻嚅嚅地說：

「你喜歡那個女孩吧？」

薰面對著「嘆壁」，完全不理會花田說的話。他很氣惱隱藏在心中的甜美心情竟然被花田察覺。他不想讓他對不二子的思慕之情和這傢伙的手淫一起被弄髒了。爲什麼把花田叫來時不二子就出現，自己一個人時她就不出現呢……怒火集中到拳頭，揮向瓦楞紙的家。花田也不讓薰獨占破壞的快樂，他將妄想的家和裸女一起壓碎。

5

薰十二歲生日時，葵交給他一個用天鵝絨布包著的禮物。說是「偶爾我也想做些像哥哥做的事」。絨布裡面是太陽眼鏡。和葵從祖父那裡獲得、道格拉斯・麥克阿瑟站在巨樹下時所戴的太陽眼鏡是同一種款式。沒想到葵會以這種方式示好，薰不知所措地陪笑接受。另一方面，等待葵不知又會出什麼難題來刁難。葵接著說：

「薰！你必須提出絕對不會背叛我的證明。因爲你已經十二歲了。」

「嗯，」看到薰點頭，葵連忙說道：「你戴上那副太陽眼鏡，」然後要他站到玄關的鏡前。

「很適合你嘛。很像一個夠格的小流氓。」

薰聽出葵的話中帶刺。

「你不要再和花田來往。之前我不是已經告訴過你了嗎？不要和那傢伙做朋友。」

「為什麼不可以做朋友？」

「那傢伙的親戚是無賴。常磐家不和無賴打交道。」

「我只是和花田做朋友，和他的伯父無關啊。」

「伯父是無賴，花田變成無賴的可能性也很高吧。那傢伙身體魁悟，也學過柔道，而且不會唸書。條件都齊全。」

「也有頭腦聰明的無賴啊。」

「頭腦聰明的話，就進入常磐商事工作啊。」

葵要說的話全部都導向一個結論。聽起來似乎頗有道理，卻覺得有點瘋狂。葵想說的應該是，如果想當常磐家的兒子就要照我所說的去做。這似乎是常磐組的慣例。

「等一下！」說著葵從儲藏室拿出有金屬框架的背包要薰背著，然後從壁上取下鑲著金框的鏡子，把它塞入背包中。是又開始要進行什麼事？還是要使喚薰協助克服無聊？葵肩膀掛著附有望遠鏡頭的相機，自己跨上腳踏車，對薰招手後開始騎起來。薰背著鏡子隨後跑步。

葵的目標是住在同一個鎮上的同學家。含著雪茄出現在玄關的同學不發一言就帶他們兩人進入二樓西曬的房間。男孩的臉頰始終通紅，一興奮就宛如塗上顏料，不知道從什麼時候開始就被大家稱為Crimson。
窗邊擺放了一個有雙筒望眼鏡的三腳架。從庭院樹木枝葉扶疏間映入視野的是約有五十公尺之隔的房子東向的窗戶。就在一週前，花匠來修剪庭院的樹木，他才發現可以窺視一位國中女生的房間。葵就在旁邊把相機架好，使望遠鏡片的焦點和鏡光一致。
「女孩在屋裡嗎？」
針對葵的問話，Crimson 搖頭說：「還沒有回來。」葵要薰退後站到陽台，讓鏡子收集西照的陽光，協助將陽光引到目標的房間。兩個無聊的男孩不時利用雙筒望眼鏡窺視，耐心地等待房間主人的歸來。在這段時間，葵要薰站在陽台，他們則籠罩在雪茄的煙中，觀賞彼此帶來的相簿。兩人競爭地將用相機捕獲的「獵物」放入相簿。
他們偷偷尾隨住在這個鎮上的美女，熱中把她們的倩影拍攝下來。他們固執地追蹤鎖定目標的「獵物」，查明她們就讀的學校和住址，觀察她們平日的行動模式，在確實能捕捉到她們的場所埋伏，然後按下相機的快門。對他們來說，這種行動就是名符其實的「狩獵」。有時他們就炫耀彼此狩獵的成果。光是為了交換，兩、三個小時蟄伏在面對著車站月台、公車站或上學途中的咖啡廳。
由於吸引衆人目光的美女人數有限，大家爭相角逐。為了不讓同伴捷足先登，甚至蹺課去追逐一見鍾情的女孩。遠看令人驚艷的女孩，用望遠鏡頭捕捉時，不是僅打扮入時、就是滿臉青春痘或黑斑，左右臉不對稱。反之，遠看給人樸素、不起眼印象的女孩，攝入膠卷後，擁有獨自的美貌，令人為之傾倒。

費時費力、不期然幸運捕獲的「獵物」就是他們的寶物，變成可以交換任何東西的貨幣。不知不覺中被視為「獵物」的女孩們是獵人們的喜愛物，分別可以充當戀人候選人、家庭教師、「兒子」的褓母、煮飯女、交易專用可以任意使用的女人等，按用途分類及交易。彙整兩、三個可以任意使用或煮飯的女孩，就可以和同伴交換其捕獲的一個正點女孩。被當作戀人候選的女孩，葵和Crimson只擁有三、四人，煮飯女有七人，可以任意使用的女孩有一打。戀人候補第一號不能和別的女人等價交換，依場合要動用現金。

6

葵框住了十九個女孩。其中也包含住在隔壁的年輕太太和自己的妹妹杏樹。Crimson想要杏樹穿著內衣弄乾頭髮的照片。葵要求他以同年齡的少女穿內衣的照片來交換。Crimson似乎已有眉目，邀請葵說：「來我的房間，你自己拍攝。」

少女一直沒有出現，已等到不耐煩的無聊男孩們開始喝起白蘭地。負責照明的薰把鏡子從背上卸下來，這次他要負責監視。「你也來喝一口吧。」在他們的勸誘下含了一口白蘭地。太陽穴立刻發熱，無聊男孩們對「獵物」評頭論足的聲音越來越遙遠，薰的意識已飛到鏡頭對面的房間。他對暴露在這些惡劣至極的男孩們視線下的可憐少女之同情也一起飛到五十公尺前方的屋裡。

不久後，夕陽西沈，無法看見黑暗房間的內部。這時房間的燈亮起來，看見人影晃動。

「她回來了！」聲音來到喉嚨，他連忙把它呑下去。

沒想到她又出現了。爲什麼她會出現在那裡？爲什麼她非得變成無聊男孩們的獵物？薰屏神從兩個圓圈中捕捉到的眞的是她嗎？會不會是和她相似的別的女孩呢？不過，眼前的少女越是眨眼他越能確定，她千眞萬確就是麻川不二子。

壘球比賽結束，回到家裡的她在薰的視線中開始解開罩衫袖口的鈕釦。薰有種就在不二子房間的錯覺，不由得把視線挪開。立刻又認爲自己不在那裡。爲了不讓這裡的無聊男孩看到不二子半裸的情形，自己的眼睛不可以離開雙筒望眼鏡。

解開一顆鈕釦，再解開一顆鈕釦，不二子露出了胸口。她調整了胸罩的掛勾。在螢光燈搖曳的燈光下，她的乳溝看起來在振動。薰不禁激烈悸動，連視線也在跳動，股間開始發熱。他想一直獨占這個情景。希望無聊男孩們不省人事。

「喂！燈光亮了。」

Crimson 的聲音刺破鼓膜。葵猛推薰一下，連忙從相機的取景器窺視，以一秒也不浪費的姿勢按下快門。每次按下快門，薰就覺得不二子的手、胸口和臉頰都是鞭痕。

葵的身體離開相機前面，突然打了薰一巴掌。

「你錯過了按快門的時機了！」

薰咬緊牙關、以含恨的眼神仰望葵。

「你這麼想看那個女孩的裸體嗎？來！你來看啊！」

葵拉著薰的耳朵要他窺視雙筒望眼鏡的鏡頭。她就在彷彿只要伸手就可搆到、只要出聲就會應答的地方。T恤配對襟毛衣，正在換穿白色棉裙的不二子坐在床上，彷彿有感覺到薰的視線，她望向窗外。臉上甚至看起來流露出幾許哀傷。

「喂！薰！回家吧！背著鏡子！」

走在回家微暗的路上，薰忍不住詢問哥哥。你爲什麼要拿杏樹穿內衣的照片交換麻川不二子的照片？爲什麼要做會令她們討厭的事？

「你在說什麼話。我不是有幫你慶生嗎？」

「拍攝她們穿內衣的照片和我的生日有什麼關係？」

「剛剛我們在哪裡？是Crimson的家吧！那傢伙隨時都可以窺視麻川不二子換衣服吧。如果被那傢伙捷足先登拍了照片，那不二子就變成他的獵物。因此，我拿杏樹和他交換，不二子就變成我的獵物。那傢伙已經不能對不二子出手。你很喜歡不二子吧。你不希望那個變態的Crimson拍了她的照片吧。」

「你拍的照片是要給我的嗎？」

「沒有理由給你吧。因爲你是個還不知道手淫是什麼的孩子。」

「你打算如何處理她的照片？你要答應我不可以把它賣掉！」

「我沒有要賣掉。因爲不二子是我的戀人候選人。我喜歡頭腦好的女人。爲我生孩子的只限於身體健康而且頭腦聰明的女人。聽杏樹說，她在同一年級中似乎成績很優異。我才不要和愚蠢的女人生小孩。」

葵把在薰意識中對不二子的感覺正逐漸長大的幼苗打碎了。這次葵的破壞衝動是針對不二子。薰的本能告訴他絕不可以讓葵和不二子談戀愛。

被葵愛上的話，對方非死不可。

在不二子被殺之前，必須殺死葵的戀愛。

薰突然覺悟到自己的使命。能守護不二子的人只有我。沒想到葵竟然將薰已乾枯的感情點了一把火。薰的感情如竹炭般熊熊燃燒。

7

「照片洗出來了。你想看嗎？你記得不二子的內衣顏色嗎？」

葵拿著相簿搖晃地向薰挑釁。薰以葵專用的撲克牌臉表現毫無興趣的態度。你應該不會不想看吧。葵看透薰的內心，根本就不想讓他看。一想到不二子的照片被大方地在無聊男孩中傳閱，薰恨不得現在就想把照片奪過來丟入火中，於是不斷地尋找盜取照片的機會。

自從成為偷窺的共犯以來，不二子穿內衣的身影在薰的眼前搖晃始終沒有消失。老師上課講到最精采時，一個人對著公園的嘆壁時，就呼喚出雙筒望眼鏡中的不二子。

一星期後，偷偷潛入葵房間的薰找到被封入相簿中的不二子。八張照片捕捉了不二子當時更衣的情景。不顧一切後果，薰把照片全部從相簿撕下來，連葵藏在平常是偷藏春宮畫的隱密場所之書架上百科詞典裡的底片都被他搜出來，然後一起偷走。

薰知道當天葵一定會用激烈手段向他索討照片。能夠再見不二子穿內衣的照片只有在那之前的幾個小時。

薰把照片排在桌上，用手指撫摸不二子的臉龐及乳房，然後嘆了一口氣。光是這樣無法立刻滿足，於是打開寫生簿，他想素描露出更讓人心跳表情的照片。不過，不管如何描繪，始終無法畫出微妙的表情。他把透明墊和描圖紙放在照片上面，試著描出不二子的輪廓。不過，不二子卻像是象形文字。

股間變硬。他覺得在不二子的前面，自己變成微髒且難看的蚯蚓。他想不能讓死去的母親看到這副模樣，卻又陶醉在愧疚中。

甘美的罪惡感吸吮著薰，慢慢地咬他，即將把他吞噬。他想一直拉出這種令人難為情的愧疚感。

果然如薰所料，葵把他叫到自己的房間。「把照片和底片還我。」「我已經燒掉了。」

葵不相信薰隨口說的話，他直接去薰的房間東搜西找。

「我要告訴媽媽和祖母。說你賣掉杏樹穿內衣的照片，而且偷拍不二子更衣的情形。」

葵的臉色發紫。

「你打算怎麼樣？你也是共犯啊。」

「如果你希望我保持沈默，最好對相片的事死心。」

「你一定藏在某個地方了。我一定會找出來的。」

「我不知道。」

拳頭突然揮過來，打中薰的側腹。他又拿拖鞋死命拍打匍匐在地的薰。薰抱頭變成烏龜的姿勢，他極力忍耐。「抬高，」說完後葵把薰仰翻。薰露出無懼的笑容目送哥哥的離去。不管哥哥如何報復他都無所謂。只要對這個無聊男子宣誓忠誠，他就不會對自己過份不講理。

薰向葵宣戰了。

第五章

1

每次要睡覺時，罪的意識就變得甘美好幾倍，使薰的肉體融解。

薰獨自一人在時間已靜止的鎮上奔跑。

人的動作在移向下一個動作時就停止了，風也凍結，飛舞的樹葉、飛散的汗水和血、被踢高的罐子、投射出去的球都浮在空中沒有掉落。人們所發出的言語失去了意義，馬路、廣場、會議室、咖啡廳、車站及所有的場所都充滿令人覺得鬱悶的母音及令人不知如何是好的嘈雜子音，整個空間縈繞著跫音、物體碰撞的聲音、車子飛馳的聲音、腳踏車的剎車聲以及鳥鳴聲。

薰使用著只賜給自己的自由，潛入不二子的房間。時間就是在不二子坐在床上的瞬間停止吧。因床的反彈，不二子跳起來懸空。薰連忙解開她罩衫的鈕釦，把鼻子伸進她的兩乳間，聞著她身上所散發出類似母菊的淡淡香味。就在他想將自己的唇與不二子半開的唇重疊時，靜止的時間再度流動起來。沒有完成接吻，無處可逃的薰在不二子視線的直逼下不由得後退一步。

「你在這裡做什麼？」

薰啞口無言被逼退到窗邊。不二子邊解開自己罩衫的鈕釦邊朝薰的方向走近。薰發覺自己沒有穿褲子。不二子脫下罩衫丟到一旁，連胸罩也脫掉，纏在薰的脖子上用力勒緊。薰覺得手腳的指尖開始麻痺，肌肉無力，只能任憑不二子擺佈。麻痺游走全身，肌肉變得像蒟蒻。不久後，麻痺演變成激癢，令人坐立難安，薰連忙從窗戶往外躍下。暖風從腳尖穿透頭頂，他覺得體內蜷曲的東西被拔除。

這是他第一次的夢遺。

薰在天明無人的盥洗室清洗弄濕的內褲，充滿令人覺得難爲情的內疚。

薰雖然思念不二子已經到了發狂的地步，卻無法將心情傳達給她知道。動彈不得的薰除了幻想別無他法。他爲一想到不二子股間就會變硬的身體感到可恥。招她入夢，以精液弄污自己的妄想之作法令他驚惶失措。

不二子只是把他當作是朋友的弟弟來看待吧。他不敢奢望不二子對他思慕。她曾經夢見他嗎？他在她的夢中是在做什麼？脫褲在街上遊蕩，或關在瓦楞紙的家裡專心玩著孩子氣的遊戲？不管他是以如何笨拙的姿勢出現在不二子的腦海，他都希望能駐足她妄想的一角。

薰每晚都在床上思考。

如果將自己身體的一部分磨成粉末讓不二子服下，或許當晚她就會夢見自己。他為她歌唱，歌聲一定會化成自己的形體進入不二子的夢中。

2

天災總是在人們遺忘的時刻來臨。

在嘆壁前作習題的薰突然被一群國中生包圍，有人從背後掐住他的脖子。在不明就裡的情況下，他被帶到公園樹木茂密處，對方要他咬著馬轡，讓他上半身裸露，也命他脫下長褲。一群人似乎已經商量好了，將他的雙手綁在後面，用緞帶從肩膀繞到股間，在腰部打結，脖子上則掛著一塊寫著「給麻川不二子小姐」的牌子。然後將雨衣披在他身上，將他帶往附近的一棟房子。來到門前，雨衣被剝下，而且被推撞到玄關前面。那裡就是不知道已經走過幾回的不二子的家。國中生們把薰的衣服捲成圓形，隔著牆壁丟進庭院，按一下電鈴後大家一哄而散。

老人出聲應答。他心想必須趕快逃走。不過，可以裸體在街上奔跑嗎？「哪一位啊？」薰無言以對，笨拙地站起來。看到自己映在玄關玻璃上的身影，終於瞭解自己遭到什麼樣的報復了。他立刻察覺是葵的復仇。從制服可以得知那群國中生是葵的學弟。知道又能如何？

不管他如何翻滾，就是無法從屈辱中逃脫。

感覺玄關的門打開了。現在只能逃開迫在眉梢的恥辱。薰翻身進入應該有自己衣服的庭院。從玄關到庭院必須鑽過鐵門。不知是幸或不幸，門是半掩著。玄關的門打開，穿和服的老婆婆探出頭來。幸虧沒有發現打扮成送給不二子禮物的少年。

衣服就勾在杜鵑花樹上。薰用後面的手抓住還殘留自己體溫的衣服，靠近是玄關和窗戶死角的壁邊。雙手被奪去自由，無法穿上衣服，先決條件就是要解開繩子。不過，繩結緊到血液幾乎無法流過。這如果是夢，不用如何努力一切就結束了，薰祈禱著。這是一場夢。一、二、三後就會回到自己房間的床上。

咒文無效。他必須接受眼前一切不是夢的事實。也才察覺自己早就知道會有此遭遇。因為讓他體驗到彷彿是最近所作的夢之續集。夢中的薰從不二子房間的窗戶躍下。窗下就是庭院，也就是薰現在藏身的附近。夢遺的快感隨著夢被釋放出來，而現在自己就站在現實的小懸崖上。他想這是偷不二子內衣照片的報應，也是利用夢和妄想玷污她的處罰。

如要稍微減輕恥辱，必須脫離這個家的庭院，待在人煙稀少的公園等待或向某人求救。薰打開鐵門，想再度走到玄關，卻無法如願。他聽到不二子和杏樹走過來的聲音。他平日最希望聽到的聲音卻在最不想聽到的瞬間聽到了。

「那麼，明天見囉。代我向你可愛的弟弟問好。」

不二子對杏樹說告別的話。薰不知道什麼話題會扯上弟弟。不二子怎會想到那位弟弟正裸體潛在她家的庭院呢。唯一能求救的杏樹也漸行漸遠。

要逃離這種恥辱的拷問只能趁不二子進入家中、關門的瞬間。然後在杏樹尚未走遠時，從後面追趕，拜託她解開繩索。不過，不二子從另一側將庭院半開的門上鎖，使薰不可能逃脫。

痛恨不二子。也詛咒葵那群把死結打得這麼緊的走狗。他發誓要殺了想出這種餿主意的葵。

3

他只能隱身屏息等待日落西山。不二子的房間及薰頭上的房間燈亮了。聽到注水的聲音。薰緊貼的牆之另一側好像是浴室。遠方傳來好像是她母親的聲音。

「不二子！妳先去洗澡。」

過了一會兒，浴室裡好像有人，有熱水溢出的聲音。牆壁的內側應該是裸身的不二子正在洗熱水浴。牆壁的這一側，雙手被綁、裸體的薰彷彿不小心跑到地上的鼴鼠般全身凍得發抖，而且極力屏息。這面牆將兩人遠隔。雖然薰在這裡是不得已的存在，也必須變成透明的影子。因爲對不二子來說，薰是不應該出現在浴室的對面。

薰放低聲音呼喚母親。母親始終在薰呼吸的空氣中守護著他。當他勇氣不足時，需要忍耐時，尋求安慰時，他就把母親的身影吸入。母親不存在那裡。無法再回到母親活著時的餐室。薰就在遠離母親的地方。即使如此，他要從另一個世界把母親喚來。爲了想起曾經體驗過失去母親時的最惡劣事態。

由於自己曾經絕望到谷底，再也沒有什麼事會讓他害怕。與失去最愛自己的人之情形相較之下，任何嚴苛的行爲都無法傷害到自己。

薰突然嘆了一口氣，就好像是別人，他笑著裸身哆嗦的自己。自己會被誤認是變態的少年或能被理解是愉快的被害者呢？不管是哪一種情形，自己都是只能大笑罷了。時間會解決所有的問題，在對自己微笑之前，薰對災難和恥辱早已一笑置之。就在此時，他也覺得自己已經變成透明人。微笑也變得透明，嘆息、忿怒和恥辱也變成透明。接著，繩子解開雙手恢復自由了。

薰穿上長褲、套上毛衣，尋找逃走的路徑。無法從外面已上鎖的門走出去，唯一的路似乎只能翻牆。他躡手躡腳從樹蔭移向牆壁。牆壁出乎想像的高，沒有能夠踩腳或手拉的地方。無計可施的薰只能讓這家人見怪。不過，雖然不是自己偷偷潛入，他們會相信嗎？該如何證明自己的清白呢？不管如何說明，都會變成是來偷窺不二子裸體的藉口吧。不！或許只有不二子會相信他。只有不二子察覺自己的存在，她一定會在查明事情的來龍去脈後協助他偷偷逃走。該如何才能讓她知道自己在這裡？是要爬上浴室的窗戶或隔窗呼喊不二子的名字呢？如果被她懷疑的話該如何是好？

就像倒轉的膠片，在黑暗中爆炸紛飛的碎片以驚人之姿飛入薰的頭部。

如果不二子懷疑薰、討厭薰的話，那他內心的秘密就無法告訴不二子，只能變成嘆息隨風飄逝。與其這樣，倒不如把所有的事情都向她吐露。

他回到浴室的牆壁側耳傾聽。不二子正在洗頭髮的聲音。眼前浮現披肩的濕髮和起泡流過乳溝如瀑布般的流水，眞希望自己隨著熱水溶入不二子的肌膚。

「不二子！不二子！」

薰抓住熱水落地聲的空檔呼喚她的名字。不知道是否因爲緊張和興奮的關係，聲音有點嘶啞。瞬間浴室的響聲停止，不二子似乎在仔細聆聽。

「我是薰。常磐杏樹的弟弟薰。」

聲音輕飄飄好似蟲的翅膀聲。聲音沒有傳到，不二子走出浴室了。沒有辦法追著她，只得沿著牆壁爬行，碰到雨水管。他突然往上看，管子通到不二子房間的陽台。薰順著雨水管往上爬，跳入陽台。如果那個變態的Crimson現在也拿著望遠鏡對準不二子的房間，應該就會清楚地將薰的身影收入兩個鏡片中。薰向著Crimson的房間吐舌作出「你下地獄」的表情。

由於窗戶沒有上鎖，薰侵入燈火通明的房間。這是數分鐘前他想不敢想的大膽行動，一旦付諸實行，未免過於簡單。現在他以血肉之軀重覆上個月的夢。他再次告訴自己這不是夢，頓時滿臉滾燙，聽得到血液流過太陽穴的聲音。他跨越了無法跨越的夢與現實的鴻溝。薰再次呼喚母親，請求母親原諒。他不後悔。不怕恥辱或遭誤解。他只是來見不二子。母親就在空氣中對著薰微笑。至少母親會原諒自己的行爲吧。

薰脫鞋環視房間。找不到能安置自己身體的地方，於是原地站立不動。床單泛出女孩身體微香的地方恰似女子更衣室，是個禁止他人進入的園地。就在時間一分鐘猶如十分鐘、二十分鐘的等待中，房間勉強提供了藏匿侵入者的場所。他就在一直夢見不二子的床邊正襟危坐地等待不二子的出現。

4

房間的門打開，不二子走進來。「啊！」瞬間不二子愣住了。薰如祈禱似地凝視著她。嚅嚅說聲：「抱歉！」

「你爲什麼會在這裡？你是如何進來的？」

幸虧不二子保持冷靜地聆聽薰的說詞。

「突然出現一群奇怪的傢伙，把我綁著丟到妳家的庭院。因爲無法從庭院走出去，只好爬到妳的房間。拜託妳協助我逃走，不要讓妳的家人看到。」

不二子目不轉睛地看著薰的眼睛，露出一副如果有所隱瞞就會被她看穿的嚴峻眼神。

「你眞的是薰？不是幽靈吧？」

「我不是幽靈啊。所以才爲無法消失而傷腦筋啊。」

不二子不很吃驚的態度救了他。不過，她爲何能保持平靜呢？一樓響起呼喚不二子的聲音。她以非常響亮的聲音應答後，拋下一句：「再躲一下。我一定會協助你逃走。」就要走出房間。「等一下，」看到薰露出不安的表情，不二子微笑地說：

「很不可思議，總覺得你就在房間內。」

薰端坐著等待不二子再度回到房間。這是爲了表示自己的誠實之最低限度的苦行。在嘆壁前家人齊聚一堂，藉由以作夢與窺視爲觸媒的妄想，不二子變成他幻想中的姊姊，而不斷撫育著始終不變之憧憬的薰卻在瞬間變成她的弟弟。已經不會再踏進這裡了吧？他一旦走出這個房間，不二子就會返回夢中及妄想中。他想將臉埋在不二子的夢枕而氣絕，如此一來他就會變成是不二子飼養的幽靈。

不二子返回房間。看到薰端坐的情景，說聲：「你好像是個乖孩子嘛。」

「等我示意時，你不要出聲下樓梯，靜靜地從玄關走出去。」

薰默默地點頭。當他想站起來時，由於剛才端坐的緣故，到膝蓋都發麻，簡直寸步難行。他告訴不二子在痲痺的感覺消退之前，希望她能聽他說話。這個房間是哥哥葵偷窺的標的物，他偷拍不二子換衣服的情景，而自己把那些照片和底片都藏起來了。不二子不由得皺眉嘆氣。此外，他也告白自己不是常磐家的小孩。不二子露出笑臉抱著薰的肩膀說：

「我知道啊。杏樹有告訴過我。我也想要有個弟弟。雖然我還沒有告訴過任何人。你潛入我房間的事就當作是我們兩個人的秘密吧。」

5

不二子對薰突如其來的訪問如何保密呢？

杏樹是在很久以後才從不二子的口中聽到這件事。杏樹知道這件事是在兩個人的秘密保守了大約十五年後。

「那時覺得自己眞的有個弟弟。在薰回去後有好一會兒都覺得他剛剛在房間的事彷彿是一場夢。」

「發覺那個孩子在妳的房間，妳不吃驚嗎？」

「我原本就認爲他在啊。很奇怪吧。在進入房間之前我在浴室裡就邊想著他的事。當我進入房間時，他靜靜地端坐。一副不管是什麼命運都逆來順受的表情。」

杏樹心想薰一定是露出和初次來到常磐家時相同的表情。不二子也這麼說過：

「突然變成陌生家族中的一員，心情會是如何呢？我們離開自己的家人，可以和人建立起家族的關係嗎？那時還是必須和以往的自己告別、脫胎換骨嗎？如果我是薰，我會如何做呢？」

潛入不二子房間的男人始無前例後無來者唯獨薰而已。這個事件永遠刻入兩人的記憶中。

因爲薰將他的憧憬一開始就採取自動自發的形式。不二子十四歲，薰十二歲。兩人的年齡如果更大或更小就不會發生這件事了吧。十一歲的薰沒有這麼大膽的勇氣，而十三歲會性衝動的薰應該會被不二子拒絕。在房間裡什麼事也沒有發生。除了不二子和薰擁有僅限於兩人所有的秘密。

第六章

1

妳問杏樹，不二子是在什麼時候、以及爲什麼將兩人的秘密告訴她？

「我之所以聽到這件事是在不二子即將結婚之前。因爲已經沒有必要再當作秘密，所以就告訴我了吧。不過，兩人之間在之後還製造出更多的秘密。總之，他們開始談戀愛了。」

「那是薰桑的初戀吧？」

簡直就像是和軍樂一起開始的初戀。聽到妳父親那令人莞爾且大膽的初戀之始末，妳不由得害羞了。雖然潛入女性的房間，在他年僅十二歲的小小年紀就發揮了那種讓對方理解、誘騙女人的天性。而不二子宛如預期薰會侵入般地包容，一定是被比她年幼的薰所吸引。

「不二子常常問我薰在做什麼、個性如何、有何興趣等，但不是令人有他們在戀愛的感覺。或許是對我有所顧忌。雖然薰打算和平常一樣隱藏眞心，卻讓我看穿了。他的眼神告訴我他有多喜歡不二子。老實說，我很妒嫉。我不希望弟弟被搶走。雖然薰不知道，曾經有過一次，我詢問不二子，如果把薰當作談戀愛的對象，妳覺得如何？妳猜她如何回答？」

「當作戀愛的對象不會太幼齒嗎？」

「的確如此。如果要談戀愛的話，還有所不足。薰胸中所懷抱的只是憧憬。如果要變成戀愛，還需要更強力的動力。」

薰十二歲，不二子十四歲。戀愛的齒輪咬合尚未密合。兩人都遠離伴隨戀愛而來的撫媚、注重外表或感傷。不過，當不二子在身邊時，薰能夠感受到無色透明的空氣中散發著若有似無的味道。那是類似什麼樣的味道呢？薰用他的鼻子去聞果實和草木，甚至是紙、牆壁、布或玻璃的味道，卻無所斬獲。那就是不二子身上無法用什麼東西來比擬的味道。如果憧憬是有味道的，一定就是這種味道。

事實上憧憬是什麼味道呢？雖然大家都在聞。卻與撫媚、注重外表或感傷的味道不同，猶如香水的買賣，是無法掌握的。不過，談戀愛的人都在聞那種難以言喻的味道。妳雖然有聞過那種味道，憧憬卻發酵變成更複雜的味道，甚至還會受到蠱惑。不久後就腐敗散發出撲鼻的惡臭。最後返回無味無臭吧。

總之，要使憧憬發酵變成戀愛的話需要一段時間。薰只能等待。一直等待到變成不被視爲孩子的年齡。他一心一意等待輪到自己上場，他只能面對著公園的嘆壁焦急地等待不二子的出現。

他已經失去潛入不二子房間時的那種勇氣。即使站在不二子家的門前，他也無法按鈴。即使撥電話的數字盤，最高限度只能聽三聲鈴響。薰的戀愛之道聳立著猶豫的厚牆，他只能跺腳。戀愛和憧憬使薰的心臟萎縮，告訴他什麼是害羞。

他有幾次和不二子擦身而過。不過，薰背叛了自己的眞心，從不二子的視線中消失，只是從遠處目送她漸行漸遠的背影。

薰就讀葵所就讀OK大學的附屬國中。雖然沒有爲考試作任何準備，卻及格了。原本常磐家的父母希望他能唸好學校的。爲了獎賞他，父母親決定買東西給他。他挑選了電吉他。宣告天眞無邪的幼年期已經結束。因爲他需要有能散發出咬碎肉飛衝出去的衝動之武器。武器也是薰操控自己的道具。

常常看到弟弟露出的表情，杏樹就有種心裡在冒泡的想法。戀愛中的少年容顏會改變。最初在常磐家過夜時難以掩飾不安之情的那張臉，不知不覺中變成被破壞之神眷愛的聰明表情。葵已經無法再欺負薰或命令他跑腿了。爲了牽制如同搶走自己地位的弟弟，葵開始認眞思索能有效果挫敗他的方法。

有一天不二子到家裡來找杏樹。她們兩人就關在杏樹的房間裡，好像在談論什麼事。過了一會兒，因杏樹呼喚他，薰就去她的房間。那時候僅有數分鐘變成兩人獨處，薰還是無法正視不二子的臉，像個傀壘原地站著。無法回應不二子的微笑，一副似乎內心有愧的表情，簡直不知道該往哪裡看才好。

「薰！你將來想做什麼？」

針對不二子的問話，薰毫不客氣地回答。

「我想當歌手。」

「演唱令尊作的曲子吧？我聽杏樹說過。你開音樂會時一定要叫我來！」

「我知道了。」

「我們就這麼說定了哦。經過十年也不可以忘記哦。」

「我不會忘記。妳打算做什麼呢？」

「我該怎麼辦呢？我原本一直就想當個獸醫。不過因爲夢想會改變。」

「我生病時就去讓妳診治。」

不知是否是因爲自覺自己逐漸變成野獸，他一本正經地回答。不二子立即微笑，同時回給意外的答案。

「我想當個能治療戀愛病的醫生。」

2

分離突然來拜訪。連告別的機會也沒有給他。

那是在不二子十五歲、薰十三歲的夏日。不二子隨父親去海外工作，全家啓程去美國的東海岸。薰的戀愛還沒有清楚的輪廓就被切斷了。

薰怨恨事先沒有預告就離去的不二子。原本想今後要變成不二子所愛的男人，箭頭卻找不到目標，他的熱情懸空著。杏樹知道不二子要去美國的事，爲何不讓自己知道。薰不禁責問杏樹。杏樹認爲他一定會從不二子的口中知道。

不二子一定打算不告別就去旅行。然後交換一個約定。雖然不知道什麼時候會回到日本，但一定會去聽演唱會。如果告別的話，薰的戀愛就結束了。不過，只要十年後的約定還生效，戀愛就不死。不二子一定是察覺薰的心思，因此想試探他的熱情。不過，那時薰無法讀懂不二子的心。

就在不二子離開這個城鎮一年後，輪到薰變聲的季節。他已經無法像來常磐家時那樣以男童高音來歌唱。失去聲音的薰變得很憂鬱，常常把自己關在房間一整天。就連葵也沒有心思去欺負他。薰在學校的功課一落千丈，到了國中二年級時，一百五十人中竟然排名一百三十名。儘管如此，他在班級上還是非常受到歡迎。成績優秀的同學、運動萬能的同學、不良集團的同學，大家都想和他當朋友。杏樹也不知道爲什麼會這樣。薰一定是拿聲音交換，吐出能讓衆人陶醉的毒吧。

「妳有沒有留著薰桑寫給不二子的信？」

「很不湊巧，沒有保留。不過，可以想像薰寫了什麼話。薰失去聲音後，開始寫詩。自從無師自通學作曲後，他就爲自己寫的詩配曲來吟唱。這件事妳應該有所聽聞。薰在年輕時寫的詩全部變成給不二子的訊息。」

杏樹催妳打開埋在起居室牆壁上的耐火保險櫃。說是裡面應該有一本札記。的確有。札記有被火吻的痕跡。投入火中的是薰，在即將燃燒前救出札記的是杏樹。於是札記就變成由杏樹擁有。妳戰戰兢兢地打開那本滿是薰在比妳現在更年輕的年紀時專心補綴想法的札記。從以恰似被抓傷的筆跡來抒情的字裡行間，充分傳達出他當時的熱情與狂妄。

為什麼我是十四歲？
我免費施捨青春給羨慕我年輕的老者。
不管怎麼年輕，並非樣樣都是好事。
我很害怕以奇怪的聲音吶喊、逐漸毀壞的自己。
喉嚨非常乾渴，我咕嚕咕嚕大口喝牛奶，
盜汗濕潤了短褲。

在軀體上生活了十五年。
每天佯裝精神抖擻。
我被愛遠超過自己所認為的。
軀體住起來如何？我告訴詢問我的朋友。

只要做了一次就無法停止。
呼吸停止，也沒有脈動。
腦波平穩，
眼簾聚滿蒼蠅。
通電就跳舞，
流入河裡就到達大海，
投入火中就熊熊燃燒。
被蚯蚓搔得發癢，
被烏鴉拼命啄，
已經沒有什麼東西會讓我害怕了，
不愉快的過去消逝了，
也沒有終老，
沈浸在美麗的回憶中。

不知在何處的村落正舉行雪祭。
一個美金五元的冰之女神。
讓她在旁邊陪睡，床都冰凍了。

我在夢中殺死的愛人也冰凍了。
不知在何處的城鎮正舉行母祭。
廉價出售母親的出血。
買了兩打的母親，
不知該擺放在哪裡，就讓雨淋吧。
不知在何處的國家正舉行魔女祭。
魔女競賽的優勝者，
當場立刻要被處以火刑。
凝視即將燃燒的愛人，我笑了。
拼命地隱藏內疚感。
既然認識那個人就必須沈默。
因為秘密的森林會守護那個人。
既然和那個人相遇就必須跳舞。
因為骨頭在笑，腳跟熊熊燃燒。
既然和那個人接觸就必須發狂。
因為我的心在溶化，我的身變成空殼。
既然愛上那個人就必須踏上死亡之路。

因為無數的情敵互相殺戮。
既然擁抱了那個人就必須消失，
因為那個男人不屬於這個紅塵。
今天我也以假音空洞地輕聲呼喚那個人的名字。
當這個聲音傳到時，世界就會變暗。

3

薰是從充滿黑色熱情的札記中挑出話語寄給不二子吧。收到那封信的不二子又是如何回信呢？不知是否察覺妳的好奇心，杏樹要妳再次尋找保險櫃的裡面。妳漫不經心地撥開裡面所收藏的寶石、房屋權狀和紀念錶等，把手伸入保險櫃裡面，結果碰到一疊信封。

收件人是常磐薰。寄件人是F‧A。年代最久遠的郵戳是在波士頓蓋的，日期在一九七九年的八月九日。

常磐薰先生：

感謝來信。我現在就在離你所生活的城鎮很遠的地方。你所看見的夕陽是這個城鎮的朝日。這個城鎮結束一天時，你正在過明日的午後。你美夢方酣時，我正在奔跑、歌唱或思考。我想當你夢見我時，我才得以同時出現在日本和美國。

從九月開始，我要上波士頓的國中。為了能跟上功課，現在正在接受家庭教師的英語特訓。去附近的公園散步時，經常看到正在練習投球的少年，那時我就會想到不知道薰現在怎麼樣了。不知道下次什麼時候能夠再見面？因為父親工作的關係，我想我們暫時要在美國生活了。你可記得我們最後見面時說過的話嗎？我們互相談論將來的夢想吧。我說我想當獸醫。你說你想當作曲家。不管是當歌手或作曲家，你都一定要去旅行吧。恰似莫札特從幼年到死都一直在旅行，因為音樂家的工作就是將能使人心靈平靜的旋律傳遍全世界，我相信在你旅行的途中，我們一定能再相會的。

要保重等待那日的到來喔！我再寫信給你。

來自希望將薰當弟弟看待的女人

兩人天涯分離，寫信是唯一心靈相通的手段。爲了率直地說出心裡話，或許需要距離。薰一定是經過好幾次推敲才把信寄出去。他耐心地等待，自己那些彷彿在不二子心湖丟下小石塊的話語，在她的心湖泛起波紋後經由太平洋傳到自己的身邊。爲了讓自己住進不二子的記憶裡，他必須不斷用詩來支付房租。戀愛的人變成詩人這句話說的就是這麼一回事。

妳的目光停留於寫在札記上的詩。

我仰望蒼穹問白雲。
那個人安康否？
白雲說，沒有看見在天空飛翔的女孩。
我問埋在地面的石頭。
那個人喜歡我嗎？
石頭說，我對溫柔的女孩不感興趣。
我問路過的風。
那個人可曾夢見我？
影子代替風回答。
人是否記得昨日風吹過的味道？
可以想起前天踏過的石頭之堅硬嗎？
知道今日看見的雲朵往何處去嗎？

無依無靠的少年薰之孤獨也傳達給是他女兒的妳。收到這樣告白的不二子有什麼樣的回信呢？

第二封信的日期是一九七九年十二月二十日。距離第一封信已經過了相當長的一段時間。

常磐薰先生：

聖誕節快樂！以及新年快樂！

祝薰在新的一年能美夢成真。

補述：

我在高中的辯論大賽獲得冠軍。

F・A

這是字裡行間過於冷淡的一封信。那一段時間裡或許兩人的意識沒有交集。大概赤裸裸表達不二子心情的信被從這個家的保險櫃拿走，然後跟著薰一起去旅行。當妳說出這個想法時，杏樹回答：

「家裡所保管的只不過是不二子來信的極小部分而已。事實上，每個月都會寄來信。光是那樣薰依然勤快地寫信。」

妳交互讀著少年薰的札記和不二子的信。

4

偶遇的女子、迎面而來的女子、竭盡心力的女子、教書的女子、狂怒的女子……各有各自的名字。

所有的姓下面取的名字都是不二子。

鈴木不二子、佐藤不二子、中村不二子、田中不二子、安部不二子、清水不二子、進不二子、峰不二子、泉不二子、尾崎不二子……

排列了一百個不二子，最後總算找到麻川。

過橋的是不二子。穿越森林的人也是不二子。

說謊的人是不二子。吃人的人也是不二子。

喝水的人是不二子。嘆氣的人也是不二子。

不二子不二子不二子不二子。

一百個不二子以和體重相同的時速跑下坡道。

一百個不二子穿著學校的泳衣在商店街遊行。

一百個不二子在花店排隊，各買一枝百合。

一百個不二子輪留在我的身體上刻下名字。

一九八〇年二月十一日的信就變成是薰將札記上寫的詩送給不二子的證據。

薰：

薰寄給我的詩，對現在的我來說，就如同水和鹽一樣都是大事。在你的詩中，我曾經在那裡生活過的家、你所管理的公園、以及你害羞的臉龐都看似重疊。

每天使用英語說話，覺得日語逐漸剝落了。在家裡和父母親及妹妹們用日語說話時，感覺和住在日本時沒有什麼差別。但在和朋友用電話長聊後，突然間恢復日語時，總覺得自己說的日語變得很奇怪。學校的課業繁忙，我盡量抽空多閱讀日本小說。最近我很喜歡三島由紀夫和太宰治的小說。

不過，閱讀你所寫的詩比什麼都還快樂。為什麼？因為我覺得從詩中可以直接感受到你的歡樂與悲傷。我正在閱讀的是已不在人世的人留下來的字句。任何一篇文章都像是遺言。因此，我在一週前就焦急地等著薰喃喃自語的信。今後要像雜誌一樣，每月寫詩送給我。

然後因緣成熟時就將詩譜曲唱給我聽。

F・A

受到不二子的鼓勵，甚至她說等得很焦急，於是薰更有一股衝動要作詩吧。札記後半部寫的這首詩將少年薰的直言表露無遺。

5

現在只能出現在夢中和相簿中的母親！
我談戀愛了。
請您生氣！請您責備我！
混入我所呼吸空氣中的母親！
我罹患無人能治的絕症。
請原諒我！請對我死心！
已看透我心的母親！
聽說她要成為能醫治戀愛病的醫生。
因此我只能將希望寄託在她身上。
不過，請相信我！溶入午後陽光中的母親！
母親也住在愛我的人之心中。
戀人面對著地球，變成是驕傲國度的人質。

很擔心人質是否平安？
如圓木頭的兩個胳膊上有錨形刺青的美國人。咀嚼著口香糖要把她搶走嗎？
戴著白頭巾、高舉火把的集團，
會把愛人誤認為魔女，要對她拷刑嗎？
重視家庭的消防員和充滿正義感的警察，
會把她監禁在白色的家，要她脫衣服嗎？
雖然我對那個國家的人無恨，他們卻齊聚一堂想把我從她的意識中逐出。
至少算是救命的就是傳來愛人平安的信。
我很擔心是否全數送達。
啊！這麼說來，祖父在那個偉大的國家成長。
來到像是那個國家弟弟的這個國家撫育父親。
母親！母親！帶給我無限悲傷的母親！
請幫我詢問和您在彼岸公寓一起生活的父親。
父親是否討厭似乎是世界上最偉大的那個國家？
一九八〇年七月三日的信大概是回覆這首詩。

薰：

明天是美國的獨立紀念日。波士頓也舉辦各種慶祝活動。我們要接受邀請去參加父親大學教授同事舉辦的宴會。我要在會場以英語演講。現在剛寫好原稿。

前些日子薰給我的信中寫著討厭地球上最驕傲的國家吧。而且也說很擔心成為那個國家人質的我。這個國家的確有傲慢的地方。不過，由於每位市民發揮善意與理性，才能與權力的傲慢拉踞。我有能信賴的朋友，而且也有尊敬的老師。因為和他們有互動，我相信他們會保護我。薰只要來這個國家就可以明白。波士頓也有像小澤征爾那種受市民喜愛的日本人。

你說你變聲了？而且討厭聽到自己的聲音。聽到自己錄音的聲音的確會覺得很不好意思。不過，不需要為變聲而感到悲傷。因為是為了以更優美的聲音來歌唱的試鍊。你也要走過任何名歌手都曾走過的那扇門。我想聽看看你的聲音變得如何了。我打電話的話，你可以來接聽嗎？

F・A

6

薰變聲的事情已確實傳達給不二子知道。

妳突然認爲或許少年薰對不二子的整個心思都是徒勞的。薰向不二子尋求的是一種高明的慰藉及優等生的意見吧？妳所看到的只是有禮貌地堆砌一些沒有意思要跨過好朋友與情人一線之隔的詞藻。不二子那些溫柔但冷淡的信就能讓薰滿足嗎？還是三十多年前的戀愛就是這種方式？

妳老實地表達感想，杏樹嘆氣地喃喃著。

「什麼事都緩慢進行。大家都是用手寫字。寄信就要去郵局。世界還很紛亂，人、物與價値也在各自的土地上蠢動。談戀愛要經過兩年、三年也是很正常的事。妳如果生活在當時，一定會焦躁不安吧。對了！妳寫過詩嗎？」

「詩嗎？沒有。如果是日記，我倒寫過一年左右。」

「妳的母親寫詩嗎？」

「不！要媽媽寫詩，她一定寧可選擇忍耐把討厭的牛奶喝光吧。」

「常磐家也是沒有人寫詩。換句話說，一族中寫詩的只有薰一個人。的確，在札記上應該有『父親和母親都不寫詩』的一首詩。」

妳翻了一下札記。確實有。

父親不寫詩。
母親也不寫詩。
兩個人關在音樂的繭中。
在繭中找到自由。
從繭中出生的我和父親、母親組成三重奏。
父親教我鋼琴並告訴我，
音樂使你自由。
來！全神貫注聆聽！
進入忘我的境界。
音樂宛如穿過小巷的風，自由自在。
宛如折回的波浪不知靜止為何物。
月有圓缺的變化。
母親和我一起唱歌時說，
只要和音樂站在同一國，
就不會被人嫌惡。

不論去哪裡都可以生活。
即使言語不通，心靈也可以相通。
悲傷也可以轉變成歡笑。
也可以讓死者甦醒。
父親和母親二重奏時對我說，
音樂隨時隨地都會保護你。
即使在父母死後，
即使百萬人以你為敵，
即使被你所愛的人背叛，
即使沒有食物。
父親無法寫詩。
母親也無法寫詩。
因為他們只相信音樂。
他們兩人都不知道我在寫詩的事。
我寫詩會發生什麼事嗎？
會變得惹人嫌惡嗎？
會被剝奪去自由嗎？

會被禁止唱歌嗎？
所愛的人會死去嗎？
即使如此我也必須寫詩。
是為了向棄我離去的父親與母親洩憤。
是為了向對我過份緊張的常磐家族報恩。
致力戲弄表面上美麗的人世。
在溶化成泥的狀態下堵塞著身體。
為了給慾望一個排水口。
以及一切都是為了不二子。

7

「把少年薰訓練成詩人的是不二子吧。」
對於妳的詢問，杏樹頻頻點頭。沈思了一會兒，喃喃說著。
「是啊，都是不二子的錯。」
「您說的錯是指什麼事呢？寫詩嗎？」
「是啊。薰如果聽從雙親的話只接觸音樂就好了。這麼一來，就不會有人受傷了。因爲寫詩時，薰飛到危險的世界。薰做了詩的犧牲品。」

妳沒有察覺杏樹在說什麼，再度把目光落在少年薰的詩上。對雙親的洩憤……對常磐家族的報恩……對人世戲弄……慾望的排水口……以及爲了不二子……到底哪裡錯了？

「的確，藉由詩將他們兩人連結起來。薰爲了追求不二子而寫詩，不二子爲了獲得詩而與薰維持微妙的連繫。讀過札記妳也有同感吧。妳能想像國中生或高中生寫這種詩嗎？薰的詩中散發出令人陶醉的毒。這種毒連冷靜的不二子也陶醉了。當然，不二子不寫詩。正因爲她是個不會把毒帶到自己身上的人，因此她向薰求詩。不過，如果薰不寫詩，他們兩人就會各自邁向各自的道路，五年後也就不會相遇。」

之後他們兩人之間到底發生什麼事呢？兩人分離時，不二子十五歲、薰十三歲。兩人再相遇是在五年後，不二子二十歲、薰十八歲。

「應該還有一封信。」

郵戳是一九八二年七月七日的信。

常磐薰先生：

我作了一個夢。夢中你和波士頓交響樂團共同表演。你以變音前的高音唱著葛路克（Gluck）聞名的歌劇《奧菲歐與尤莉迪絲》（*Orfeo ed Euridice*）。演唱奧菲歐想從冥界帶回愛妻，因違背規定回頭看而永遠失去愛妻，因此整日悲傷度日的那一段。去年的聖誕節收到杏樹寄來的卡片。你也穿牛仔褲拍照吧。你就是作那樣的打扮站在舞台上。

能夠看到現在的你，真是令人非常高興。你在不知不覺中長大了。你已經是高中二年級學生了。一定被女孩子騷擾吧？

我也是從今年夏天變成大學生。要進入哈佛大學的經濟學系就讀。我曾告訴你我想當獸醫。現在計劃改變。我想一直留在波士頓，將來再以某種形式來對日本的未來有所助益。

聽說薰組成一個樂隊。你還記得三年前我們的約定嗎？

看到你站在舞台上的日子已經不遠。如果有你唱歌的錄音帶，一定要送給我。因為聽著錄音帶就可以想像舞台的情景。

F・A

之後一定也持續著通信。不過，一九八二年七夕以後寫的信除了不二子和薰外一定沒有人看過。事實上，妳所看到的這五封信原本應該是不存在這個塵世的。杏樹是最後的讀者，在她的眼睛失去光明後，一連串的信也必須葬在黑暗中。如果杏樹遵守與不二子的約定，信紙應該要燒掉化成灰燼。不過，她沒有把信燒掉。因爲她認爲已發生過的事是無法當作沒有發生過的。

第七章

1

之前我有告訴過妳。在妳出生之前有過好幾個戀愛。牽連到薰、妳以及前世紀一族持續下來的戀愛史。以戀愛的當事人來說，作夢也沒想到自己的戀愛竟然會左右到孩子們的未來吧。從懷著憧憬開始天眞無邪的戀愛也朝向無法想像的未來。

戀愛帶來無數的快樂，也使喜怒哀樂倍增，歪曲現實，誘惑走向死亡。而且，戀愛沒有盡頭。即使戀人們死去，在兩人之間起作用的戀愛也不會死去。

凱撒大帝和克莉奧佩特拉的肉體雖然已灰飛煙滅，他們兩人的戀愛變成歷史。羅密歐和茱麗葉雖然死去，他們兩人的戀愛卻變成傳說。

戀愛總是在戀人們死後才開花。戀愛是戀人們朝向無法想像的未來、沒有止境的願望。戀愛是在現世絕對無法滿足、彼岸的慾望。

雖然妳承認受父親戀愛的影響，但無法想像連祖父和曾祖父的戀愛之影子都落在現在的妳身上。不過，我之前有說過，你們家一族的旅行從曾祖父時代開始，已經持續一百多年。

而妳也繼承宛如接力賽的旅行之衣缽。旅行雖然沒有義務也漫無目的，妳透過旅行，自然而然就匯集了一族被遺忘的戀愛之點點滴滴。他們絕望的戀愛，一定重覆相同的歷史吧。因爲他們把遺憾帶到另一個世界，也把妳們未來的子孫捲進來。

妳的祖父名叫野田藏人，是個有名的作曲家。在妳出生之前就已經是在另一個世界的男人，突然以妳沒有聽慣的名字闖入妳的意識。而且妳看過收藏在常磐家書架上野田藏人創作的樂譜。從小薰唱給妳聽的「搖籃曲」和藏人獻給常磐茂的「長崎 champon 第一號」也並排在一起。不過，沒有發現藏人未完成的遺作「死者之歌」的總譜。

在某個晴朗的過午時分，妳向杏樹姑姑詢問有關祖父遺作的事。她回答：「啊，安魂曲。」

「大概和薰一起去旅行了吧。」

薰有遵照藏人的遺言完成「死者之歌」嗎？也讓總譜跟著去旅行暴露在更多人的目光下嗎？還是因爲感覺自己也是被少數人喜愛、絕大多數人嫌惡的男人，因此將有相同境遇的父親之遺作帶在身邊形影不離。或許是無法爲父親掃墓的漂泊之身，因此把總譜取代牌位隨身攜帶。

爲了順應杏樹姑姑的要求，妳試著用鋼琴彈奏「搖籃曲」。中學時的薰曾經說過，半音階的旋律中有因吃太飽而動彈不得的熊先生的夢囈。這段旋律中的確添加讓聽衆四肢無力的幽默。仔細聆聽，嬰兒似乎頻頻在向母親傾訴。果眞如此的話，妳認爲藏人或許是將嬰兒時的薰之饒舌應用到旋律中。

杏樹大概是想起年幼的薰和貓咪一起躺在大鋼琴下打盹的情景，微笑中夾雜著嘆息。

「要如何才能創作出這種不可思議的曲子啊？妳的祖父果眞是天才。」

妳聽了杏樹姑姑的話不由得搖頭。

「只可惜他的體力不及他的天才。」

「或許吧。要成爲巨匠，必須不厭其煩地取悅一般大衆。這點妳的祖父做不到。我的父親希望藏人先生寫部歌劇。」

歌劇？創作像嬰兒呢喃的搖籃曲的人所作出的歌劇會是什麼模樣呢？變成英雄或女中豪傑在喃喃自語或充滿詼諧的歌劇嗎？妳不禁笑出來。

這次輪到杏樹搖頭。她說：「藏人先生很認眞在思考哦。」

「他和父親約好一完成安魂曲就輪到歌劇。藏人先生似乎從二十幾歲就開始在構思。因爲標題都已經決定好了。」

「咦？是什麼樣的標題呢？」

妳好奇地詢問。杏樹姑姑回答：《蝴蝶的兒子》。什麼的兒子？針對妳的詰問，杏樹如此說明。

「Junior Butterfly 啊。蝴蝶夫人的兒子。藏人先生似乎想創作普契尼的《蝴蝶夫人》之續集。妳認爲是爲了什麼呢？」

「爲了什麼？」

「因爲蝴蝶夫人就是藏人先生的祖母啊。Junior Butterfly 就是指藏人先生的父親。」

2

妳在等待杏樹姑姑因無法承受、那張毫無表情的臉崩塌。她說的話一時之間令人難以置信。如果是普契尼的歌劇《蝴蝶夫人》，妳也略有耳聞。那是日本還單靠透過浮世繪或萬國博覽會來製造幻想時的故事。描述一位日本少女和美國人結婚，育有一子，卻遭拋棄，爲維護自尊心而自殺的悲劇。女中豪傑蝴蝶夫人，因普契尼的關係而變成世界聞名的日本女性。聽說她是妳的祖先。妳只能回答一句：「妳是在開玩笑吧。」

大家都會這麼想的。蝴蝶夫人？啊，就是那個美國人和義大利人隨便捏造出來的日本人。不存在這個塵世的女人之兒孫類的事情自然被視爲是虛構的故事。假設杏樹姑姑說的話千眞萬確，那在這裡的妳又算什麼？如果祖先是故事中的女人，那妳也就變成是虛構的子孫，足以媲美祖先是神話英雄的天皇了。

薰和妳、天皇和皇太子都實實在在地呼吸著相同地上的空氣。即使祖先是歌劇中的女中豪傑或神話中的英雄，我們可以說實際存在的東西就是實際存在吧？

「那件事是常磐茂先生從藏人先生那裡聽來的吧？」

妳雖然不是偵探，但以偵探的口吻愼重地詢問杏樹姑姑。

「是啊。我和薰都是聽家父說的。」

「藏人先生是聽 Junior Butterfly 先生說的吧？」

「是吧。」

還有其他什麼方法可以知道這件事吧？薰和藏人被父親告知這件事時，心裡作何感想？妳不認爲他們能理解。應該不會認爲留下許多謎和空白而覺得很好吧？

「覺得很意外嗎？」

經杏樹姑姑一詢問，妳靦腆地笑著點頭。「妳很快就會習慣的，」姑姑握著妳的手。人在某一天突然和意外的祖先連結在一起，得知自己也在歷史的末端。不過，往過去追溯四代，歷史被磨損，幾近神話故事。

「蝴蝶夫人似乎是實際存在的女性哦。」

「妳怎麼知道？」

「因爲家父調查過啊。當他將藏人先生告知的祖先故事轉給薰知道時，曾想過要拿出確實證據來表示蝴蝶夫人不是虛構的人物。如果蝴蝶夫人是實際存在的女性，他想知道她究竟是一個什麼樣的人物。於是派人去調查留在長崎市政府、圖書館和警察局之明治時代的記錄。提及美國艦隊聚集長崎的事，大家想到的都是日清戰爭，因此以那個時期爲目標，誰知日清戰爭時的記事，卻幾乎沒有留下記錄。不過，家父那時認爲如果尋找在長崎自殺的女性記錄，應該會有蝴蝶夫人。」

「結果如何?」

「在警察局留下明治二十年代的事故記錄中，自殺報告每年約有十件，但使用刀子自殺的、在一八九四年九月只有一件報告，而且自殺者是個十八歲的年輕女性。直覺那個人才是藏人先生的祖母，到處託人的結果，終於獲得一八九四年九月二十七日的《長崎新報》。」

蟲蝕斑斑的報紙上之報導印刷在紙張的裡頁，左上角赫然出現那則記事。

敘述簡潔到幾乎讓人過目就遺忘。而且重要的名字之鉛字被蟲啃食了。

藝妓自殺身亡。

九月二十六日下午七點左右，藝妓○△小姐在東山手○○番地的美國海軍中尉府邸用短刀割斷頸動脈自殺。整個事件被視為因已疲於生活所以自殺。

一八九四年九月二十六日……這天是蝴蝶夫人的忌日。從這年夏天開始展開日清戰爭，九月十七日在黃海上蜂火連天。人們所關心的是戰況而非藝妓自殺等芝麻小事吧。

總之，一則藝妓自殺的記事足以證明蝴蝶夫人是實際存在的人物。

3

人們早就忘記蝴蝶夫人的本名。因爲明治時期女人的名字常因日常的生活或交往的對象而改變，所以她應該有好幾個名字。「蝴蝶夫人」的稱呼源自她當藝妓時取自源氏物語中的名字。雇用她的美國人也非常中意這個名字，因此叫她「蝴蝶夫人」或「Butterfly」吧。年少時她的名字一定是叫「艷」或「繁」。孩子的名字就如同狗名，叫什麼都行。

在她出生後不久父親就去世。父親何許人也？她應該在其墓前就知道了吧。父親死後，蝴蝶夫人住在長崎，爲了維持一家生活而當藝妓，她的故鄉是深堀。父親是屬於舊佐賀藩部分領地的深堀武士。由於江藤新平等心中忿忿不平的士族們反對中央政府，釀成歷史上所謂的佐賀之亂……。叛亂後來被鎭壓，繼之熊本及九州各地被明治新體制剝奪去既有政權的武士紛紛作亂，於是政府更加嚴格監視。佐賀藩特別被視爲危險地。在三年後的西南戰爭時，當然強制他們要隨侍軍官身旁。

不過，她的父親不願背叛死於佐賀之亂的同志，於是加入秘密策劃要襲擊長崎縣廳的深堀武士之集團。或許有人密告，他們的計謀尚未執行時就被發覺，好像全部的人都被逮捕……。一開始就視死如歸的他們那一群人，有人自殺，剩下的人被處以死刑。蝴蝶夫人的父親獲得天皇睦仁御賜口含水晶珠的龍形花紋之短刀，允許他爲名譽赴死……歌劇的劇本是這麼描述的。繼承父親那把因被視爲逆賊而自裁的短刀，蝴蝶夫人瞭解到刀身刻的銘文「不能與名譽同生，則與名譽共死」之含意，後來用來割斷自己的動脈……。大約經過八十年後，以天皇爲後盾作爲證明的那把短刀交到不知來龍去脈的薰手中。

從逆賊的女兒到變成藝妓，以及之後成爲美國海軍士官的妻子之人生經歷，當時的蝴蝶夫人年僅十五歲。殘酷的現實使她對戀愛抱著甜蜜的夢想。她自己從爲了生存下去的有限選擇中作出抉擇，卻不解我們能預想出那是什麼樣未來的世間事。不過，在短短的三年間她就體悟良深。爲了不違背最初的意志，她渡過了無法回頭的河川。

娶蝴蝶夫人作爲長崎當地妻子的美國人更加愜意。既然被流放到亞洲的基地，如果不找出合適的樂趣是無法提昇士氣的。於是大肆揮霍承包善長跳舞、像玩偶般的姑娘，以一紙九九九年的契約租用山丘上的一棟房子。那棟房子就在從軍艦停泊的大浦海岸穿過開鑿的山路、爬上石頭堆砌的荷蘭坡，是美國人居住區的東山手之前方。是眺望腳底大海的絕佳場所。只不過是一個下級士官的美國人在能眺望長崎的愛巢、和十五歲的藝妓一起生活……對外國人或鎮上的居民來說，或許就如同觀光地的名產。

長崎人自十六世紀以來，數百年間與南蠻人（葡萄牙人）和紅毛人（荷蘭人）交際往來。最初看到外國人時好似看到異形的鬼，等到知道他們貪得無厭同時態度謙虛時，才認爲他們和自己是相同的人子。他們把資本主義和基督教一起帶進唯一開放給外國人的門戶長崎。因爲他們將慾望之箭和靈魂之箭不斷射向長崎。從歐洲、印度和中國將槍枝、絹織物、美術工藝品及其他一切東西運來這裡，卻沒有帶來一個女人。當然，長期航海與在陌生的土地上生活，心情自然慌亂。於是他們從長崎女人身上尋求慰藉。長崎人數百年來一直凝視成為南蠻人或紅毛人當地妻子的女人。

對船員來說，港口就是女人，因此才搭乘商船或軍艦入港。就在蝴蝶夫人和美國海軍士官平克頓相遇、日清戰爭的前夕，有好幾組港口的夫婦度過了短暫的蜜月生活。不過，在兩、三個月後，男人就會信口開河說：「等知更鳥開始作巢時我就會回來，」然後搭船離去，於是女人再尋找別的援交人。即使遭男人輕薄，女人也依然隨心所欲地活下去。只要是大人都會抱持這種想法吧。不過，蝴蝶夫人與眾不同。她抱持著武士之女的想法，不要讓成為丈夫的男人流於輕薄。

在平克頓說來，他只打算讓蝴蝶夫人當簽訂兩個月契約的愛人。港口女人都知道這件事吧。因此他根本就不放在心上。不過，蝴蝶夫人不甘於從逆賊之女到藝妓、然後淪落為美國人的情婦。她想徹底保持妻子的立場。從那時起，對蝴蝶夫人而言，平克頓就等同她宣誓要絕對忠誠的主人。

能讓蝴蝶夫人下此決心的除了平克頓外不作第二人想。他不允許蝴蝶夫人的親戚出入山丘上的家。來參加他們兩人結婚儀式的親戚人數之多令他驚訝萬分，今後那群人如果一一來干涉他們的生活將令人厭煩。於是平克頓向蝴蝶夫人宣告。

「今後妳要和祖先斷絕關係。這樣反而比較輕鬆吧。因為祖先和親戚中有人是犯罪者或狂人，反倒是件麻煩事。我會替代祖先的角色。」

盂蘭盆節時，蝴蝶夫人央求要迎接祖先。平克頓的回答是「No」。說是要捨棄那種古老的習俗。

切斷與祖先的連繫……對蝴蝶夫人來說，相當於砍斷自己用來站立的腳，意味著自己將變成幽靈。平克頓開玩笑地要蝴蝶夫人覺悟成爲美國人妻子是件嚴苛的事。

已經無法和在另一個世界的父親及祖先們心靈相通。自己的靈魂也被從過去切斷，彷彿飄浮在空中。自己死後也無法去祖先們的那個世界，與這個世上的人之緣份也被切斷，更無法克盡孝道。

看到蝴蝶夫人無法克服恐懼欲哭的那張臉，平克頓平靜地說。

「那麼，我把妳介紹給我們的神吧。」

4

蝴蝶夫人已經有所覺悟，爲了成爲平克頓的妻子，她要放棄對祖先的崇拜，把自己交給耶穌。

她去變成英國人和法國人居住區的南山手之教會，聆聽牧師說明耶穌如何拯救世人的靈魂。

牧師也讀聖經給她聽。

從肉身生的就是肉身；從靈生的就是靈。
我說：你們必須重生，你不要以為稀奇。
風隨著意思吹，你聽見風的響聲，卻不曉得從哪裡來，往哪裡去；凡從聖靈生的，也是如此。

約翰福音第三章

不要以為我來是帶和平到世上來的；我並沒有帶來和平，而是帶來刀劍。
我來是要使兒子反對他的父親，女兒反對她的母親，媳婦反對她的婆婆。
人的仇敵就是自己家裡的人。
那愛父母勝過我的，不配跟從我；那愛子女勝過我的，不配跟從我。
不背起他的十字架跟從我的，不配跟從我。

馬太福音第十章

平克頓一定會將自己引導到新神的國度的。

即使蝴蝶夫人抱持這樣的想法也沒有人會笑她。她很聰明地將平克頓所暗示結婚條件和牧師告訴她耶穌說過的話重疊起來，終於能夠理解。即使跟親戚和祖先斷絕關係，她認為新的神應該會保佑自己。

蝴蝶夫人改信宗教的事讓親戚們非常憤慨。當原本認為她有個美國人的丈夫會較容易周轉資金的親戚們得知她站在耶穌那一方想把自己逐出時，於是來到山丘上的家抗議。不過，他們一看到平克頓態度就軟化了，在指責蝴蝶夫人是「日本第一不孝者」後就回去了。

蝴蝶夫人為了這場婚姻付出了極高的代價。不！原本日本的法律就不承認與外國人的婚姻。而美國的法律也視這場婚姻無效。正因為平克頓知道這點才打算開個小小的玩笑，迎娶十五歲的少女為新娘。不知情的蝴蝶夫人在被親戚捨棄的當天夜裡，緊握平克頓的手說：「我是世界最幸福的人。」

蝴蝶夫人有次對女管家鈴木說。

「從現在起請叫我平克頓夫人。怎麼樣啊？我是不是看起來像皇后啊？先生穿上前後滿是金絲緞的軍服，就跟天子一模一樣。」

在把穿軍服的睦仁天皇肖畫拍成相片掛在餐室的那個時代，蝴蝶夫人公然把自己的丈夫和天皇等同視之，可是會傳出不敬的謠言的。聽到她這麼說的鈴木不但沒有說她不敬，還默默寄予同情。應該是她從蝴蝶夫人的話中感覺到逆賊之女的怨恨與反抗吧。

蝴蝶夫人的天子出去進行一個不知何時歸來的旅行，時間已經過了一年多。

在等待丈夫歸來的期間，蝴蝶夫人依然繼續學英語和上教會。對蝴蝶夫人來說，原本應該已住慣的長崎，卻變成住起來令人不舒服的城鎮。來往於石階路的人們之視線也異常冷淡，而且日子一天比一天更接近乞丐。

由於和美國人的婚姻無效，到處都有人變成新丈夫的妾。有人帶來一個實際上有去過美國的有錢人要當她的丈夫，蝴蝶夫人卻沒打算放棄作平克頓夫人。

不滿平克頓的行徑，同樣是美國人卻感到有道義責任的長崎領事也來拜訪蝴蝶夫人。忠告她要把他的事忘記、和親戚恢復往來，否則眞的就會變成孤零零的一個人。

「我不是孤獨一個人啊。」

蝴蝶夫人生下一個和聖母所抱嬰兒一模一樣的男孩。頭髮稀疏，有著咖啡色的瞳孔。

蝴蝶夫人爲生下來的男孩取名茶目（註：英文是trouble的意思）。和平克頓結婚所降臨的災難，她想藉著喜歡搗蛋的茶目來忘記。茶目一定會拯救位於日本和美國之間即將被撕裂的母親吧。他會催促救世主從美國回來吧。蝴蝶夫人把希望寄託在兒子身上。

茶目是出生在「灰色地帶之間」的孩子。日本和美國之間，藝妓和海軍士官之間，八百萬神明和耶穌基督之間。茶目在睡覺、哭鬧以及微笑。

平克頓再度搭乘林肯號回到長崎。隨著日清戰爭的爆發，美國爲了守護既得的利益，想要擔任兩國的仲裁，於是遠東艦隊集聚在大浦灣。

蝴蝶夫人用花來裝飾房間，用蠟燭來照明，讓兒子穿上漂亮的衣服，名字也從茶目變成喜男（註：英文是joy 的意思），自己也化上最美麗的妝，絞盡腦汁要讓平克頓驚喜。

如同被從三年半的徒刑中釋放，她興奮到坐立難安。三年時間很長，三年半更長。好幾次懷疑丈夫不會再回來了，她不斷地向新神禱告，和茶目一起哭泣，偷偷地祈求觀音菩薩。每天從山丘上眺望港口。看的太遠的眼睛已經不是遇見平克頓時那個天眞爛漫少女的眼睛。心情在悲傷與期待間搖晃，哭紋和笑紋交織，彷彿變成一張別人的臉。

在一心一意焦急等待的歲月裡，蝴蝶夫人痛苦地領悟到，自己愛著那個人。正因爲愛他，所以才能忍受孤獨的煎熬。

她好幾次回憶起和平克頓所度過短暫蜜月的日子。看著月亮吸著雪茄，說聲：「來這裡，我的竹林公主，」然後溫柔地摟著自己的肩膀。他教她美式、法式、義式等各種接吻的方法。散發著法國古龍水甜蜜香味的厚實胸部，以幾句日語說「妳覺得怎樣」、「妳眞漂亮」時的笑臉，爲和服帶子的結扣感動，說是要用他的手來解開……淨是日本男人絕對不會做的行爲。

跑上荷蘭坡，一眼看到自己和茶目時，他的第一句話會說什麼呢？會有什麼樣的舉動呢？或許吻會如雨水不斷降落，幾乎要使自己窒息。而茶目可能嚇得想逃。

不過，平克頓沒有出現在山丘上充滿期待的家。她認爲如果自己去港口迎接是藝妓的作法，於是一連三天連睡覺都在等待，裝飾的花枯萎了，蠟燭也燒盡了。

蝴蝶夫人越發擔心，於是去拜訪領事。領事拿出一包錢交給她，並替平克頓傳話。

謝謝妳帶給我美好的回憶。祝妳幸福。

蝴蝶夫人沒有收下那筆巨款。她說：「沒有你，我如何能幸福呢。」

蝴蝶夫人的戀愛在平克頓說著甜言蜜語時還是花苞。平克頓教導蝴蝶夫人享受當下的方法。連祖先和子孫的事都拋諸腦後，全身投入如泡影的華麗中。這才是美式追求合理快樂的作風。當平克頓吸盡戀愛的花蜜離巢而去後，蝴蝶夫人的戀愛緩緩開花了。當她的戀愛好不容易強壯到足以和平克頓的身體作理論上的對抗時，殘留在平克頓意識中的戀愛回憶就甦醒了。

然後蝴蝶夫人遇到了讓她靜靜滑落谷底的偶然遭遇。

領事館出現一位金髮女性。開口就說：「請打電報給我的丈夫平克頓中尉。」她以讓在場的蝴蝶夫人也能清楚聽到的聲音口述句子。

我見過嬰兒和褓母了。是個可愛的孩子，把他領去美國撫養吧。

蝴蝶夫人瞭解到那個女人才是平克頓正式的妻子。她似乎在蝴蝶夫人不在家時去見茶目和鈴木。蝴蝶夫人似乎已經決定默默接受不只是丈夫連兒子也被奪走的命運，她平靜地告訴大驚失色的領事。

「請代向平克頓先生問好。也祝福他的太太。」

「妳有何打算？」領事以擔心的神情詢問。「跳舞度日。」拋下這麼一句話後，深深點頭作揖就離開了。

蝴蝶夫人凝視著兒子的臉龐，說著：「從今天起你不是茶目、也不是喜男，你是悲嘆（註：英文是 Thoreau，即美國思想家梭羅），」不斷廝磨他的臉頰。還不知母親是怒是笑的兒子，竟然不可思議地盯著母親悲傷莫名的臉龐。

「因爲你是在『灰色地帶之間』出生的孩子，所以要像候鳥那樣來回飛在爸爸的國家和媽媽的國家之間。媽媽乞求觀世音菩薩慈悲，能迎接我到佛國淨土。即使媽媽不在人間，媽媽的靈魂也會一直待在你的身邊。靈魂比空氣還輕，不會有任何妨礙，所以也把我一起帶去爸爸的國家。你就在自由與平等的國家讓新的神來愛你。」

5

所有一切都被剝奪、一位自殺無名的藝妓故事在日本沒有流傳。是因爲到處都是放冷箭把她的不幸歸咎於置身美式人生的自作自受嗎？還是從蝴蝶夫人的悲劇中窺視到日本人的恥辱嗎？總之，因某種理由。蝴蝶夫人在日本被人們遺忘了。

不過，由於有人同情她的遭遇，將悲劇傳到太平洋對岸的國家。

把也暴露美國人之恥的那個故事傳到美國的，是個剛巧在日清戰爭時滯留在長崎的美國人傳教士之妻子。據說她是從常有來往的商人口中聽到那個故事。她對天眞爛漫、始終不捨棄身爲武士之女自尊心強的少女非常同情。另一方面，她對把少女當玩偶擺佈，又把她當玩偶丟棄的祖國軍人相當憤慨。雖然不是從大航海時代開始的傳統，傳教士還替軍人和商人的惡名昭彰行爲收拾善後。

爲了安慰蝴蝶夫人的靈魂，傳教士夫人所能做的就是讓人們記憶起那場悲劇。既然是美國人的恥辱，更是不應該忘記。

夫人將悲劇的來龍去脈告訴弟弟。弟弟把它彙整寫成取名〈蝴蝶夫人〉的短篇小說，然後在雜誌上發表。剛與美國建立通商關係後不久的日本，正是個人們對外國事務充滿好奇心的時期，於是〈蝴蝶夫人〉造成空前的風潮。很快它就被改編成戲劇，在倫敦看到舞台表演的普契尼，在落幕後立刻去後台簽訂了製作成歌劇的契約。

一九〇四年在米蘭史卡拉劇院首次以歌劇的方式公演，是距離實際上的蝴蝶夫人自殺後的十年。

「茶目」怎麼樣了呢？

他遵照母親的遺言渡海了。才開始懂事，突然換了一個母親，又被一個以說話時要滾動舌頭的語言來說話的大男人抱著。二十九天都在眺望與從山丘上的家所看見迥然不同的大海。船的兩側不停地響著水車的轟隆聲。這是一趟對三歲小孩過於嚴苛的船之旅。「茶目」應該是渡過太平洋者中年紀最輕的記錄保持人。「茶目」在林肯號的艦上被取了一個美國人的名字。

小班傑明・平克頓（Benjamin Pinkerton Junior）。

父親平克頓中尉叫他「Junior」，父親的妻子叫他「small Ben」。不久後將Junior的J與Benjamin的B合起來，兩個人都叫他「JB」。B當然也包含蝴蝶「Butterfly」的B。

一八九四年十一月二十六日，他們一家人抵達舊金山。

「JB！美國到了哦。從今天開始你必須對這個國家忠誠。」

父親看到JB用力地向祖國踩出第一步，因此做了上述的宣言。不過，JB只蹣跚地走了三步就跌倒了。美國就像在船上那樣搖晃。走一步大地往下沈，第二步大地就浮起來了。好像印到身體上的坐船之搖晃感在兩週內始終沒有消失。開始懂事的JB認爲美國是個搖晃的國家。

6

JB對平克頓來說是一種贖罪，對妻子阿德雷德來說則是丈夫的污點，因此妻子佔優勢。不過，夫婦兩人都有慈善的自覺，想好好撫育JB。平克頓一家在加利福尼亞州索諾瑪的社區修建住宅，他們向社區居民說明將孤兒帶回作爲養子，並強調自己的博愛。而留下兒子自殺的蝴蝶夫人就變成是無知及任性的女人。

在索諾瑪的家，舉凡長崎的回憶及蝴蝶夫人的名字一概不可以說出。JB唯一母親的名字是阿德雷德，自己退場到另一個世界的蝴蝶夫人沒有當母親的資格。阿德雷德也是平克頓唯一的妻子。在索諾瑪的家，平克頓也被禁止回憶往事。

ＪＢ依稀記得蝴蝶夫人的臉龐、聲音和樣子，每次阿德雷德說「只有我才是你的媽媽」時，ＪＢ就會想起蝴蝶夫人。

我不曾吸吮阿德雷德的乳頭。讓我吸吮乳頭的人到底去了哪裡？

在索諾瑪的家開始生活時，長崎山丘上的生活就已下沈到遠方。索諾瑪的家也是在山丘上，不過看不到海，像綠湖的葡萄園綿延不絕。ＪＢ在海對岸的家所使用的語言在這裡一概不通，而且沒有令人懷念的乳房和白米飯，也沒有唱奇妙的歌給他聽的奶媽、充滿草香冰涼的榻榻米、用舌頭舔個洞玩耍的紙門、以及微暗的廁所。再則，這裡也沒有被叫做「茶目」的嬰兒。

二十九天的航海，海的對岸變成海市蜃樓，連ＪＢ的生母也變成「茶目」在夢中見到的女人。

即使蝴蝶夫人和「茶目」一起消失在夢中，那個影子也應該繼續刻在逐漸成長的ＪＢ之臉上。

美國是各種過去交錯的場所。ＪＢ發覺這點是在十四歲時。

學校的同學們都有各自的祖先，擁有各式各樣的名字。同學也有搭乘五月花號來的清教徒子孫。還有幾個人的姓很難發音。例如，Cotishushico、Nieizvestonui、Crauzevittsel……。而 Macheneshe 和 O'Brien 就說過ＪＢ有張和名字不相符的臉。

「你從哪裡來？」
五月花船員的子孫蒙哥美利曾以睡眼惺忪的眼睛盯著ＪＢ的臉詢問時，ＪＢ才初次強烈意識到來加利福尼亞之前的自己和生母的事。ＪＢ心想，如果不面對被封印在嬰兒夢中的過去，自己就會變成奇怪的外國人。
難怪每次照鏡子時，ＪＢ總無法理解爲何自己有張外國人的臉。Macheneshe 嘲笑他：「你不是平克頓，你應該是個姓平名叫克頓的中國人吧？」還毆打他。
「我是渡過太平洋來的。」
ＪＢ一直都是這麼回答，然後就無法再接台詞。他連適合自己臉的名字也不知道。蒙哥美利說：「印第安人的奈巴荷族和阿帕契族也是渡過太平洋來的，」於是又毆打ＪＢ。ＪＢ被任意歸類爲美國原住民和白人的混血兒。
ＪＢ和家人在沙漠旅行時，的確看過臉和自己非常相似的少年。他有種不可思議的親切感也是不爭的事實。不過，ＪＢ依稀記得在太平洋對岸所用語言的幾個單字。自己被叫做「茶目」。唱著奇妙的歌給他聽的奶媽名叫鈴木。他知道「海」、「好吃」、「大」的日語。此外，他還記得「蝴蝶」和「你覺得如何？」怎麼說。
ＪＢ因幾個日語單字及和同學明顯不同的臉孔。好不容易才讓自己的血通到太平洋的對岸。
ＪＢ想知道自己把什麼樣的過去帶去美國。嬰兒時所見到夢中的奶媽之身影忽然變成風、雨或花，掠過JB的意識。JB想確定那個搔癢自己的心湖、無處捕捉的情緒之眞面目。

7

JB自從進入舊金山的高中就讀後，經常去拜訪中國城，藉以接觸亞洲的味道與熱鬧，然後尋找讓看己的心靈愉悅的方法。不過，胡麻油和乾貨的味道只會讓過慣土司和奶油味道的JB鼻子發癢。廣東話就像是竹製樂器，由左耳進右耳出。

有一天，JB和往常一樣從中國城往下坡走向聯合廣場時，突然間耳際響起日語「IKA GA DE SU KA」（**註：「你覺得如何？」的日語發音**）令人懷念的聲音。JB宛如追趕蝴蝶的收集器，追著日語奔跑。一眼就看到和中國人的言行舉止不一樣、微胖的一位女性，穿著有菖蒲圖案的和服。JB不由得凝視她的背影，稍微保持一點距離尾隨她到聯合廣場。因爲覺得背後有人，她立刻回過頭一望，JB立刻以所記得有限的日語亂說一通。

好吃、大、蝴蝶、你好嗎。

JB面對以驚訝表情、眼珠朝上望著自己臉龐的女性指著自己的胸口說：「茶目、茶目，」然後指著對方的胸部大叫：「乳房！乳房！」

女性頓覺情緒惡劣，把視線移開轉身就走，JB朝她的背後大叫：「鈴木。」

她突然停下腳步，回頭看著JB，驚訝地說：「爲什麼你知道我的姓？」因緣際會，她是個姓鈴木的日本留學生。
JB換成英語告訴她。
「請教我日語。」

自從在中國城和鈴木邂逅，兩週後就在鈴木寄宿的牧師家開始日語課程。日本的母親竟然使用這麼難的話啊？

JB用英語以外的語言無法表達與年齡相符的想法及希望，他面對著看似刻在石頭上的皺紋或糾纏成一團的毛線之文字一籌莫展。爲了找回失去的日語，現在只能再度回到嬰兒時的白紙狀態，遵照鈴木小姐的話去做。這也是JB能思慕幻想中的母親之秘密的願望。

JB學日語的事沒有讓同學及雙親知道。即使告訴雙親，他們也不會反對或阻止吧。因爲阿德雷德說過：「因爲是你出生國家的語言，當然有學習的理由。」不過，JB想保守秘密，等到有一天突然以同學、老師和雙親不懂的語言，陳述自由與平等精神的謊言。學日語是爲了針對被同學取笑、被老師差別對待的抵抗，他也期待能給予不斷順從阿德雷德之理想的自己反抗的意志。

JB從他每個月的零用錢中籌出一筆錢作爲鈴木小姐的酬勞。一周兩次拜訪她所住在牧師家的一個房間，然後跟她學習文法及將英文翻成日文。課程還有閒聊都是用日語來進行，藉此磨練會話的能力。JB的日語在短短的三個月期間，日常會話就能運用自如。曾經有一位從南蠻來的傳教士甚至說：「日語是惡魔爲了妨害我們的福音所想出來的語言，」似乎感嘆日語很難學。鈴木小姐說了這個故事，然後說JB的體內一定流著會說日語的血。

就像母親對幼小小孩講故事那樣，鈴木小姐用緩慢、如波濤的速度唸童話故事給他聽。JB則全副集中精神注意鈴木小姐稍微從鼻子發出的聲音，以及她的厚重嘴唇，然後讓自己沉浸在日語發音之獨特的抑揚頓挫中。

以前的故事裡面有很多是怪談或是戀愛的故事。鈴木小姐把每一個故事都熟記，然後自由地改變說法及改變內容，很流暢地說著故事。

鈴木小姐勸JB用日語來寫日記，然後每次她都會看那篇文章，爲他訂正拼音和文法錯誤，並給予回信。每隔三天就交換日記，然後一直持續下去。

JB就在日記裡描述他高中的生活、父親、阿德雷德的事，以及他對生母有些微記憶的事。然後他也坦白說出將來要去自己出生的國家，在生母的墓前供花，以及從自己一直生長到三歲的山丘之家俯視長崎的港口。

鈴木小姐在交換日記裡寫著自己的目的是要提高日本婦女的地位，因此被派遣到美國的女子大學調查教育的實況並學習美國文學。她也寫出JB的日語逐日進步，使她教著教著也越來越起勁。很不可思議的，當他們用日語來交談時，鈴木小姐不由得認爲JB好像是她的弟弟。

對JB來說，鈴木小姐是將自己引導到太平洋對岸國家的唯一一條船。而且，還沒有找到能具體渡到對岸之方法的ＪＢ，只能搭著鈴木小姐號，進入幻想的旅行。

ＪＢ盡量將所有的問題拿出來問鈴木小姐。

例如：日本的夏天很熱嗎？冬天很冷嗎？有慶祝聖誕節嗎？和服下面穿著什麼衣服呢？喝什麼樣的酒呢？小孩都玩什麼樣的遊戲呢？在日本也有很多中國人和印度人嗎？武士拿著刀走路嗎？有什麼樣的動物？英語可以通嗎？女人也有在工作嗎？維新之前皇帝在哪裡呢？在做什麼呢？諸如這些問題。

鈴木小姐很認眞地一一回答，遇到她不懂的地方，就特意到日本領事館調查資料。

鈴木小姐也說爲了不要讓美國把日本當作敵人，她盡量教美國人日語，想要讓他們了解日本人的想法。鈴木小姐從擔任ＪＢ日語教師的經驗中找到了她的新使命。很奇特的是她把ＪＢ每個月給她的謝禮，一毛錢也沒有使用都儲存在紅茶的罐子裡，有一天想把它還給ＪＢ。ＪＢ認爲沒有道理去接受她所賺的錢。不過，鈴木小姐說因爲他讓自己有了新的使命，而且也是作爲ＪＢ安慰自己的謝禮，所以她不讓步，

ＪＢ就用那筆錢買了白色的棉布洋裝送給鈴木小姐。他正在想原本絕不會開口大笑的鈴木小姐是不是會露出美國式的白牙齒，結果她抱著第一次來自男人給她的禮物呆立著，躊躇的臉上浮現淚珠。她總是在高興的時候哭泣，在悲傷的時候大笑，在快樂的時候嘆息，她總是將喜怒哀樂加工。她似乎認爲太過於高興的時候會早死，自己欣喜的時候一定有人在悲傷或憤怒。

ＪＢ還沒有辦法模仿日本那種複雜感情的使用方法，突然湧上他心頭的是生母的悲哀。在他的眼裡，朦朧地刻下蝴蝶夫人的那張笑臉，甚至讓他覺得隱藏著悲哀。

鈴木小姐在ＪＢ的催促下，從盒子裡拿出白色的洋裝穿上去，然後站在ＪＢ的面前。裙腳拖地、袖子蓋住了手指。儘管如此，她爲裝飾胸口和袖口的蕾絲而嘆息，爲了緩緩畫出曲線的打摺感動，頻頻地說著道謝的話。ＪＢ心想，眼前的是一位比他年長七歲之日本女人天眞無邪的欣喜身影。

他認爲生母第一次將手臂穿過洋裝的袖子時，一定也是像這樣眼睛閃閃發亮吧！

他全身充滿著難爲情的憐憫，忘我地抱緊鈴木小姐的瘦小身軀。雖然對方有一點微弱的抵抗，但是ＪＢ始終不放手。他在鈴木小姐的耳邊輕聲地說：「姊姊。」突然間鈴木小姐力氣全失，任憑ＪＢ擁抱。

ＪＢ是第一個和鈴木小姐嘴唇相碰的男人。不過，在舊金山城鎭的循道派牧師家裡，兩個人只能是老師和學生、幻想的姊姊和弟弟，其他的關係一概不被允許。鈴木小姐撫摸著ＪＢ咖啡色的頭髮，一直凝視著他灰色的瞳孔。

「你一定會再一次渡過太平洋吧！你要學日本的文化和歷史喔。這樣一來，日本會需要你的。因爲你是出生在灰色地帶之間的小孩，所以你必須要活在灰色地帶之間。你將來不是爲了日本，不是爲了美國，而是考慮到未來該如何採取行動的人。不知道爲什麼我有這樣的感覺。」

簡直就像JB的臉上是這樣寫的，鈴木小姐宛如代替JB的生母表達她的想法。

8

有一天，JB在聯合廣場的書店獲得了一本書。JB心想他和書的邂逅只不過是一件偶然的事。不過，一翻開每一頁，就覺得這一本書簡直就是爲了讓自己閱讀才放在書架上的。

那是一九一〇年的事，JB十九歲。他隨手取下來的書是約翰・盧特・隆（John Luther Long）寫的《蝴蝶夫人》（*Madame Butterfly*）。即使那時候JB視若無睹的通過書架前面，他還是會看到這本書。那是自從一九〇三年在紐約出版以來，讓讀者能夠觸及太平洋對岸風情及情緒的書。恐怕讀者也是和國家地理雜誌的支持者有很大的重疊。當時日本還是一個孤立在遠東的祕境。

JB沒有買書，把它偷偷藏在懷裡帶回宿舍。就如蝴蝶夫人一樣，他誘拐了那本書。

JB一個晚上讀了三次不滿一百頁的那本書。起初他是以事不關己的態度來閱讀，第二次就以是在自己出生的地方所發生的悲劇之心情來閱讀，最後一次他確定的確是自己和生母的故事，然後不禁淚濕沾滿枕頭。他終於找回自己失去的記憶，並與隱藏在無意識深處的母親相會。父親把他丟在長崎、而阿德雷德想要幫他抹得一乾二淨的過去，突然從一本薄薄的書中清晰起來。美國的父親和母親再也不能以美談來保護自己。JB從書中甚至找到了殺父的正當理由。

回到索諾瑪家的JB把那本書包裝的很漂亮，還打上蝴蝶結，然後送給父親。既不是生日也沒有獲得徽章，班傑明平克頓大佐對於兒子突然送給他禮物一開始是很高興，後來就很困惑。

到現在爲止，有不少的朋友也獲得這本暢銷書。曾經有人諷刺地說：「咦？這本書裡出現的人不是你嗎？」或者是說：「啊，在彼岸的國家碰到了意外的災難啊！」但是，因爲對方都是和自己一樣有類似經驗的海軍同儕，所以只要笑著打迷糊仗就可以了。蝴蝶夫人是徹底虛構的故事，突然站在舞台上的可惡男人即使和自己同名同姓，不管作者寫的是自己記得或不記得的事情，他也只要用一副一無所知的態度就可以敷衍過去了。不過，對手換成是JB時，他如果笨拙的欺騙，就會侮辱了JB自殺的生母。

死者甦醒的時刻終於來臨。十六年前自殺的蝴蝶夫人，就像是馬太福音書中所說的耶穌，她現在出現在索諾瑪的家，不是帶來和平而是帶來了劍。

父親把JB叫來自己的房間，然後告訴他說：

「我原本打算時機成熟再告訴你事情的來龍去脈。不過時間點比我估計的還要早。那本書中出現一個叫『Trouble』名字的男孩。你和那個孩子一樣都是長崎藝妓的孩子。你的生母不幸去世，被留在人世的你只能和我們一起渡海。你能夠想像在孤兒院度過少年時代嗎？不能和現在一樣接受教育，而且隨時都爲了考慮三餐的事情、過著悲慘的日子吧？是要當日本的孤兒，還是要當美國的養子呢？大家都會選擇後者吧。不過，這樣好的事情並不是到處都有，你只是很幸運而已。你必須要感謝阿德雷德，因為她投資在你的未來。」

「如果沒有阿德雷德的話，我就不能叫你父親吧！阿德雷德原諒你的過錯，應該要感謝她的人是你。不過，你應該要向我另外一個母親謝罪。因為殺死她的人就是你。」

「她是很任性去死的。我並不希望這樣子啊！」

「如果她不自殺的話，你會帶她一起來美國嗎？」

「不可能會這樣子吧。」

「阿德雷德說過了什麼嗎？她說如果把她當作是女傭或褓母的話，帶她來也沒關係吧！」

「你眞會牽強附會啊。忘了死者的事情。世界是屬於活在未來的人的。你的精神和身體應該要當美國人，你要自覺有義務為星條旗宣示忠誠，有為了這個國家而戰的義務。」

JB心想要將心中所隱藏的秘密公佈的時刻來臨了。他使用彼岸的言語開始滔滔說出。

「你背叛了媽媽，所以我要背叛你。」

平克頓大佐對從兒子舌尖所滑出來一連串沒有聽過的聲音而啞口無言。他覺得就好像在窺見未曾想像過的兒子之身影。JB露出了無畏的笑容，然後將自己秘密學的日語說出來，打算要找出渡到生母國家的使命。

「你打算當武士切腹自殺嗎？就像你的母親和祖父那樣。不要想當日本人，如果你不想早死的話。」

「如果現在活著是幸福的話就好了，這是你們美國人的生存方式。在你們的腦海中，日本、印度、和中國都等於是不存在的，認爲世界都是屬於自己的。」

「說這種話的你不也是美國人嗎？」

「很幸運的，美國是個自由的國家，我可以放棄作美國人吧。我不是爲了美國，我是爲了彼岸的人和未來的人類而戰！」

「你打算要當一個聖職者嗎？你這樣的思想到底是從誰那邊獲得的呢？是馬克思！爲什麼我的兒子會沾染上共產主義呢？」

大佐遲至今日才覺悟到，在看似乖巧的假面具下，兒子順利地準備反叛的工作。阿德雷德的教育應該是不會有這樣不正常的思想。那麼一定是有個給ＪＢ奇妙影響的傲慢教師。不管他怎麼詢問，ＪＢ就是絕口不說。

或者是來自遙遠過去的聲音只傳到ＪＢ的耳中嗎？或者是蝴蝶夫人常常出現在ＪＢ的夢中指責平克頓，叫他不要像父親那樣？原本打算對他施行美式的教育，結果ＪＢ卻像日本人那樣，聽到死者的聲音，想將死者迎接到這個世界，然後將另一個世界的原則放到現實社會的道德與利害之對立上。他並沒有讓ＪＢ接觸到有這種想法的宗教。這是因爲ＪＢ身上留著日本人的血嗎？這種想法與生俱來就滲透入ＪＢ的身體嗎？那麼，ＪＢ不像平克頓，倒像是蝴蝶夫人。

平克頓承認ＪＢ的少年時代結束了。從現在開始，兒子要遠離父親，變成採取父親所無法理解行動的別人了。

9

在ＪＢ尚無法放棄做美國人時就去當兵了。幸好在海軍基地和軍艦上每天只是重複著規定的功課，很快就度過了兩年。退伍後，ＪＢ在同寢室吃一樣米食、睡在隔壁的軍中夥伴肯・普利姆羅斯的邀請下，協助進口信天翁羽毛的工作。信天翁的羽毛是從太平洋的無人島鳥島運過來的。交易的對象是一家叫做玉置公司的日本商社，ＪＢ因此能夠活用日語，而且也能夠收集對日本的想法。進口的羽毛是用來做枕頭跟棉被的，能夠協助美國人營造濃厚而細膩的夜晚及有個令人心神盪漾的美夢。這才是讓談戀愛的人和疲倦的人能夠欣喜的買賣。

ＪＢ以談生意的名目來回奔波、留連於妓院，在午後兩點左右拜訪高級住宅區。由於ＪＢ有張外國人的臉龐和因海軍生活鍛鍊出的魁梧身體，深深吸引了已經甘於與中年發福的ＷＡＳＰ（**註：白人盎格魯薩克遜新教徒。美國社會的北歐後裔，通常被當作有權勢、有影響力的代號**）丈夫過著無聊生活的美國人太太之好奇心。ＪＢ帶著Primrose Bedding公司極力推薦的羽毛被墊，憑著三吋不爛之舌，極力說明被墊躺起來是如何舒適又通風，而且有保溫效果。為了讓對方能夠接觸羽毛的觸感，他用從信天翁的胸部取下來的羽毛做成最柔軟的刷子，一本正經地輕輕撫摸美國人妻子較敏感的脖子和手指之間。然後以認真的表情說，希望讓對方實際上能嘗試這個被墊睡起來有多舒服的感覺，所以把樣本放在她家。隔天他為了聽取感想來拜訪同一家時，通常三家中有一家會購買。只要是有購買的客人，ＪＢ就會跟她說明信天翁的羽毛是從哪裡運來的，而自己也是在信天翁的島上出生，然後被海軍士官的父親帶回來、一個孤苦無依的孤兒。因這種羅曼蒂克的吹牛話而感動的美國人太太，九個當中有一個想讓從信天翁的孤島來的孤兒也體會躺著的感覺，於是把ＪＢ迎接到床上。

藉由販賣日本產的羽毛所作成的被墊，奪走了遵守美國道德的美國人妻子之貞操的這種營業活動，是ＪＢ自編自導的一種復仇方式。ＪＢ想以信天翁為媒介變成日本人，然後智取美國人。

不過，這個復仇並沒有人受傷。和ＪＢ睡覺的美國人太太，打算以博愛的精神將ＪＢ迎接到床上。雖然ＪＢ同意讓美國對羽毛被墊的需求增加來使玉置公司受惠，之後還是有人想要跟ＪＢ繼續維持關係。最後ＪＢ變成一個心甘情願擔任性慰藉的滑稽腳色。ＪＢ曾經被美國人太太剛烈的個性激怒，於是脅迫地說：「我要把我們這種見不得人的關係告訴妳的丈夫。」很不幸的，她的丈夫是律師，對方把ＪＢ和他妻子的私通作為裁判離婚的有利證據，然後要告ＪＢ威脅罪。美國人妻子玩弄ＪＢ的肉體，然後把自己置於安全的範圍內，依舊沒有動搖悠閒的生活。因此，ＪＢ的復仇行動可說是徒勞無功。

ＪＢ令人難以理解的舉止慰藉了娼婦們。至少他打算對她們誠實以對。之所以這樣，是因為她們的笑臉上偶而會浮現陰影，讓ＪＢ感覺到就像是母親的悲哀。

肯和他們的家人靠著這個生意賺了一筆錢，然後把錢用來經營酒店和妓院。也力勸JB變成他們想要鴻圖大展、從事娛樂產業的共同經營者。不過JB沒有這個心思。他宣告想要過著和現在這種置身瞬間快樂的美國式完全不一樣的人生，他無法忘記數年前的自己。

JB認爲在充滿著羽毛觸感、度過三年期間所賺的錢應該還有別的使用方法。他和幾個類似因每月摟著四、五個爲了平衡週轉金喜歡奢華的娼婦、因而對女人已感厭倦的暴發戶在一起，口中含著軒尼詩的XO酒香，讓哈瓦那產、一根一塊美金的雪茄撲鼻，然後尋找合理的賺錢方法……JB認爲捨棄這樣的生活一點也不可惜。

就在JB思考是否還有別的方法時，藉由販賣信天翁羽毛的工作所賺的大半金錢都消失在妓院和酒吧。JB將他所剩下僅有的些微金錢權充一時的學費和生活費，開始展開新的生活。他在加利福尼亞的高等專門學校學習人類學，獲得了規定的學分後，他決定在紐約有東洋學科的哥倫比亞大學繼續研究。但是因爲資金見底，又不能期待父親給予學費的援助，唯一能夠仰賴的只有獎學金了。三十歲的JB在這一段期間閱讀了是他以往人生中最多的書，然後他運用辯證法，努力想將自己分裂的思想傳達給美國人知道。除了保持優異的成績，沒有其他維持生計的方法。

10

由於第一位日語教師鈴木小姐的協助，ＪＢ對於東洋學科的課程沒有格格不入的感覺。在東部名門大學的校園裡，由於亞洲人的臉孔和亞洲人的皮膚非常醒目，他無法混入人群中，於是想要混入書本中。

日本曾經是文化人類學的對象。ＪＢ也從文化人類學的姿容中，對於美國原住民的印地安人等阿茲特克族、印加族的後裔以及南太平洋毛利族和薩摩亞人同樣深感興趣。學生們很爽快地和ＪＢ談話，表現出想理解異文化的態度。事實上，他們只是想要確認美國人的絕對優勢而已。ＪＢ和東洋學科的同班同學們同樣都是只能透過別人的體驗和研究來吸收有關日本的所有知識。在學問的領域上，鄉下人、移民和優秀份子一律平等。

大學裡也有日本的留學生。不過，ＪＢ對他們採取敬而遠之的態度。因爲他們一開口就會在內部批判日本前近代的體質，輕視到目前爲止有個輝煌文明的中國，然後慷慨激昂地訴說自己不是中國人的幸運、以及不是美國人的不幸。當他們知道ＪＢ是日本女人和美國海軍士官所生的兒子時，就說：「從現在開始，像你這樣的混血兒會越來越多吧！」原本應該認爲這才是世界走向平等的捷徑。可是日本男人不以美國的婦女爲對象，反而是日本的藝妓被像ＪＢ父親那樣的美國人奪走，所以他們對於戀愛的不平等感到忿忿不平。而ＪＢ就是不平等的化身。對他們來說，ＪＢ是個光是看到就令人生氣的男人。

「什麼時候也讓美國女人嚐嚐像蝴蝶夫人的悲慘命運就好了！」

留學生中的其中一人拔著鼻毛小聲的說。聽到對方意外地提及這個名字，ＪＢ不禁詢問是指什麼人的事情。對方原本沒有男子氣概的臉孔更加娘娘腔。

「是在歌劇裡出現的藝妓。最近我在城市歌劇院看過。白人的胖女人穿著和服在唱歌，眞是令人作嘔。我還夢見被那個女人掐住脖子。」

聽到他這樣說明，ＪＢ知道生母已經奇妙地轉世了。而且是在歌劇的舞台上。

於是他寫信給父親。說是你的蝴蝶夫人已經轉世變成歌劇裡的歌手，你和阿德雷德、還有名叫「茶目」時的我都已經出現了。即使一次也好，希望你看一下歌劇來憑弔她。過了不久後，父親回信，但只有短短的一句話。

在阿德雷德有生之年，蝴蝶不會飛。

雖然如此，父親還是大老遠地搭乘大陸橫貫鐵路來到紐約。爲了兒子的將來，他想要告訴兒子自己的想法。

自從ＪＢ離開加利福尼亞州以來，父子已經三年沒有見面。父親默默地走進歌劇院。歌劇蝴蝶夫人從初演經過幾次的修訂，現在已經二十歲了。變成是城市歌劇中最受歡迎的節目。

觀光客沒有人想到以他爲雛型的海軍士官正在觀衆席上。父親在第一幕中，他心神不寧地環視周遭，然後抱著頭。當第二幕的後半描述蝴蝶夫人被平克頓背叛、祖先要迎接她去另一個世界時，父親摀住眼睛。在阿德雷德的面前，將過去封印起來的平克頓，因爲歌手達魯蒙地難過的聲音而卸下心防。不曾想過四分之一世紀前應該覺得很可恥的自己，在年過六十的今日竟然出現在觀衆席上，想要從舞台理解遠在異國的愛人之心情。平克頓第一次走進歌劇院，而且是在兒子的面前懺悔。

「忘了戰爭就能沉醉於戀愛。你的母親非常了不起。她很順從，把我當作武士般尊敬。只要是我所希望的，她都會聽進去。雖然我們只是短暫的交往，但那是一場很完美的戀愛。」

ＪＢ邀父親到愛爾蘭俱樂部，然後繼續兩個人的憑弔。父親在俱樂部的櫃檯上開始喝起在阿德雷德面前絕對不會喝的琴酒，然後很饒舌地說個不停。ＪＢ第一次見到這麼平易近人的父親。

「我到這個歲數還沒有實際作戰的經驗。與西班牙的戰爭也是不知不覺就結束了。本來軍人應該是爲了建立戰功而赴前線的。但是我的情形不同，不曉得是運氣好、還是運氣不好，都是從遙遠的地方凝視別國的戰爭，等到對方兩敗俱傷時，再來漁翁得利。日清戰爭時是這樣，日俄戰爭時也是一樣。」

美國派遣艦隊到最前線只是要作隔岸觀火。從巴爾幹半島開始，將地球三分之二的人口捲入戰爭中，美國也是在別的國家疲憊之前一律堅守中立，思考如何才能獲得最大的利益。平克頓談戀愛、ＪＢ出生的那個國家又是怎麼樣的情形呢？他們利用戰爭來逐漸壯大，拼命想要讓別人能早一點承認自己，那個宛如小孩的國家也率先參加最初的世界大戰。

戰爭沒有辦法照預定的計畫進行。長期作戰的話，會消耗大量的彈藥和兵器，而後方的街道和船舶也同樣會被砲擊，市民和士兵一樣沒有分別也會被殺，國土全部都變成戰場。這已經不是常備兵力的問題，而是如何能夠擁有龐大的工業生產能力。

這個國家穩健地鞏固自己的立足點。他們以在前世紀末所併吞的夏威夷及在西班牙戰爭中所獲得的菲律賓和關島為立足點，然後在太平洋遠東貪圖特權，完成了巴拿馬運河，將太平洋和大西洋連結，以貿易來獲取龐大的利益。不管是什麼時代，在歷史上稍微落後者都會有所得。日本為了扭轉落後的情勢，他在自己國家的周圍築起了獨占市場。隔著太平洋的兩國，將來一定會有利害衝突的。

「現在這個國家是世界最富有的國家。多餘的錢都拿來作什麼呢？教育嗎？快樂嗎？這些都是很聰明的使用方法，比發動戰爭更聰明的方法。我確實是為了戰爭才搭乘軍艦的。但從結果來看，我當海軍士官好像都只是為了和蝴蝶談戀愛，把你帶到這個國家來施行教育。」

這裡已經沒有誇示要保衛家人和國家之軍人方針及威嚴的父親。不，幼年時JB所畏懼、尊敬的父親，只不過是在索諾瑪家中的幽靈。當隱藏在幽靈陰影下的色鬼沉溺於長崎藝妓的溫柔鄉時，似乎就已經喪失了鬥志。

「我常常夢見蝴蝶。就在和阿德雷德的同一張床上。一有不愉快的事情，我總是會想起在山丘上所度過的每一天。對我來說，談戀愛比戰爭更適合我。」

平克頓完全沒有發覺很重要的一件事情。海軍士官雖然只是他的擬態，他卻利用了那個立場，用金錢來買蝴蝶夫人，然後就像用舊的皮包那樣把她拋棄。接著她死了，埋葬了戀愛，然後變成是平克頓甜美的回憶和美國人所編出來的故事。父親只是爲了自己來懺悔而已。

「你打算怎麼樣呢？如果要當美國人的話，就要覺悟和日本的戰爭是不可避免的。我是能忙著戀愛，可是你必須要戰爭。不過，你還是沒有改變要去日本的決心嗎？」

ＪＢ毅然地說：「我必須要這樣做！」

「我明白了。不過，有一件事情要和你商量，有一份我希望你能接受的工作。當然，你是可以拒絕的。但是希望你能理解，那是只有你才能完成的工作。」

平克頓給他看一張備忘錄，告訴他說：「請和這個人見面。」上面是一個名叫瑪格麗特・波頓的女人名字和她的聯絡地址。

第八章

1

在父親的輔導下，ＪＢ為了美國國家的利益，擔任分析日本的國民性、然後向上級報告的任務。國務省的官員們早就開始進行要找出對中國及對日本的合理政策。這個研究也應用到對住在美國的中國移民及有日本人血統的程序控制上。不過，實際上的職務跟在大學的研究一樣。在ＪＢ開始新的旅行之前，他必須再等待六年的歲月。在這段時間，ＪＢ不斷地陳述。除了借用日本人的耳朵和眼睛來體驗日本外，沒有其他的方法可以理解日本。但是每次文化人類學出身的上司瑪格利特・波頓總是說：「我們不是研究文學或美術，這是政治上判斷的問題。」

不過，突然要他旅行的指令下達了，ＪＢ被命令到神戶的美國領事館工作。

ＪＢ在三十六年前是太平洋航路上的一位船客，那時候他必須要割捨掉孺慕生母的心情。現在ＪＢ的任務就是要不斷地擔任近乎間諜的工作。他奉命要接近日本的軍人，然後蒐集日本在中國大陸所展開的作戰情報。雖然他沒有自信也沒有技術能夠擔任這個任務，還是服從了命令，但是他暗自發誓絕對不會背叛日本和美國。時值一九三〇年。各國縮減軍備，紐約的金融恐慌波及全世界，美術家們非常有精神地在市民間流行著要思考自由的使用之道。在沒有辦法看到將來的不安中，人們到底都在忙著什麼呢？把國家胡亂管理到烏煙瘴氣，胡亂使用自由的市民們，染上對未來不抱希望的厄洛斯之習性。在這個時代，堅強地活著是一種損失。

神戶的城鎮有很多坡道，面臨太平洋，而且又被中國城環繞著，可以說是宛如將舊金山映照在鏡中的城鎮。領事館的書記說：「這是小日本的舊金山。」JB很快就習慣這種挾著太平洋、不可思議的對稱，另一方面又覺得有一種缺陷。四十年前來拜訪這裡的 Lafcadio Hearn（註：入日本籍後改名為小泉八雲）也討厭神戶受到西方影響，於是逃到神話和民間傳說中的出雲，把自己關在媽媽桑的餐室。

JB在舊金山向她學習日語的鈴木小姐現在是神戶女學校的校長。從她回國以後，孑然一身從事於婦女運動。和JB再相會時，她已經四十七歲了。她以一種非常高興的笑容和他握手，目光朝向遙遠的某方。從二十多歲開始就放棄戀愛，過著修女般生活的她，把JB叫做「舊金山的弟弟」，然後介紹給她親近的人認識。鈴木小姐所教的學生中，有一個人捕捉了JB的心。她和JB小時候在夢中所見的女人非常相似，名叫野田那美。JB每天都呼喚這個名字好幾次。不久後，那美頻頻出現在JB的夢中，變成日本女人的範本，而且也像以前的鈴木小姐一樣，變成以講述傳說典故爲職業。JB醉心於日本的事物。不過周遭與他親近的男人們都和仰賴信天翁撫養時期的ＪＢ相似。ＪＢ知道在書上看到、在畫中見到他所憧憬的日本，只不過是將父親和蝴蝶夫人編成故事的美國人或義大利人的一種幻想而已。如果要在神戶找到類似日本的東西，那麼只能踏入穿著洋裝、說著一兩句英語片語的紳士或淑女們之意識深處。其中只有那美一個人，她的眼睛和她的口吻都充滿著和ＪＢ生母一樣的懷念。

他們的關係在緩緩進行中。透過信紙能夠互吐心事，但是他們都很謹愼，不使用明顯的誘惑言語。由於整個熱情都投注到戀愛上，ＪＢ不再年輕。那美也超過二十五歲，大家都謠傳說她逃避婚期。那美也毫不避諱地說她原本已經訂婚，但因親戚們為了一些小事吵架，所以取消了婚約。

那美和年長她七歲的哥哥住在可以遠望大海的山丘上的家。原本他們家是在吉野神社代代擔任宮司。十幾歲時父母雙亡，在伯父的援助下到女校讀書。她的哥哥牧夫是陸軍大尉，應該可以提供ＪＢ所需要的情報。原本他並不是因爲這樣的動機才接近那美，只是偶然間戀愛和職務的利害關係剛好不謀而合。

野田大尉允許ＪＢ拜訪他們家。ＪＢ每次去拜訪山丘上的家時，一定會帶著音樂。他們兄妹兩人都很喜歡聆聽留聲機所放出來大提琴和豎笛的聲音。ＪＢ背著他們不曾聽過的瓦格納、普契尼、及德彪西之ＳＰ唱片的相簿册頁盒爬上坡道。他們就在陽光普照的走廊盤腿坐下喝茶，有時聆聽首席女高音的優美音色或鋼琴巨匠們的精采技巧，就這樣度過了兩三個小時。當鐵製的唱針壞掉時，大尉就和ＪＢ削著竹針，磨著仙人掌的刺，比賽看誰做的針音色最佳。興致來時，大尉會請JB喝酒，而那美就準備拿手菜來招待。他們絕口不談政治的話題，三個人只藉著音樂來將彼此的心緊緊地聯繫在一起。

2

就這樣度過了兩年平靜的日子。不知道野田大尉是不是想要了解JB的眞意，常常盤問那美：「那個男人到底想要做什麼？」JB似乎沒有隱瞞自己的學歷或知識，也沒有故意要探聽大尉所知道的事情。以JB在領事館工作的身分，和記者或作家交朋友是理所當然的事，為什麼他反而喜歡到這麼貧窮的軍人家呢？關於這點大尉頗爲納悶。如果他的目標是那美，就應該要採取告白或求婚的態度。不過，老實說，大尉反而害怕JB提出這樣的要求。他希望JB始終都是一個配送音樂、很有禮貌的客人。

那一年，慶應大學的學生和他的情人自殺、到天國結成連理，在街頭巷尾蔚爲一時話題。不過，女孩的屍體被盜走，讓這段羅曼史染上了怪異的色彩。如果社會充滿無聊的現象，那麼戀愛就會變得很無聊。

野田大尉認爲，如果JB和那美相愛，他們的戀愛就會變成軍國主義的犧牲品。如果當事人相當認眞的話，甚至還會演變成「在天國結合的戀愛」。

從滿洲吹來野心勃勃的風。來自東北或北海道被賣身的女孩們流入妓院。企圖暗殺天皇的人，想要實行武裝政變的人，投入火口自殺的人，以及瘋狂逮捕共產主義者或間諜的人……，不管喜歡或不喜歡，大家對未來都不抱任何希望。而且野田大尉也等待著被派到滿洲前線的任務。春天已經過去了，必須和在溫煦陽光下以為能夠持續到永遠、聆聽音樂的日子告別了。大尉覺得在自己去戰地之前，無論如何都要聽聽妹妹和JB的眞意。

「妳喜歡那個男人吧！」

野田大尉爲他所喜歡、有柳桉木美麗花紋的留聲機沾油，然後擦拭其褐色的機體。他突然出聲詢問妹妹。

那美默默點頭。

「如果父親和母親還活著的話，妳認爲他們會怎麼說？」

「哥哥應該是不會討厭那個人的。」

「我只討厭讓妳不幸的事。」

「打從一開始就不是什麼不幸的戀愛。」

「他是個和我們在完全不一樣世界的人，就好像火和冰談戀愛。」

「我已經決定好了。與其欺騙自己的心，我願意爲那個人動搖我的心。」

「或許他是美國的間諜。妳不可以迷戀間諜。這段戀愛會變成不是背叛人、殺人，就是自己死亡的戀愛。我不說一些難聽的話。在自己會死之前把戀愛殺死吧。」

「不要。如果要殺死戀愛的話，我寧可選擇死亡。」

「妳還不明白嗎？那傢伙的後面有無數的敵人。妳要背叛祖國嗎？」

「哥哥！我已經決定了。我要和JB結婚。戰爭是由國家任意決定。而戀愛則由我自己來決定。JB也是認眞的。不會有認眞要談戀愛的間諜。他今天要來這裡聽我的回答，我們兩個人決定好好談談。」

「是嗎？」大尉回答這句話後就低頭不語。心想那美在二十歲時親事告吹，七年後的現在情景又重現了。對方是大阪木柴商的第三代，用髮蠟將長髮固定，是個只會說些不好笑笑話、令人厭惡的男人。和那個傢伙相較之下，JB更具有男人魅力多了。只是世人常用偏見來看待。或許那美是要向那個不要自己的第三代掙一口氣吧。那個無恥的第三代把那美說成是個有危險思想的輕佻女人。因爲這樣，沒有人敢上門和那美談婚姻。遲至今日哥哥才領悟到那美和自己一樣繼承了野田家的反抗精神。那美已經豁出去，固執地決定要照自己的想法去做。

一如往常，JB爬上了坡道，一隻手提著鳳梨。

野田穿好軍服迎接JB。他毅然地告訴已經察覺和平常有一點不同之緊張氣氛的JB：

「我沒有恨你，不過你可以重新考量和我妹妹結婚的事嗎？因爲不可以背叛彼此的祖國……。」他也不讓那美插嘴，又繼續說：

「如果你愛那美的話，我希望你將這兩年的回憶封印起來，然後靜靜地回到美國。這樣你和那美的戀愛、和我的友情才會直到永遠。」

蝴蝶夫人不這麼認爲吧。即使切斷了和祖先的關係，她也想依偎在平克頓的身旁吧。JB對野田報以微笑，然後靜靜地告訴他。

「我不知道將來會變成怎樣，或許會如你所預料那樣遇到最惡劣的事態。不過，那時候才能顯示兩個人互相扶持之意義吧。如果因戰爭就會破壞的話，一開始就不會想要戀愛了。」

從少年時代起，在JB的意識中，美國和日本是連體嬰互相仇視。美國的父親和母親想要把JB撫養成一個優良的美國公民，而想殺死另外一個日本人。但是，在他臉上所刻下的生母之影子無法消失。而且還因爲這張臉的關係遭到差別待遇。JB秘密地培育在自己內心的日本，既不偏向美國也不偏向日本。他創造出的自我是站在精神層面有危險的均衡上。到了中年以後，他終於可以適應那種不舒服的感覺，於是也湧起了談戀愛的勇氣。所以自己對那美的愛戀就變成是他最初也是最後的戀愛吧！

「戰爭一開始的話，就沒有你們兩個人能待的地方了。你沒有辦法待在日本，而且你會慢慢地懷疑及憎惡那美。」

JB也承認這點，回答說：「我在這兩年期間就已經有所覺悟了。」

「我已經沒有要回去的地方了。父親拋棄了母親逃回美國，而我選擇留下來。爲了不讓美國和日本開始吵架，我進入灰色地帶之間，想摘掉誤解和憎惡的芽。現在的日本宛如映照出美國的鏡子。反對人種差別待遇的政治家變成歐美主義者，正在侵略滿洲。給予他們這種動機的就是美國人。兩國互相認爲對方是侵略者。不過，一旦戰爭，誰才會得利呢？只要考慮到這一點，就是很複雜的思緒。此外，美國也開始主張自私的正義。」

「即使這樣，你也不會有困擾吧。因爲你是美國人。即使情況對日本不利，我身爲帝國軍人也必須要戰死。」

那美抓住哥哥的手，說明自己的覺悟。不管未來如何都絕不後悔。可是，如果不結婚的話，到死都會後悔。

野田看到妹妹毅然決然的態度，於是叫她把酒拿來。然後要ＪＢ把杯子拿起來，默默幫他倒酒。兩個默默無言的人互相敬酒乾杯。野田叮嚀地說自己還沒有承認這個婚姻，不過他祈禱能夠很開心地祝福兩人的日子能夠到來。野田又在ＪＢ的耳際說：

「到那個時候我不能夠保證還活在這個世界，所以我們就先來乾杯。你已經不年輕了，沒有辦法再等待。而那美，只要你去哪裡她就會跟著你去哪裡吧。我的心裡也有一個女人，現在我也要去跟她交換感情了。」

野田沒有再度回到山丘上的家。

一九三三年三月，ＪＢ和野田那美在鈴木小姐、那美的叔叔、那美的同學以及美國領事館館員的見證下，舉行了簡單樸素的婚禮。婚禮後，他們在山丘上的家準備了音樂和中國料理招待賓客。距離阿道夫・希特勒當首相還不到一個月。很諷刺地，領事館的書記反覆播放被以助長自殺爲理由而禁止銷售的達米亞之「黑色的星期天」的唱片。

當天夜裡，ＪＢ第一次抱著那美。一觸摸到那美像蠟那麼白皙、光滑的肌膚，心想不管今後遭到什麼樣的命運捉弄都不再嘆息。

在山丘上度過的蜜月生活不及兩個月，戰時情報局就給了他新的使命。

到滿洲從事新的情報活動

因爲一天到晚只想聽「黑色的星期天」的書記，監視ＪＢ的行動，然後向上面報告，說他懷疑ＪＢ對星條旗的忠誠，而且ＪＢ還拐騙了日本人的女性。在結婚之前，諜報活動中都夾入私人感情，而且有可能會將華盛頓給領事館極機密的情報，經過日本的妻子洩漏給日本人。在這樣的判斷下，戰時情報局把ＪＢ降級調到哈爾濱。說是如果要研究日本人的國民性，與其在神戶過著安逸的生活，倒不如到滿洲國觀察關東軍的暴虐，反而能夠寫出更令人憎惡的報告書。這是戰時情報局的頭子波頓女士的見解。

ＪＢ和那美互相以笑臉將對未來的不安轉爲期待，他們從敦賀搭船坐到另外一個彼岸。此時那美已懷了一個取名叫藏人的小孩。

3

一九三三年十二月二十三日，就在兒子生日的同時，也是那美的忌日。對ＪＢ來說，也是「喜」死亡轉爲「悲傷」的日子。他的嗚咽就在慶祝未來皇帝已誕生的歡呼聲中被抹消。

翌日及下一日，聆聽著聖誕節快樂的聲音，JB嘆氣連連。由於那美突然死亡，一時之間他無法接受。在JB的意識中，那美還活著。只是因爲生產的痛苦使她失去了知覺。等到聖誕節結束後，她就會恢復意識，然後他們一起爲新生兒身體健康、四肢健全而喜悅。不過，那美的呼吸和聲音、微笑及記憶都沒有再回來。平常見慣的那張臉，也逐漸變成別人的臉，而且身體開始腐爛。

這是愛上日本人的懲罰嗎？是父親好女色的報應嗎？還是母親和祖先切斷關係的詛咒呢？還是對於活在「灰色地帶之間」的人之挖苦呢？……JB第一次對降臨在自己身上的試鍊開始有種無力感。他覺得自己也想跟那美一起死去。這樣應該會比把希望寄託在剛出生的孩子身上要來得輕鬆多了吧。

過了三天之後，他突然想抱小孩。沒有被母親抱過，沒有喝過奶，那個孩子也沒有絕望，照常睡覺，哭著肚子餓，想要抓住什麼，也照常大便。在護士的催促下，把小孩抱起來的JB突然察覺到，這個嬰兒就是四十年前的自己。和這個小孩相形之下，能夠待在母親身旁三年的自己更是幸福多了。

JB最後放棄去醫院的靈安堂，同意把那美的遺體放入棺木。在棺木中是不可能像在餐室那樣一家團圓的。不過，如果不把那美埋葬的話，就沒有辦法把她的靈魂招到小孩在那裡的餐室。

相信靈魂永遠不滅而非肉體復活的JB把那美火葬。因爲他認爲把那美埋在冬天地面就會結冰的哈爾濱的土中，倒不如把遺骨放入壺中，然後不論到哪裡隨時都可以帶在身邊。如果她還活著的話，應該是想回到神戶或吉野，而且她也想要拜訪ＪＢ出生的長崎，還有他度過少年時代的舊金山吧。他想讓遺骨也能夠自由的旅行。而且他也不知道今後要去哪裡。一旦離開這個地方就不會再回來吧。如果把她埋葬在這裡的話，就等於把她拋棄。因此，ＪＢ對著已經變成骨頭的那美說：

就讓我來變成妳的墳墓吧。妳雖然死了，但是戀愛還活著。

辦完了那美的喪事，從醫院把兒子接出來。育兒對ＪＢ來說是一種沉重的負擔。於是雇用在醫院照顧兒子的護士擔任奶媽的工作。兒子在出生十三天後才有了名字。ＪＢ採用了那美喜歡的音樂家德彪西的第一個字母，然後寫上適當的漢字，取名藏人。他猶豫究竟要讓孩子當美國人還是日本人，因爲這個孩子和自己一樣都是出生於「灰色地帶之間」的小孩。等到藏人長大之後，他喜歡哪一個國家，只要獲得那個國家的護照即可。於是，ＪＢ準備了兩份出生證明，一份送往南京的美國領事館，以克洛德·平克頓的名字提出。另外一份寄給日本領事館，以野田那美的遺腹子野田藏人的名字提出，父親的名字欄空白。ＪＢ打算自己不是當藏人的父親而是保證人和養父的立場。有了這樣的手續，將來藏人就會具有當美國人或日本人的權利。

4

在忙著育兒和蒐集情報的期間，匆匆忙忙就過了三年歲月。

哈爾濱也陸陸續續遷入武裝的日本移民。他們大半都是來自東北或長野的農民。兵器產業和電影公司的職員們也移居到殘留著俄羅斯風建築的中心街，因此街上瀰漫著各種氣氛。JB以有禮貌說法的日語和他們交談，傾聽他們的夢想和希望，邊喝酒邊聽他們發牢騷和說明不安，然後分析如果他們與美國爲敵時會採取什麼樣的行動，再向戰時情報局提出報告。表面上JB是達利報社的特約記者。在他兼作辦公室的公寓裡只有電話、打字機、收音機以及白俄羅斯人轉讓給他的留聲機。這個鎭上幾乎沒有住著美國人，他和駐在中國首都南京的美國領事館一周只聯絡兩三次。JB在等同於被流放的狀況下，只要忍耐著心裡不舒服的感覺即可。沒有人認爲JB是美國人。如果不說日語或簡單的幾句北京話，大家都會認爲眼前的人就是俄國人和滿洲人的混血兒，不然就是哥薩克人。

不久後，他雇了幾個護士輪流照顧藏人。到藏人能夠用自己的腳開始走路及說話時，他就雇了一個兼作家庭教師的奶媽。新出入JB公寓的是一個猶太裔俄羅斯人音樂教師的女兒。她的家人爲了逃避俄羅斯革命所產生的內戰，從聖彼得堡移居哈爾濱。適逢滿洲事變，哈爾濱被關東軍占領後，雖然害怕被迫害，但因爲無法回到俄羅斯，也沒有其他地方可去，又沒有國籍，所以無法離開這裡。她會說簡單幾句日語和英語，也會彈鋼琴，名字叫做娜歐蜜，希伯來語是喜悅的意思，聽起來和ＪＢ亡妻的名字很像，因此吸引了他的注意，而且他也很喜歡娜歐蜜。

娜歐蜜在極短的時間內透過要讓藏人讀的書，以及和ＪＢ的交談，她的日語一天比一天流利。父親已經過世，她和生病的母親相依爲命，生活窘困。她夢想要到美國接受同胞的援助，然後開始展開新的生活。因此內心暗自期待這位美國人ＪＢ能夠協助她完成夢想。

一九三七年七月，日中兩軍在北京郊外發生武力衝突，大陸各地戰火連天。日軍進兵上海、南京，不斷地殺戮。在哈爾濱的日本人們有點興奮，殺氣騰騰，對娜歐蜜等俄羅斯人和中國人採取一種宛如是飼養他們的主人之態度。滿洲變成是對蘇聯戰爭的供應站，將龐大的資金投入軍事物資和糧食的生產。但因日中戰爭陷入泥沼，沒有辦法照計畫進行，軍人和企業家們也開始焦躁及狂暴起來。中國人或朝鮮人的耕地被搜括，而且還被強迫作奴隸的勞動。當判斷無法勞動時，絕對不允許有人還活著，於是把他們丟到「萬人坑」。「萬人坑」是在炭坑或礦山的現場挖出來的，用白骨屍體當作地層。ＪＢ心想，如果這樣就是「王道樂土」、「五族共和」的實態，那麼在滿洲國就不會有「永遠」及「無限」。

ＪＢ決定把娜歐蜜當作秘書、她的母親當作傭人，然後藏在自己的公寓裡。爲了包括自己和兒子在內四個人的安全，他和日本的外交官、滿洲拓殖公社的重要幹部以及關東軍防疫部的軍醫們維持個人的交往關係。邀請他們到自己的公寓，用音樂和酒宴客。有時候也接受他們的邀請去參加宴會。而娜歐蜜就陪他一起外出。

有人在電影剛完成製作的試映會兼宴會上，介紹防疫給水部一位名叫石井的軍醫和ＪＢ認識。那個男人尤其強調醫學的進步，甚至預言在病理學和細菌學的領域裡，日本將會是世界上最先進的國家。ＪＢ詢問他原因，石井露出充滿自信的笑容，只回答：「你很快就會知道了。」之後ＪＢ才知道，那個男人就是七三一部隊的頭目，讓中國人、俄羅斯人、朝鮮人等感染瘟疫或天然痘的細菌，然後沒有麻醉就進行解剖，大約以三千人作爲人體實驗。

在ＪＢ的意識中產生激烈的反日暴動。他開始認爲能夠制止日本人暴虐行爲的或許是蘇聯，不然就是還是維持中立、決定不干涉內政的美國。

每增加一歲，ＪＢ和兒子以及娜歐蜜就會越覺得孤立無援。在諾門坎，因蘇聯軍和蒙古軍的反擊，日軍被殲滅。受此牽連，波及在哈爾濱的俄羅斯人，他們常常在路上被日軍施以暴行。在歐洲，德軍也是從波蘭開始鋪上有德國納粹黨徽的地毯。在日本、德國和義大利簽訂同盟後，甚至謠傳因獲得同盟國日本的協助，迫害猶太人的波浪已經湧到遠東的城鎭。的確，有很多猶太人爲了逃避迫害來到了遠東的城鎭。當他們知道ＪＢ是美國人時，陸陸續續來拜訪ＪＢ的公寓，請他協助自己能取得美國的入境簽證。不知道爲什麼，他們所拿的是立陶宛在考那斯日本領事館發行的日本入境簽證。ＪＢ向美國領事館詢問，說是基於美國目前限制移民流入的理由，所以不肯發行簽證。結果ＪＢ想好了一個計策，他寫了好幾封推薦信給他所熟悉的日本人企業家。他認爲日本人沒有憎恨猶太人的歷史和理由，反而應該想利用猶太人的技術和能力，因此可以抓住這個空隙。JB對娜歐蜜的同胞所能做的就只是這樣了。

娜歐蜜的母親留下奇怪的遺言後就過世了。

我再也不用絕望了。疾病救了我。

JB知道好幾種說法能夠安慰母親過世的娜歐蜜。

他說他有比懷著死亡念頭減輕絕望更好的方法，於是把娜歐蜜抱到床上，徹夜愛撫。

JB娶娜歐蜜爲第二任妻子。那時藏人七歲，才獲得可以叫媽媽的對象，不過他還是沒有固定用那個稱呼，始終都叫她娜歐蜜。在家裡的通用語言就是日語、英語和音樂。藏人也會使用俄語的說法，但是他認爲那只是一個像故事或唱歌的話。爲了打消對未來的不安，公寓房裡的音樂不絕。

三國締結同盟後，有個難得的訪客來拜訪JB。就是那位向上級報告，讓JB降級調到哈爾濱的二等書記。當JB詢問他特意冒著危險來到這種地方的理由時，他回答：「不就是爲了來迎接你嗎？」

「美軍支持蔣介石。因此美國和日本交戰的可能性變得很高。留在日本本土或殖民地的美國人，不是被流放就是會被拘留。在被以間諜嫌疑犯的罪名被殺之前，還是撤走吧。暫時回到神戶。一旦發生戰爭，領事館會關閉，我們人質就會搭乘交換船，然後和在美國的日本大使交換，被遣送回本國吧。總之，久居無益，現在輪到你上場了。國務省期待著你的調查報告。」

七年間在哈爾濱的生活突然就此畫下休止符。藏人出生，那美死亡，娜歐蜜變成他的第二任妻子，JB已是滿頭白髮。無數的中國人就好像圓木頭那樣，被打、被推倒、被埋在穴裡。而日本軍人對殺戮行爲毫無感覺，依然豁出去地繼續作戰。七年了，JB始終忘不了一位中國人農夫所說的話。他一邊挖著或許自己也會進去的墓穴，然後冷笑地對日本人說：

終究都是人在做的事。這是無法長久的。

5

一九四一年，距離JB在長崎出生後剛好第五十年，日軍偷襲夏威夷的珍珠港。太平的海變成戰爭的海，敵國的人質被以防諜和保護的名義聚集在外國人的拘留所，斷絕和外部的接觸。JB和家人以及美國大使館員等人在警察的監視下，被軟禁在橫濱山下町的遊艇港。這時候，JB開始和駐日大使喬傑夫・古魯以及大使館的海軍士官接觸，提供「對日戰略上重要的」情報，而且還必須針對他們不斷提出的問題，給予能讓他們理解的答案。他們的問題都很具體。當然，前提就是美國勝利。

美國如果沒有登陸日本，日本本土也能夠終止戰爭嗎？還是必須要打游擊戰呢？

「如果本土變成戰場的話，那麼，在天皇下令結束之前，他們必須要奮戰到底吧。日本人爲了名譽是不惜犧牲生命的。他們無法用美國式的合理主義來測量。連戰死者都會變成神，站在他們這一方的。」

如果空爆皇居，可以讓統合國民意思的天皇退位嗎？

「天皇就像是直接連接古代和現代的神官。沒有辦法經由美國人的手讓他退位。否則就會變成是對日本人崇拜祖先的一種污衊，而且也會破壞家族制度。失去了心靈支撐的人，不知道他們會做出什麼事。各地一定會發生集體自殺的事件，然後屍體堆積如山。甚至日本人到來世都還會繼續憎恨美國人。」

那在日本有必要革命嗎？

「黑船來時，日本人從睡眠中覺醒，被強迫捲進資本主義的世界。日本爲了不要變成美國或歐洲的殖民地，抬出了被遺忘的天皇作爲近代國家的元首。然後爲了聚集國民的忠心，將神道運用到政治上。臉上塗白，牙齒塗黑，穿著便服長袍，戴著烏紗帽的天皇，蓄著鬍鬚，穿上金銀絲緞的軍服，開始過著西式的生活。國土和國民在形式上都是屬於天皇的，國民把天皇當神祇般尊崇，然後和資本主義的世界競爭。日本人稱之維新。不過，日本人心靈的時鐘一點也沒有前進，他們進行著國家的侵略計畫。經常呼叫著惡德、差別、殺戮的資本主義要淨化，就必須仰賴正當化的宗教。而在日本就是要崇拜天皇。就像美國人利用教會和聖經來洗清資本主義的污穢，將不能接受自己之倫理觀念的人視爲敵人，然後建構出國家的繁榮。或許日本的確需要革命。不過，美國也需要革命。資本主義才是將戰爭的火種灑向全世界。」

從不懷疑美國是否正義的他們，沒有聽從ＪＢ對日本的同情意見，甚至還將ＪＢ的意見視爲危險。他們之中有一些人認爲ＪＢ接受了日本現學現賣的意識形態，還有一些人認爲ＪＢ已經受到共產主義的影響，對他抱持著戒心。原本ＪＢ的眞意就沒有想要傳達給任何人。因爲在ＪＢ的意識中，沒有對日本侵略者的怨恨，也沒有共產主義的意識形態，有的只是被美國人拋棄、和祖先斷絕關係的生母之悲哀。ＪＢ不相信天皇，也不相信耶穌基督。他反而向在另外一個世界的母親祈禱。而且想從鈴木小姐、那美、娜歐蜜的聲音和表情以及肌膚的觸感中，找到幻想中的母親之身影。ＪＢ祈禱她們不要和母親一樣品嚐了相同的悲哀。ＪＢ所想的革命……，只是對步上母親後塵的女人們表示恭順。

外國人被拘留者到了隔年的年底大半都已經搭乘交換船回到本國。而ＪＢ和他的家人一起留在日本。到了新年，一九四三年的春天，他們被移送到輕井澤的拘留所。在憲兵的監視下，ＪＢ每天都要去車站從事搬運貨物的工作，然後接受專管政治思想的特種高等警察之調查。不知不覺中，他也受到在拘留所的美國人排擠。當愛國心顯然已經出現接近歇斯底里的症狀時，帶著猶太人妻子及日本人前妻所生下來的兒子之太平洋的蝙蝠，也知道自身的處境很危險。他說：「這場絕望、最後戰爭的勝利者應該會變成眞正的侵略者，美國比日本更合理地侵略亞洲吧。」

ＪＢ因自己的和平主義完全使不上力而覺得焦躁不安，只能以諷刺的預言來說明自己對美國維持中立立場的不愉快心情。當然，儘管ＪＢ希望戰爭能夠立刻結束，但是他覺得自己對日本人放手一搏的同感更勝於美國的正義。這場戰爭吃掉了雙方的國家，也將充滿喜怒哀樂的城鎮與房子燒毀，使理想和傳統滅絕，只是讓想死的傢伙能隨興去死。消耗更多的人命和物資一定更能讓人深知戰爭的愚蠢吧！因此，JB認為不要學日本人沒有明天似的放手一搏，而是應該要學習中國人順應歷史或自然的道理。這場戰爭的最後勝利者無非就是中國人。JB在拘留所用餐時不斷地反芻在哈爾濱所遇到那位中國人說的話。……終究都是人在做的事。這是無法長久的。

那個中國人農夫決定像圓木頭一樣，儘管被推倒、被打到倒下去，還是採取一副與我無關、不抵抗的態度。光是征服什麼的都是徒勞，接著要做的事情，就只是拉手而已。那個中國人雖處於瘋狂行為的漩渦中，卻從另一個世界來看這一切的情形。在那個世界沒有挖苦、劣等感、不服輸，也不用祈求救命。宛如黃河的河水，從太古時起，他們包容了異民族的侵略，以「自然」的眼睛，從遙遠的過去透視到遙遠的未來。

6

因在車站搬運貨物的工作，讓JB的關節日益疼痛。在拘留所裡，他和其他外國人一樣被關在時間的洪流裡。藏人一天比一天長大，而JB的意識時間卻沉澱了，並沒有流向未來。外界到底發生了什麼事情？雖然能夠從日本的報紙或收音機知道，但是傳到JB耳朵的都是遠離現實、自暴自棄的謊言。JB的喜怒哀樂已經被磨破了。他耕種自己的幻想，認爲至少在拘留所只要能夠心情愉快就夠了。自然而然JB和死者們的羈絆就越來越深。八個榻榻米大小房間的地板是他們一家三口睡覺、吃著簡單的三餐、以及交談的場所。而牆壁和天花板就變成是迎接死者的客廳。

JB凝視著牆壁上的污垢，一默念著客死在哈爾濱的那美的名字，污垢就與那美側臉的輪廓重疊。她正襟坐在鏡前擦著口紅。JB再次呼喚她的名字，那美以二十多歲的臉龐面對著他，表情憂悽。JB說：「從那時之後發生了很多事情，我已經老了。」那美嘆息地說：「藏人漸漸長大，你漸漸變成老人，只有我一個人的年齡還是沒有增加……，死者是很孤獨的。」

「在神戶時，我們一直和音樂在一起吧。因爲藏人是在音樂中生出來的小孩，所以他會當作曲家吧。我的母親在死後轉生爲歌劇的女英雄。她的孫子會生出許多音樂吧。不管怎麼說，孩子都是希望之星。妳所在的那個世界也是這樣嗎？」

對於JB的詢問，那美回答說：「是啊！」然後以悲傷的眼神告訴丈夫：「你現在還想見我嗎？你還愛我嗎？如果我復活的話，你想和我再結一次婚嗎？」

JB爲了安撫幻想中的妻子之妒忌，於是做出了這樣的提議：「等戰爭結束後，恢復了自由之身，我們就去吉野吧。就在妳的祖先從那個世界歸來的森林裡，我們來思考最適合我們的未來吧。」

是的，JB之所以身爲俘虜留在日本，是因爲他發誓要將那美的遺骨帶回她出生地的櫻花森林。不過，幻想的那美可能顧慮到娜歐蜜的事，她問：「你現在最想做的事是什麼？你眞正想去的是什麼地方呢？」JB說：「我也想要完成娜歐蜜的希望。她還沒有放棄要去美國的夢想。」JB也知道美國夢等同於對移民來說是一種殘酷的行爲。但是對娜歐蜜來說，美國是她寄託希望的場所，而且比日本更爲遙遠。JB這樣告訴幻想的那美。

我想要有個花壇。請告訴我花的名字。我會和娜歐蜜一起在那裡種植百種花卉，因爲我要製造一個妳和母親能夠隨時回來的場所。

那美的幻影靜靜地消失了。

改天，當JB又仰望天花板時，就在他眨了好幾次眼睛後，那裡出現了穿著和服的母親朦朧的身影。JB對著幻想的母親合掌祈求。然後任憑思緒奔馳於應該可以獲得的另一個少年期。他喝著母親親手做的味增湯，吃著母親爲他燒烤的魚，被母親牽手爬上坡道，然後和她一起眺望大海。爲了要完成母親的願望，他想像著自己在寫信給父親。如果父親把母親帶回索諾瑪的家，那麼她將會過著什麼樣的人生呢？會像鈴木小姐那樣嗎？還是和JB兩個人被流放到異國的城鎭，像中國人那樣在洗衣店從早忙到晚度日呢？JB詢問幻想的母親：「妳夢見過什麼樣的人生嗎？」他覺得母親對他微笑說：「如果你幸福的話，我就別無所求了。」JB把深深的嘆息獻給母親。最後JB發覺自己不知道母親眞正的名字，以及母親爲什麼要自殺。以往他所能做的事情就是仰望蒼穹，聽著潮水聲，然後接觸吹過森林的風，讓自己那顆宛如蝙蝠的心依偎在幻想的母親之身邊。

ＪＢ心想，等戰爭結束後，他要拜訪母親出生、談戀愛以及喪命的長崎，尋找能夠記得她的人，然後找出能夠在另外一個世界和母親再會的線索。耶穌基督應該不會將自殺的她迎入天國吧。這個世界也不會有人迎接已和祖先斷絕關係的她之靈魂吧。而能夠埋葬她的只有徘徊於「灰色地帶之間」的兒子。

ＪＢ開始迎接每過一次生日就逐漸接近地獄的晚年。在拘留所內，這個世界和另外一個世界的界線似乎變得很曖昧。另外一方面，兒子藏人每一次迎接生日，他就學到了世界的深度以及廣度。在網球場蓋了木造的臨時小屋，俘虜們自主地開起學堂，大家把它叫做學校。拘留所的義工教師們投入熱情，各自創辦了自己國家的學校。國籍、習慣、祈禱的神，還有言語迥異的十三個女人，各以自己擅長的領域來教育孩子們，可說是一個稀有的學校。就像是孩子很少、人口稀少的村莊之分校，老師的人數比學生多，聚集在同一間教室，每一個人都是面對著不一樣的老師，然後進行不一樣的課業。音樂、美術、體育是他們共同必須要上的課程。而在這個「灰色地帶之間」的學校學習，唯一的日本籍就是藏人。

藏人每天都和娜歐蜜去教會，以及接受鋼琴的啓蒙課程。藏人憑著小孩子的靈巧，拜訪義大利人、德國人、俄羅斯人、英國人、土耳其人的收容所，接觸各種言語和歌。巨人隊俄羅斯人的投手史達魯賓教藏人接球的方法，也請他喝用大豆煎出來的假咖啡。他經常用俄羅斯語和娜歐蜜閒話家常。在東京蓋清眞寺、建立了伊斯蘭教徒活動中心的土耳其人的兒子，經常以流利的日語來逗大家哄堂大笑。他在日後取了一個美國人的名字——路易・詹姆斯，擔任收音機節目的DJ，深受大家的歡迎。

JB和娜歐蜜做了幾個約定。不久後她的意識就飛到戰後。

她說想在看得到海的山崗蓋一間小屋，沒有人會追趕他們，聽著潮水聲，每天早上起來就能夠感受到自由。能夠的話，她也想要遠隔自己的怨恨和憎惡，然後去太平洋的對岸。JB說：「等太平洋再度恢復成平靜的海，美國就會比現在更近。到美國之後妳想做什麼？」娜歐蜜說她想要看大峽谷、看自由女神以及尋找二十五年前到紐約就音訊全無的伯父。娜歐蜜希望能夠實現夢想，所以每天都寫信。她寫給行蹤不明的伯父，告訴他現在自己在什麼地方、正在做什麼事、每天都在想什麼以及丈夫JB的事和小音樂家藏人的事等。她的喜怒哀樂有時候是用俄羅斯語，有時候用英語來表達，接受檢查之後，信就會比她先被送到美國。她的收件人一直都是溫莎莉翁・米海羅布奇・奧斯托婆魯斯基先生，收信地址有時是曼哈頓中央郵局，有時是布魯克林或是史達坦島的郵局，或是大酒店，或是卡內基音樂廳，或是愛麗絲島的移民局，每次都是不一樣的地址。雖然沒有一次有回音，娜歐蜜還是沒有失望。因爲信就是她的希望。即使沒有送到伯父的手中，只要能夠送到美國，就有希望。

如果連結JB和藏人生母野田那美的是從留聲機裡所流出來的音樂，那麼藏人正是音樂的兒子。而且讓藏人和音樂不分，緊緊連結在一起的就是撫養他長大的母親娜歐蜜。

藏人從出生後有七年在哈爾濱度過，七歲到十一歲的四年間在橫濱和輕井澤的外國人拘留所度過。尤其是在戰爭結束前的一年半在輕井澤的山村，她將藏人的耳朵訓練成很敏感。對於喜怒哀樂、期待、不安，甚至是季節的變遷也有能力能夠聽到。娜歐蜜不斷地詢問藏人：

空腹是什麼聲音？今天的天空是什麼聲音？夏天的早上、秋天的正午、冬天的夜晚是什麼聲音？

藏人隨時都在聆聽。他也用那個耳朵來聆聽戰爭和戰爭結束。

7

一九四五年八月來臨了。對俘虜來說，那是一個解放的夏天。對未來不抱持任何希望的軍人來說，殺戮遊戲已經結束了。對孩子們來說，完全不一樣的未來到來了。

一九四五年八月十日，藏人聽到父親JB的嗚咽聲。JB出生、和父母度過三年的長崎被投下「殘暴原子彈」之消息，遲了一天傳到了輕井澤。美國在廣島和長崎投下原子彈的消息，讓拘留所到處充滿著歡呼聲，戰爭終於要結束了，一時之間俘虜們的臉上綻放出光芒。藏人和娜歐蜜也加入歡聲中，只有JB一個人宛如走投無路、精神恍惚。十一歲的藏人無法理解他的理由。他不懂爲什麼父親和日本人是一樣的反應，然後遭到鄰人的白眼。

拘留所的氣氛立刻變得非常沉悶。

投落在長崎和廣島的「殘暴原子彈」，被俘虜們期待是解放他們的王牌。但是，到了十一日，到了十三日，來自遠離首都的平原之爆炸聲依然未歇。大家都害怕，雖然自由與和平已經來到了附近，但是在那之前，日本仍會拼命做最後的決戰吧。日本人沒有這麼容易就把自由與和平交到自己的手中。不只是士兵、連農人和工匠、少女和爲人妻者、老人和病人、甚至是孕婦和幼兒，都會手持榔頭、竹槍或是玩具來襲擊俘虜們吧。許多的鄰人已經有所覺悟，俘虜們必須要拿自己的鮮血來交換，和他們一樣爲獲得自由與和平而拼命。

藏人心想父親比任何人更早知道，要將家人送到安全和自由門的另一側是非常困難的事，因此才流下了失意的眼淚。不過，JB卻不像拘留所鄰人們那樣對俘虜的命運抱持悲觀的想法。因爲他相信不管怎麼樣日本人都不會瘋狂到那個地步。他認爲瘋狂的是把兩顆原子彈像排泄物一樣從窗戶扔下來的美國人。他相信日本人的辨別力，不信任美國人的合理性，似乎是源自其體內的血液。他一再地詢問自己，如果自己是日本人的話會怎麼做，如果是美國人的話又會怎麼做？然後他認爲日本人已經恢復了神智，而美國人幾近瘋狂。

生母和自己出生的故鄉簡直被父親的祖國燒盡。他不知道自己究竟要以怎麼樣的感情來接受這樣的事實。「殘暴原子彈」甚至把JB的感情都燒盡。如果像小孩那樣哭泣，等哭乾了眼淚，接著就可以從悲傷中站起來吧！JB想逃入睡眠中。當他醒來時，只是一味地咬指甲、拔眉毛，然後非常痛苦地想嘔吐。不久後，已經消磨的感情又恢復了悲傷。無底的悲傷隨著八月十五日的終戰逐漸變成憤怒。不解ＪＢ悲傷的藏人也對父親憤怒的聲音覺得很敏感。

藏人在八月十四日的夜晚，從來自舊金山的電波中得知戰爭結束。曾經擔任法國領事的加洛爺爺，避開憲兵的耳目，把短波收音機帶進拘留所。藏人常常去拜訪加洛爺爺的家，然後聆聽從父親和自己同年時在那裡生活的舊金山傳來的聲音和音樂。

WAR IS OVER.

不會讓人聽錯的那種單純聲音宣告戰爭結束。在不引起憲兵格外擔心的情況下，俘虜們哼唱著勝利之歌。

八月十五日的正午，這一次是用日語播放戰爭結束的宣言。天皇以他的聲音親自告知國民。到底是以什麼樣的聲音、什麼樣的口吻來說呢？對已經沉浸在終戰解放感的俘虜們來說，開始有餘裕抱持著好奇心。就在接近正午時，男女老幼陸續集中在各班班長的家門前。屋外擺出了木製粗糙的餐桌，上面鋪著坐墊，收音機就像佛像那樣被安置其上。居民們圍坐在它的四周，深深地低頭。藏人從加洛爺爺家離那個場面稍微有一點距離的屋簷上眺望一切的情景，心想什麼時候收音機變成這麼偉大的東西了。

出生後第一次聽到天皇的聲音，顧名思義不是屬於這個世上的聲音。

藏人心想，地上沒有人會使用這樣的說話方式。如果有的話，就是死者、亡靈或神的聲音，總之那是一個很可怕的聲音。被供在坐墊上的收音機，接受了來自另一個世界的電波，斷斷續續地傳達那個世界的大王所說的話。

朕深鑒於世界大勢及帝國之現狀，欲採取非常之措施，收拾時局，茲告爾等臣民

加之敵又使用殘虐之新炸彈，頻殺無辜，慘害所及實難逆料。若仍繼續交戰，不僅終將招致我民族之滅亡，亦將破壞人類之文明。如斯，朕何以保億兆之赤子，何以謝皇祖皇宗之神靈乎。

然時運之所趨，朕欲耐所難耐，忍所難忍，為萬世開太平。

他說的話令人完全摸不著頭緒。連日語應該說得很完美的父親也無法理解隻字片語。在村人們的耳朵裡，玉音被包圍在曖昧的紫色霧中，就在透過廣播將天皇所說的話用這個世界的語言來傳達後，他們才能夠充分掌握天皇的意思。

聽到天皇那種像能樂（註：日本代表性的傳統舞臺藝術）、非此塵世的聲音，得知其意時，藏人認為這樣一來終於可以自由去想去的地方、聆聽自己想聽的音樂。

8

果然如ＪＢ所預言。拘留所的鄰人們因爲過於意外不禁啞口無言。由於日本人這麼輕易就接受戰敗的事實，遲至今日始得知說是即使剩下一兵一卒也要奮戰到底的那群人欺騙了他們。

八月十六日，藏人聽到與以往迥異的聲音。那種快活的聲音逐日增高。如同哭泣一兩天就已經足夠了，在收音機前垂頭喪氣哀嚎的那一群人，現在判若兩人，一起露出笑嘻嘻的臉孔。

藏人在之前不曾見過對自己微笑的日本人。他們一直都是以嚴厲的表情瞪著藏人。因爲討厭被瞪著，所以藏人絕不和他們的目光相接，只是聆聽他們的說話聲和動作所發出的聲音，一點也不敢怠於警戒。

「日本人也能夠微笑啊！」

聽到藏人在和娜歐蜜私語，ＪＢ連忙回答說：

「我就是在那個微笑中被撫養長大的啊。在相當長的一段時間裡，他們忘記了微笑。」

「啊，是嗎？大家都把微笑儲存起來了。」

的確，他們把儲存的微笑一口氣用出來。

警察和憲兵一一巡邏外國人的家。彷彿昨天才學到謙虛似地，低頭微笑詢問有什麼他們可以協助的地方。慌慌張張把上週希望他們說的事說出來。擔任食物配給的人員也挨家去拜訪，配送原本藏在自己家中的酒、罐頭和麵粉，爲的是要滅除讓俘虜們營養失調的罪行。

戰爭結束，藏人才有和自己同年齡的少年交往的機會。不管什麼時候，總是會發明微笑的天才孩子們，笑容可掬地接近藏人。原本以爲地上沒有小孩的藏人，剛開始時還推測日本少年之微笑中隱藏的內幕。不過，當和那一群在放屁的夥伴一起微笑後，終於化解了隔閡。他們把藏人帶到白樺森林深處之神秘泉，請他吃乾白薯和乾杏，大家一起享受輕井澤的晚夏。

終戰後兩周，占領軍始終沒有在首都出現。

如果占領軍迂迴登陸日本的話，甚至連農民和工匠都會咆哮、與其投降寧可選擇切腹，或許因此會遭到攻擊，於是他們才警戒而猶豫不決吧。雖然首都的上空已經沒有爆炸聲，但是B29還在低空徘徊。噪音震破在首都廢墟中徘徊的人們之耳膜。

「好吵喔。知道了！知道了啦！你們是很強，不管你們說什麼我們都會聽從的，所以請到別的地方去吧。」

工匠們喃喃自語。那是個仰望首都天空令人不愉快的晚夏。

藏人在山野中奔跑的暑假馬上就結束了。是戰時情報局人員的JB接到占領軍的召喚，他們一家人坐上前往首都的列車。那一天對藏人和娜歐蜜來說，變成是旅行和自由連結、值得紀念的日子。他們之前的旅行都被監視，連要繞道或休息也要獲得許可，而且大半都是不被許可的。因此，即使前往首都的列車就在眼前，他們最初還是原地呆立。宛如等著佩帶軍刀、一副我才是法律表情的黑衣男人怒吼他們說：「不要拖拖拉拉，趕快擠到裡面去。」配上軍刀黑服的警官們也站在車站的前頭，簡直就像開悟似地以平靜的態度說：「來，從這裡上去，把那裡的行李挪開的話就可以坐了，我幫忙把那個行李拿起來吧。」說著就伸出手來。

火車內到處都是只帶著是新生活本錢之物資的客人。稍早之前，只要有幾百人聚集，就應該會變成一塊火球，但在短短一周內，一百人卻四分五裂，各自朝向各自的生活堅強地移動。因爲天皇說：「汝等臣民死於火玉，」又說：「寄予臣民爲自由與太平謳歌，爲將來建設貢獻心力，」因此大家隨意移動。JB在客滿的電車中，對著兒子嘆氣。爲了不讓已成爲自由之身的臣民聽懂，JB使用英語。

「事到如今多說無益。天皇是個偉大的人物。像我們這種升斗小民幾千人亦不及其一。你和皇太子是同年同日出生。一個是王子，另外一個是乞丐。不過，你比皇太子還要偉大。因爲天皇已經和搭乘這輛火車的人一樣呼吸著相同的空氣。每次生日時，你都會想起皇太子的事吧。不要介意。不要忘記這一天是你生母的忌日。一年至少一次要思念你的母親。」

9

表面上日本似乎改變了。不過，像水溝的沉澱物依然沒有改變。

藏人聽到首都到處都是燃燒紙張的聲音。首都還整個籠罩在殘夏的酷熱中。藏人看到淺草到處都是穿著白色襯衫的紳士們揮汗競相把紙投入火中。

「爸爸！他們到底在做什麼？」

對於藏人的疑問，ＪＢ如此回答。

「他們準備迎接新的主人。」

霞關、永田町和丸之內都還沒有看到占領軍士兵的身影。幸虧因爲這樣，舊體制的官員、政治家和軍人們急著把紀錄自己過去「光榮」的資料燒掉。那些都是不能讓新的支配者看到的「光榮」。

「這樣一來，歷史就被消滅了喔。不過，實際上有的東西是不可能變成沒有的。」

他們一群人被逼迫到走投無路。剩下來的時間極有限。街頭巷尾到處都有這樣的流言。新的指導者們會將日本男人全部去勢，並且強迫所有的軍人都要勞動。

如果這件事是眞的話，他們能夠當男人的時間只有剩下來的幾天。大家都想要獲得新主人的慈悲，避免被去勢，於是拼命地想修正自己的過去。就在占領軍猶豫要不要進駐首都時，舊帝國的指導者、軍人和官員們開始佈局，以便自己在新體制下也可以專橫跋扈。

ＪＢ和他的家人被分配到已成廢墟的帝國飯店的一個房間。對藏人和娜歐蜜來說，這是他們有生以來第一次而且是人生最後的飯店生活。當藏人能夠一個人從自己的房間，不會迷路走到大廳、餐廳或中庭時，進駐軍的吉普車終於出現在丸之內和銀座。

ＪＢ最初的工作就是要向直屬麥克阿瑟元帥的司令官們報告首都的治安，以及日本人對進駐軍的態度。原本大叫著鬼畜米英的一群人，雖然現在完全要接受美國人的關照，但是司令官們並沒有這麼容易就相信。因爲他們似乎將日本人這種過於阿諛地改變身分視爲玩笑。不過，年輕的士兵們採取謹愼的態度。當他們被派遣到街上時，才終於知道自己是如何地受歡迎。他們試探性地拿出巧克力和口香糖時，孩子們立刻蜂湧而至。年輕的姑娘們也抓住他們膨脹的口袋。此時，不管是自己很受歡迎，還是他們的目標是在自己口袋中的東西都已經無所謂了。ＧＩ（註：指美國士兵）就在燃燒過的原野上揮灑著歡樂，他們覺得只要自己能播種民主主義和資本主義的種子就心滿意足。後來甚至想要讓這個遠東廢墟的姑娘們也充分品嘗到ＧＩ的男性魅力。

當ＧＩ闊步走在大馬路上時，首都似乎又響起不一樣的聲音。微笑聲變成哄堂大笑聲。原本是日語的嘟噥聲，現在變成含糊不清的英語和黑市的吆喝聲。腳踏車和兩輪拖車車輪的聲音，現在變成吉普車通過的轟隆聲。雖然B29已經不在首都上空低空飛行，但是瓦礫仍然不斷地彈奏著不和諧的聲音，不知不覺中到處都是臨時屋。

燒焦的廢墟一到了秋天，就變成波形的鍍鋅鐵皮小屋林立的村莊。被埋在瓦礫中的小巷也復活了，到處都是電線桿，門牌號碼也回來了。僅僅一個月，首都從原始時代進化到近代的生活。儘管米和味噌很少，他們也必須忍耐著粗食，仰賴GI給他們的巧克力和罐頭度過兩三天，而且遵守天皇的聖令參與「將來的建設」。

和廢墟的孩子們相較之下，藏人的營養不缺乏。他不用加入激烈的爭奪戰也可以獲得巧克力和口香糖，而且每天早上都可以吃到烤麵包夾果醬。在帝國飯店生活的三個月期間，藏人就像是個王子。

JB沒有休假日。有時候他在停泊於東京灣的密蘇里戰艦上。有時候他在原本是第一人壽大樓右側、又稱麥克阿瑟宮殿的一個房間裡。

JB不斷地被他們詢問意見。現在聯合軍司令部的顯赫官員們期待他能夠將長年在遠東的生活所累積的俘虜體驗，暢所一談。他可以敘述他們的惡行，將對日本人和天皇日積月累的怨恨一吐而盡，也可以建議讓天皇退位吧。他可以想起把對自己將來不利的資料全部燒掉的那群人的臉，然後一一指出來吧。不過，JB認爲忘記烙印在自己胸口之「殘暴原子彈」的事，變成支配者的送貨人，令他覺得很難爲情。他不想待在天皇的身邊，也不想待在麥克阿瑟的身邊。當然，他不是站在罪犯這一邊，也不是司令部的手下。不過他無法進入GI的那一群中，也沒有辦法投入戰後對美國人頻頻微笑的市民中。

JB一個人不管是在戰時或戰後，他都只是個中立的蝙蝠。在交換了投降文書後，昨日的敵人變成今日的朋友。而中立的蝙蝠，卻在令人覺得非常不舒服的「灰色地帶之間」，只能默默地注視著日本和美國共同進行的陰謀。

閣僚或官僚的人士刷新，逮捕戰犯，開始進行審判。改革的確是美國式的。不過，隨著時間的經過卻變成日本式的。

共產黨員、中國人和俄羅斯人主張天皇退位或絞刑。不過，因爲麥克阿瑟似乎很喜歡裕仁，所以同意讓他延長壽命。如果天皇表現出是現代人神的模樣，或許就會被元帥處刑。不過，當穿著普通衣服的元帥與以問安的方式來拜訪美國大使館的天皇見面時，元帥接觸到天皇對死已有所覺悟的毅然態度時，告訴身邊的人說：「好像是自己的小孩。」就連在朝鮮戰爭中主張要使用原子彈的元帥，似乎也無法對自己的兒子處刑。

據說JB常常被麥克阿瑟本人詢問意見。但不是JB所希望的那樣。總司令官口中含著玉米稈做的菸嘴，好像要他推敲占領政策的具體策略。

「你認爲怎麼樣呢，你贊成有效地利用天皇會很方便的意見嗎？」

ＪＢ如此回答。

「如果打算把日本變成美國的一部分，那就需要逼天皇退位吧。如果留下天皇制的話，那麼這個國家的民主政治、經濟和憲法全部都會染上他們自己的色彩。因爲天皇是守護著這個國家曖昧關係的神官。」

ＪＢ在這裡聽到了麥克阿瑟語錄裡面最有名的一句話。

「我想要讓這個國家變成東方的瑞士。」

麥克阿瑟打算將到現在爲止是戰爭主體的天皇變成永久和平的象徵嗎？或者是因爲元帥所討厭的共產主義者們主張天皇退位，因此他必須和他們抱持著正好相反的主張？那時候ＪＢ無法詢問元帥的眞意。因爲面對掌握了日本命運的元帥時，即使只是一句話他也要表達出他的恨意。

「你把原子彈投在我母親的故鄉。然後想把這個國家當成美國的奴僕。」

那時候麥克阿瑟如何回答ＪＢ的話呢？

「他只說了一句話。爲了讓戰爭提早結束，這是不得已的。這不是我想要聽的話。我只是想要聽更單純的一句話 I am sorry 而已。至少這樣子我心情會愉快一點。」

從那次之後，ＪＢ不曾再踏入麥克阿瑟的宮殿。

10

ＪＢ拒絕積極協助占領軍，始終站在中立蝙蝠的立場。個人放棄戰爭的ＪＢ，即使擁有戰勝國的國籍，仍有堅守中立的義務。他貫徹始終擔任翻譯的工作，沒有夾帶私情，努力傳達戰犯的說辭或目擊者的證言。不過，遠東軍事裁判上卻充滿著密告行爲。關東軍的將校們爲了逃避責任，高唱一切都是「部屬任意的作爲」。他也曾經擔任在哈爾濱遇見的那位細菌部隊石井的翻譯。不過，占領軍和他達成協議，只要這個戰犯能夠提供黑死病菌進入人體最低感染量等的研究成果，就可以不問其罪。不久後，疲於翻譯的繁重業務及欺瞞事情的ＪＢ，開始嚮往著隱居的生活。如果占領軍所高唱的未來是建築在不斷累積的屍體上面，那麼自己想要朝向死者所希望的未來方向走去。

ＪＢ帶著娜歐蜜和藏人一起去神戶和長崎旅行。

山丘上和那美度過短暫蜜月歲月的家已經被燒毀了。不過，搭建了臨時屋，那美的伯父住在那裡。聽說她的哥哥戰死在菲律賓的萊特島。伯父說要把那美的遺骨放入吉野家歷代祖先的墳墓。不過，野田家後繼無人，如果那美遺留下來的小孩藏人不繼承家業的話，在伯父死後，神社就要交給別人。他打算離開神戶，在吉野過著隱居生活，說是隨時都可以來拜訪他。

幼小的ＪＢ和母親每天眺望的大浦灣，在陽光下若無其事地搖曳，如同五十多年前，停泊了美國的軍艦。鎮上因原子彈「合理的」破壞還沒有復活。看到眼前廢墟的情景，ＪＢ向母親報告。

妳和父親的戀愛竟然是這樣殘酷的結局。

應該是讓母親拉著手在荷蘭坡爬上爬下的ＪＢ，踩在荷蘭坡的石階上，不斷地追尋著些微的記憶，將歌劇和小說的描寫重疊在一起。他想尋找曾經住過山丘上的家，還是無法如願。

「爸爸！這是學校嗎？」

藏人指向一個門上掛著聖西學院的標誌。稍微在附近走一下，結果走到一間教會門口。ＪＢ心想，這裡或許是母親改信宗教時來商量的教會，於是推開門，詢問一位正在打掃聖堂的修女。

「有沒有誰知道蝴蝶夫人的事？」

修女抬起頭來看著ＪＢ的臉，突然眼睛睜大，「莫非你就是鈴木女士等待的茶目先生？」她說有一位叫鈴木的老婆婆有在教會留下遺言。說是蝴蝶夫人的兒子一定會找到這裡，「那時候就把這一個說是他母親的紀念物交給他。」這是在二十四年前她預放在教會的。原來就是那把有龍形圖案的短刀。

娜歐蜜在一九四七年五月去世。ＪＢ無法遵守和她的約定。她沒有到達約定的美國，而是在神戶變成孤骨。臨終時，她對藏人留下遺言：

「棺材只能放一個人。不過，不是嘆息，死者和夢中人都是同樣的成分構成的。隨時都可以見面。」

她的喜怒哀樂和對未來的希望，現在也徘徊在紐約。

第九章

1

妳的曾祖父JB，從國境的這一頭到那一頭，從民族的這一邊到那一邊，從母親到戀人，而且朝向兩個妻子，重複他的旅行。

妳的祖父藏人，在JB的旅途中出生，然後在東京也繼承旅行的棒子。

JB從一八九四年開始旅行，那個旅行漫長到超乎妳的想像。總之，國境就在比現在更遙遠的彼方，而「灰色地帶之間」近乎無限延伸。JB在「灰色地帶之間」幾乎徘徊了六十年。想必他也很徬徨吧。在橫渡太平洋要一個月的時代，地球比現在更寬廣百倍。

儘管如此，妳認為曾祖父班傑明・平克頓的歷史沒有被磨破而留存下來。祖父藏人的記憶力令人驚歎。薰的養父茂為了不讓你們一族的歷史流入遺忘的河川，似乎將藏人所說過的隻字片語極正確地傳達給薰知道。然後現在就由杏樹姑姑告訴妳。記憶眞是個可怕的東西。從妳出生之前開始，在另一個世界的人們就在說話、嘆息、大笑、戀愛以及旅行。那些在記憶中還能再繼續生存，因為就像是治好了瘡疤忘了疼，它們在杏樹姑姑和妳的意識中，依然繼續在旅行、談戀愛、談話、嘆息以及大笑。

就在九月一個晴朗涼爽的星期六，妳帶著杏樹姑姑去薰曾經帶著新的哥哥和姊姊一起渡河的地方。在河川的佔用地，有興高采烈玩著練球遊戲的親子，帶著狗散步的婦人們，以及騎著越野自由車到處奔跑的小孩。

其中只有一個是呼吸著和周遭不同空氣的男人。他抱著吉他自言自語，用指甲彈著簡短的樂句。不過，他好像要把剛才所彈的旋律抹去，搖搖頭後又開始自言自語，然後又彈起和剛才完全不同的樂句。也不管是不是會引人注目，也不管是不是有誰在傾聽，他重覆著相同的做法。

「今天他好像也來了。那個與衆不同的吉他手。」

由於杏樹姑姑一副好像認識那個男人的口吻，所以妳就問說：「他在做什麼呢？」

「我隨時來他都在。這個旋律在之前我就曾經聽過了。」

「那不能說是旋律吧。」

「不，也不是這樣的。妳只要仔細聆聽吉他的聲音，就會聽到他好像在講什麼話。你聽這個旋律……」

乘著吹過河邊的微風，簡短的樂句傳到兩人的耳際。因爲妳只是凝視著那種令人不想接近的男人之打扮，所以沒有辦法集中精神來聆聽吉他聲。另外一方面，以吉他的聲音和自言自語爲線索來確認那個男人存在的杏樹姑姑則集中全部的精神。

「妳可以聽到什麼嗎？」

杏樹姑姑解讀吉他的旋律。

只要讓我再一次見面。

原來如此。聽杏樹姑姑這麼一說，妳的耳朵似乎也聽起來是這樣子。好像是向某人發出訊息。總之，他以沒有人聽得到的聲音喃喃自語：「再一次，只要再見一次。」配合他的旋律彈奏著吉他。在聚集於河畔的人之眼中，他好像是在胡亂彈著吉他，大家雖然很疑惑他到底想做什麼，也沒有人想去把謎底解開……。而且，只有一個眼盲的杏樹姑姑把他看穿了。吉他手又用指甲彈起別的旋律。妳問：「這次他又在說什麼呢？」。杏樹姑姑把手掌放到耳朵的後面，聆聽吉他說話。

「聽起來好像在說：『妳記得我曾經說過我愛妳吧。』最後一個的『吧』聲調上揚，好像在詢問某人。」

「您很了解嘛！」

「我了解啊。爲什麼呢？當然是因爲我聽過好幾次，已經習慣了。」

「這次他又在說什麼呢？」

妳覺得很有趣，每次吉他手改變旋律的時候，妳就透過杏樹姑姑的特殊耳朵來幫你翻譯。

明年的七月七日我們再相會吧，

如果說不懷念的話是騙人的，

因為愛那個人，

所以我必須要這樣子做。

聽到他一直彈奏這樣的句子，妳認爲這個吉他手一定是忘不了從前他所愛過的人，所以他才在河邊尋找她的倩影吧。他認爲只要來這裡，或許就可以見到昔日的愛人，於是他裝模作樣模仿把自言自語變成旋律的詩人。雖然妳覺得他很可憐，還是被他很可笑的方式吸引。

「文緒！那個彈吉他的人有張怎麼樣的臉？」

這一次輪到妳把眼睛借給杏樹姑姑。不過，妳沒有辦法立刻說出形容他容貌的話，於是你就應付似地說：「很奇怪的臉。」

「很奇怪的臉是怎麼樣的臉呢？」

在杏樹姑姑摻著苦笑的問話中，妳不得已地回答說：

「就像是個迷路的猩猩的臉。」

「啊，這樣子也可以啊？」

妳不知道杏樹姑姑說什麼東西可以。她催促著妳趕快去渡船口。渡船口曾經被廢止，但是因爲周邊居民的希望，退休老人、主婦以及失業者們擔任義工來共同管理，因此在七年前復活了。浮出水面之後，經過四十年的舊木造船，現在被一條可以渡過兩岸的電纜用滑輪固定起來，然後由臨時的船夫用手拉著電纜，然後渡河到對岸。

妳充當臨時的船夫，讓杏樹姑姑坐上去，然後到薰和藏人生活過的對岸之城鎮。「或許四十年前的名字和整個面貌都完全不一樣了吧！」妳相信杏樹姑姑說的話，不過妳期待著或許還會殘留著少年時代的父親薰所看過的風景碎片。杏樹姑姑爲了要坐這個渡船，以及聆聽那個變態吉他手的話，才來到河邊。她說已經十年不曾踏到薰曾經住過的城鎮。下船後，只要走十分鐘，就會有茂先生來過的餐室之痕跡。自從失去光彩後，那個令人懷念的場所也被放置在黑暗中嗎？

杏樹姑姑變成是妳可依靠的耳朵，而妳卻變成是她不可依靠的眼睛。

「和十年前的味道不一樣。之前到處都飄著豬油和胡麻油的味道，也都到處瀰漫著中華風味。現在都是高湯及燒烤的味道。好像又回到了從前的日本。」

「總覺得這裡是個蕭條的地方。」

「或許妳會這麼認爲。不過，像我們小時候的郊外到處都是這種味道啊。大家也都是住在這樣的地方。」

班傑明・平克頓ＪＢ渡過太平洋，野田藏人渡過日本海，而薰渡過這條河。然後妳再渡過太平洋、渡過這條河。不過，妳並沒有什麼特別的感慨，只是凝視著無聊的商店街和蔚藍的天空。

「妳還不太了解首都吧。藏人先生背著吉他、騎著腳踏車到處奔走的首都。」

「您是說祖父背著吉他、騎著腳踏車在首都到處遊走嗎？」

河邊變態的吉他手和藏人先生的影子突然間重疊，妳以嫌惡和露骨的語氣喃喃自語。杏樹姑姑說：「那是他的工作啊！」

「總覺得令人很不舒服。」

「爲什麼？配送音樂是藏人先生的工作啊！」

杏樹姑姑不曾見過藏人先生。她只是透過父親茂的口中，以及藏人所留下的樂譜而認識他。對她來說，藏人先生不是個夢幻的作曲家。如果少女時代的杏樹偶然在河邊看到藏人先生，一定也和妳現在凝視著那個奇怪的吉他手是相同的印象。總之，藏人先生是個作出因爲肚子很飽、動彈不得的小熊在說夢囈的搖籃曲之不幸天才。而那個奇怪的吉他手的駝背，也被掩蓋在無法讓大家認定的天才之陰影中。

2

蝴蝶夫人的孫子、JB的兒子野田藏人，在戰爭的混亂中頻頻轉校。

戰爭結束後，在帝國飯店生活了三個月期間，他去銀座的泰明小學上學。藏人就使用進駐軍檢查過的教科書，跟著日本人的老師學習日語。他和朋友們思考著，被墨塗黑的部分到底寫些什麼呢？然後把適用於廢墟後生活的日語熟記起來。不過，藏人幾乎沒有在同一所學校待超過半年。父親JB在旅行中撫養他，以旅行爲工作，然後在旅行中刻下喜怒哀樂，藏人也每天都在旅行。學校就在旅行的前端，而旅行就是藏人的學校。遠離東京，他在生母那美及JB相遇的神戶學校，以及那美出生地吉野的學校各唸了半年，然後在祖母出生及死亡的長崎學校唸了三個月。之後，又轉學到立川、厚木、橫須賀及占領軍基地的學校就讀。基地的學校到處都被慾望及殺氣包圍。校舍的背後是美國兵的酒吧、餐廳及舞廳。十字路口上，女人們擦著鮮紅口紅，穿著能夠看得到內衣的透明洋裝，從白天就在出賣自己的肉體。藏人從教室的窗戶凝視撫育父親JB的美國之風情。

JB想讓兒子一個人生活，讓他學會在戰後廢墟中的處世之術。JB命令雖然擁有日本國籍、卻宛如留學生的藏人，要用自己的眼睛、鼻子、舌頭和手腳去摸索日本。而且JB認爲自己的餘生並沒有很長，所以他必須尋找在自己死後擔任兒子監護人的人選。由於藏人不斷的轉學，所以練就了一身的圓滑，然後以自己的方式占領了首都。

藏人在放學後去還沒有客人的舞廳，在經理的許可下，練習彈鋼琴就變成是他每天的功課。不久後，經理認可藏人的本領，於是把不褪流行、適合跳舞的樂譜交給他，然後給他一份順應顧客的要求彈奏音樂的工作。那時藏人十四歲。配合他所彈的鋼琴，士兵和士兵買單的女人就一起跳舞，大家都很喜歡他的音樂而且如癡如醉。知道敲鍵盤就會變出錢的藏人，這時領悟到了自己的天職。經理付給他第一次的薪水時，告訴他：「這是店裡給你的獎金，」然後送他一把吉他當作禮物。看到藏人天眞無邪的表情，經理緩緩地說：

「因爲是你，所以應該很快就學會彈吉他。吉他和鋼琴不一樣，可以到處帶著走。我認爲剛好很適合到處轉校的你。你彈鋼琴的時候，就會讓妓女懷孕。我實在很期待，想知道當你彈吉他的時候會發生什麼事？」

立川舞廳的經理已經預感到什麼不吉利的事嗎？

三年後，十七歲的藏人自己學會了吉他的指法，能夠自由地即興演奏。藏人就在充滿著對岸戰爭氣氛的東京，每天看著女人們的臉色過日子。他變成是被寶石商包養的女人之情夫。對方幫他在她被包養的家之對面租了四個半榻榻米大小的房間，讓他在那裡睡覺。每到了傍晚，藏人就抱著吉他一整晚都在彈奏著沉悶的旋律。

遠離學校的腳，現在用來輾轉於女人等待他的房間。對藏人來說，東京是音樂的都市，也是女人的都市。他騎著寶石商的小老婆買給他的腳踏車，遊走於首都配送音樂。他去銀座是四處彈奏流行歌。去上野則是擔任聲樂科學生的鋼琴師。去麻布出差則是被有錢有閒的的闊太太們招呼去喝下午茶，爲她們彈奏蕭邦的樂曲。她們每次都會給他一些現金，或把它塞在他的口袋裡。於是，他再度左右大幅搖擺著身體，踩著腳踏車的踏板，又向下一個配送地出發。或許是戰時四年間被關在橫濱、輕井澤拘留所的反彈，藏人從遊走首都的行動中找到了自由。這個自由是因爲被占領而帶來的。與GHQ（註：美國佔領軍總司令部）完全無關，他藉著演奏音樂，想個人占領首都。每次一踩在踏板上，東西南北各數公尺的首都就變成是自己的殖民地。

3

藏人靠著每天賺來的錢來潤喉及滿足空腹，剩下來的錢就把它存下來當作是日後買鋼琴的資金。他忙到沒有空閒來談戀愛。不過，爲他所彈奏的音樂付錢的女人們各個都想要把自己放在他的心裡和手邊。提供他四個半榻榻米大小房間的女人，一直愛撫他的耳朵、手和肩甲骨。然後邊摩擦他的臉頰邊述說自己的境遇。

「爲什麼有錢人都是那麼醜的人呢？那個人吐出來的氣很臭。和他呼吸相同的空氣心情就感到很惡劣。有錢人吐出毒污染了世界。藏人！你將被那個人污染世界的部分變得很乾淨。」

把自己奉獻給醜男，然後援助美男子，她所抱持的不滿藏人也非常了解，因此就盡量配合她對自己肉體的欲求。即使藏人假裝很誠實、心卻已經飛到別處，她還是對藏人沒有贅肉的身體非常著迷。

銀座的女人們叫藏人「小黑」。他所彈奏的吉他音色，連酒品很差的客人也因他所彈奏的搖籃曲，一顆粗暴的心得到安慰。她們常常在週末誘惑小黑一起去遊玩。問他要不要一起去吃牛排，要不要去多摩川泛舟，或者是去鎌倉的客人家遊玩等。但是藏人都沒有賣誰面子，只是選擇騎著腳踏車到處遊走來度過週末的方式。

有錢的夫人有人善意要贊助藏人繼續學習音樂，把他介紹給在TH音樂大學擔任教授的作曲家。聽說作曲家是個有奇怪癖好的人。他見了藏人，也看了他所作的鋼琴曲之樂譜，還稍微聽了一下他所彈奏的鋼琴，就說：「我收你當弟子。夫人很認可你的才能喔。」藏人雖然很高興，卻敏感地感受到音樂大師的眼中隱藏著對藏人所彈奏之音樂的侮蔑。既然這樣，爲什麼音樂大師還要收藏人爲徒弟呢？謎底很快就解開了。音樂大師就和把藏人關在四個半榻榻米大小房間的她所冀求的是一樣的東西。於是想從突然出現在眼前的十七歲之美少男身上獲得。

就在令人耳朵會疼痛、呼吸困難的隔音室之寂靜中，音樂大師跟平常一樣跌坐在沙發裡什麼話也沒有說，只是以令人覺得好像是深海魚的眼睛凝視著藏人。藏人無法忍受這種意思不明的沉默，於是詢問：「老師，我的作品哪裡還不足呢？」。音樂大師以高昂的聲音說：

「缺乏優雅。你的音樂就像是進駐軍的收音機廣播。你的耳朵都只是聽到廢墟的聲音吧。你好像騎著腳踏車無所事事地到處遊走，然後彈著吉他，唱些庸俗的流行歌來賺取生活費吧。」

「這樣不行嗎？」

「喜歡做這種事的人是無法了解優雅的。」

「優雅的聲音是什麼樣的聲音呢？」

「你擁有日本人的耳朵吧？」

「我打算擁有。」

「如果要這樣，你就要有個能聆聽山野的聲音、風的歌聲、河川和海的旋律以及梵鐘厚實合音的耳朵。被日本這樣的聲音包圍的話，才能搖動你的感情。」

音樂大師這種含糊其詞的回答讓藏人不曉得他到底在說什麼。他說完後立刻閉上眼睛，想到什麼似地皺眉。好像連呼吸也沒有的沉默讓藏人不禁蠕動著身體時，音樂大師詢問他：

「你感受到了嗎？」

「感受到什麼？」

「我送給你的氣啊！」

「什麼樣的樹呢？」（註：日語的「氣」和「樹」同音）

「眞是遲鈍的傢伙。如果你要求我教你的話，你也要和我一樣感受到『氣』。我來教你『氣』的感受方法吧！」

音樂大師要藏人躺在沙發上，好像要開始診察似地掀開藏人的襯衫，然後把手放在他的腹部開始撫摸。他對猶豫的藏人說：「把氣集中在腹部，」於是藏人乖乖地聽話。一會兒後，音樂大師的手又伸到他的下腹部，瞬間藏人的下部變硬了起來。

「藏人！所謂的優雅就是犯了禁忌。犯禁忌就會在你的體內孕育出毒素。要創作音樂的人，必須要徹底爲愛神服務。沒有必要考慮有用性之類的事。對音樂沒有任何目的、也沒有意義。必須要遠離生活。與你有關的都只是你用來滋潤最下等生活的無聊音樂。不要這樣。

純粹的音樂是要能夠橫穿未來，使人發狂，有一種侵蝕人的毒性。你是能夠創作這種音樂的男人。相信我所說的話。只要讓你的身體置身在無意義、無目的、動搖的感情中。」

大師像催眠師口吻的話中，似乎隱藏著讓人難以抵抗的眞實。莫非他認爲陪睡在藏人沒有依靠的心中是自己的工作？不過，與音樂大師的言語產生連動，他的手指在玩弄藏人的兩股間。雖然藏人能夠了解大師所說的話，身體卻拒絕大師的誘惑。

「老師！請你住手！」

「不要擔心。你應該可以寫出更好的曲子。」

音樂大師呼吸急促，以睜大的眼睛貪婪似的要吃藏人的肉。看到音樂大師眼睛的瞬間，藏人立刻用膝蓋去踢他的下顎。

於是，藏人失去了師父和鋼琴。

4

藏人還是像平常一樣，抱著吉他來往於銀座的俱樂部。他來到了最後一家接受點歌的俱樂部。女服務生應一位他們稱爲老師或導演的紳士之要求，要藏人演唱舒伯特的「小夜曲」。那個紳士嘴邊的鬍子底下露出了微笑，心情非常愉快地聆聽藏人唱歌。當藏人唱完歌後，他請藏人喝一杯，因此藏人也請他喝薑汁清涼飲料。紳士說：「請再唱一次『小夜曲』」。這一次他也配合藏人的聲音哼著。

「你的聲音相當優美，你的歌是向誰學習的？」

當藏人回答「母親」時，紳士很關心地說：「你的母親是怎麼樣的人？」當藏人談完撫育他的母親娜歐蜜的事情後，紳士也想知道他父親的事。當藏人談到父親JB和麥克阿瑟吵架時，紳士挺起身子，欣喜地拍手。他爲藏人倒啤酒，然後請他吃拜託店裡的女孩去買來的大雜燴。

紳士叫麥克阿瑟「麥克」或「松笠君」。從GHQ的辦公室俯視皇居，權威超過天皇的元帥好像也有個別名叫做「堀端天皇」。紳士也告訴藏人說元帥有個綽號叫做「肚臍」。原本這是在關西國民學校流行的猥褻話，好像是由共產黨幹部揭發的。把麥克阿瑟比喻爲「肚臍」，就位於男性的「陰莖」上面。日語陰莖的發音和朕一樣，是以前天皇的自稱。

大概因爲是以綽號來稱呼元帥，紳士高談闊論元帥的事來當做佐酒菜。忽然想起什麼事，紳士要藏人還是來演唱舒伯特的「菩提樹」，依然用鼻音哼唱。陪紳士喝酒就花了兩個小時。就在藏人心想該結束了的時候，紳士又邀他「現在要不要去茅崎的旅館啊？」看到他有一點猶豫的樣子，紳士就催促他「不要考慮明天的事情。」於是就和兩個女服務生硬把他推進包租的汽車。

紳士好像是電影導演，他在攝影棚附近的旅館長期逗留了將近四年的時間。紳士心血來潮將旅館的一間房間作爲自己的書齋，而旅館的主人也沒有說過抱怨的話。興之所致他把客人也叫來，開始了深夜的酒會。不習慣喝酒的藏人已經喝醉了，等他發覺時，自己在內廳和兩個女服務生擠在一塊睡。當他尋找巨匠時，發現導演一個人在庭院裡抽煙，整個人陷入沉思中。他謝謝昨晚巨匠的款待，準備要回到四個半榻榻米大小的房間時，紳士徐徐地說：「我有一件事想拜託你。」還是要讓他唱舒伯特的歌嗎？他不由得清清嗓子。「你可以去拜訪這個家嗎？」他拿出一張紙條，上面寫著在東京郊外河邊的住址以及一位女性的名字。

「去那裡我要做什麼事呢？」

「這個人是個非常可憐的人，需要別人的安慰。所以我希望你去安慰她。」

突然被告知這樣的事情，藏人實在不知道該露出什麼樣的表情、及該說什麼樣的話才好。紳士說：「只是要你唱唱歌、和她聊聊天而已。」

「那位女士是個什麼樣的人呢？」

「你和她見面就知道了。」

「是個孤獨老人嗎？」

「不是，她才三十幾歲。」

「生病了嗎？」

「沒有，她健康到能夠讓別人幸福。你知道日本最美麗的女人松原妙子嗎？」

「不知道。不過，這麼健康又美麗的人，不需要我的安慰吧。」

「或許你是這麼認為。不過，因為她過於讓別人幸福，所以自己受傷了。過於美麗的人，在自己沒有注意的時候，就會招來不幸。怎麼樣啊？你要不要接受我的拜託啊？」

紳士硬把藏人拉進優美的世界裡，是想把一切的來龍去脈編成劇本嗎？他開始有種預感，覺得這個充滿誘惑的故事裡隱藏著不吉利。藏人已經被酒和金錢收買了，所以無法斷然拒絕。不過，藏人還是和他約定只是去拜訪她而已。紳士說他告訴對方，有一個名叫野田藏人的青年要為她彈鋼琴。然後交了一封信給他。

5

兩天後，藏人帶著信、騎著腳踏車，朝向種著蘿蔔和蔥、綿延不絕的郊外。每次和滿載砂石的卡車擦身而過時，全身都恰似沐浴著砂塵。到處都是中斷的修補工程，車輪陷入泥濘中，褲腳沾滿泥土。雖然有點後悔原本應該搭電車來的，不過那種飛馳下緩坡的爽快感覺無可比擬。右手可以看見雜木林，穿過蜿蜒的田間小路，迎面拂來的清風，讓人覺得附近有河川。等找到她所住的地方時，已經花了一個半小時，全身汗水淋漓。房子的門口有個小小的竹籬。他確認一下和紙上所記載的是相同名字的門牌後，先拍打灰塵、擦好汗，接著就拉開杉樹的拉門。踩著兩旁是松樹的小路上之踏腳石往裡面走，來到了嶄新、充滿著杉樹香味的玄關，按了門鈴，說聲：「您好，」房間依然寂靜沒有任何動靜。藏人凝視著玄關所種植水菖蒲的花，聽到遠處傳來黃鶯的聲音。那是目前不會聽到鳴叫、屬於春天的黃鶯。不久後，他覺得玄關裡面有人，於是就說：「我是野田藏人。」

女傭出現，看了藏人一眼，就把他帶到盥洗室。他用有百合花香的肥皀洗手和洗臉，順便也洗了一下沾滿灰塵的頭髮。等到全身洗淨後，終於被帶到客廳。石灰的牆壁也是很新的西式房間裡擺放了一架大鋼琴以及披著白皮的沙發。牆邊被菲律賓紅柳桉的木紋左右對稱的大留聲機占領了。穿著底是藏青色有碎白花和服的女傭，拋下一句「請坐！請等一下！」就朝畫有一對雉雞的柵門走去。

藏人立刻站到鋼琴的前面，對著鍵盤。史坦威公司製作的精緻鋼琴使藏人不由得露出得意的神情。因爲這是在日本沒有幾部、只有鋼琴家能彈的鋼琴。

牆壁上掛了幾個畫框，每一張都是相同的笑臉。雖然是充滿著含羞的笑臉，每一張照片的確都捕捉到能夠無誤地看透對方本質的眼神。藏人心想這個眼神好像在哪裡曾經接觸過。他覺得好像是和自己非常親近的人，也好像是在遙遠異國的人。就在藏人一張一張凝視著照片時，也認出把他帶回鎌倉的紳士。他和這個女士到底有什麼關係呢？可能是叔叔和姪女的關係吧。或者是教師和學生的關係呢？他再度把眼神落在別的畫框。忽然間，藏人不由得睜大了雙眼。因爲包圍著是這個府邸主人的女士、穿著西裝比日本人更魁梧的美國人也被納入畫框中，那不就是父親JB的身影嗎？那張照片是在藏人於戰爭結束後曾經住過三個月的帝國飯店宴會廳裡拍攝的。藏人有見過那個牆壁花紋的印象。這位女士到底是誰？爲什麼父親會以笑僵的笑容在那裡拍照呢？他完全沒有頭緒。或許自己已經鑽入鬼門關了，不由得心驚肉跳。

「歡迎！請坐！」

隨著衣服摩擦聲出現的那個人，看起來比照片衰老幾分。不過，巨匠的確沒有說謊，她是能帶給別人幸福、異常美麗的女人。她露出了清純的笑臉。那張好像是在黃楊木上雕刻出永遠微笑的臉龐，讓藏人不禁悸動。他把保管的信交給她，屏息等待她看完。

「你是騎腳踏車來的吧！你從哪裡來？」

「我是從四谷來的。」

「好遠啊。」

「我想我下次應該能更早來。」

「聽說你唱歌非常好聽，鋼琴也彈的很棒。」

「是。」

藏人在那個人的面前無法好好地把話說出來，

「老師說了什麼呢？你來這裡做什麼呢？」

「他叫我來唱歌或彈鋼琴安慰妳。」

「哎呀，老師到底打算要做什麼啊！」

「老師說妳是一個非常可憐的人。因爲過於帶給別人幸福，所以導致自己不幸。」

「你也這麼認爲嗎？」

「我……」

藏人無言以對，瞬間那個人的微笑凍結。

「即使眞如老師所說的，因爲這是我自己選擇的生活方式，我也必須要心甘情願地接受不幸。因此，你也不用這麼費心了。」

女傭把茶端來了。那個人的臉上又恢復了微笑。突然間，藏人在她的身上看到了之前去世、撫育他的母親娜歐蜜的身影。事實上，她那豐滿的肉體與輪廓很深的臉龐恰似俄羅斯美女。她的眼神如同娜歐蜜的眼神，令人感覺無比懷念。發覺到這件事的藏人，好不容易抑制了悸動，才能夠正視她的笑臉。然後他拜託對方讓他彈鋼琴，獲得許可後，立刻彈起巴哈的「主啊，吾民仰望的喜悅」。

在那個人的祈求下，就要坐在鋼琴前一個小時嗎？就在不知道那個人不幸的顏色與形狀下，只能彈著鋼琴。從樂譜移出的視線前方就是父親所拍攝的那張照片。藏人指著ＪＢ詢問她：「妳記得這個人嗎？」她看了一下照片中的男人說：「是擔任翻譯的人啊。」然後若有所悟，重新看了一下藏人的臉。

「你認識這個翻譯？」

「妳不覺得我和那個人很相似嗎？」

聽藏人這麼一說，她不由得用手摀嘴，原本就很大的眼睛睜得更大。

「我作夢也沒有想到父親會在妳的家守候。」

藏人在「再來玩」的招呼中，把郊外的家拋諸腦後。要回家時，女傭遞出了一包放著錢的信封。他說：「我不能接受。」然後提出要求，由於自己沒有鋼琴，希望能在這個家練習鋼琴。而對方也允許了。

6

藏人就像在銀座的俱樂部露臉時那樣，毫不厭倦地跨過松原妙子等待著的家之門檻。即使前天電影的錄影到很晚，隔天她也會很高興地迎接來送音樂的青年。藏人每次都帶不同的曲子來到微笑之家。有時候也會帶著俱樂部的客人給他的牛肉或酒當禮物。她不在家時，藏人就去電影院看她。當松原妙子的目光稍微上仰，歪著脖子害羞地說：「不是。父親！」時，藏人把她視爲最理想的姊姊。他騎在腳踏車上飛馳時，好幾次都浮現松原妙子在電影中一個情景的表情，於是不禁低聲輕喚「姊姊」。

不久後，透過音樂的媒介，他和那個人開始了蜜月生活。他也知道在螢幕上松原妙子所扮演的日本女性是導演要求她演出的。事實上，她也和在螢幕上看到的一樣，整個人非常亮麗。不過，她的言行舉止更坦率，令人覺得有時候她也適合扮演男裝麗人。不知道是否因爲配合藏人，她也以比電影更低沉的聲音，老練地說話。

或許她感覺到藏人秘密的幻想，於是把他當作弟弟看待。就和銀座的女人們一樣叫他小黑。藏人沐浴在初夏的陽光中，肌膚最後也被灰塵掩蓋變得微黑，女傭麻爲了取笑他，於是叫他「小黑」。而松原妙子也模仿這樣叫他。雖然無法和平常在家裡的打扮依然整齊、充滿著百合花香的妙子相配，但至少他的身上不能微髒、不能有汗臭味。因此，藏人就在他的皮箱裡放入換穿的衣物。

原本藏人還另有目的。自從被麻嫌汗臭要他先洗澡後，在她家入浴就變成他的一種癖好。這個家裡的浴室隨時都可以進去洗澡。因此，流汗、瀰漫著肥皀的味道，就變成是和她見面時最低限度的儀容。「這裡不是澡堂喔！」麻將毛巾遞給剛洗完澡的藏人。藏人沒有遮掩裸體，他說：

「這裡是我人生中最棒的浴室。比帝國飯店的浴室更棒。」

除了他在飯店住的四個月之外，事實上藏人沒有享受過浴室。在他被拘留的時代，一個星期只有一次被允許和其他人輪留五分鐘浸泡在骯髒的熱水中。在哈爾濱生活時，也是每三天一次把熱水放入木盆中沖洗，夏天就用柴火將放在圓桶中的水加溫後浸泡。在廢墟的都市裡都是往來於澡堂，偶爾會有客人好意讓他使用室內浴室。當他告訴松原妙子這些事情時，她默默地用梳子幫藏人濕潤的頭髮做三七的分法，然後將藏人扣錯的襯衫紐扣重新扣好。

有時候她想要聽聽藏人幼少年期的詳細故事，於是藏人就回憶起他在橫濱、輕井澤拘留所度過四年的點點滴滴，以及在哈爾濱度過的每一個日子。最後，故事談到他的母親娜歐蜜。幼少年期的記憶完全和死去的母親結合。教藏人鋼琴的是娜歐蜜，告訴他森林、河川、石頭、風、喜怒哀樂和理性都有聲音，然後訓練他分辨能力的也是娜歐蜜。他說母親都是這樣做的。當藏人和妙子小姐並肩坐在鋼琴前面時，有時候他們就四手聯彈，或者模仿鳥、蟲的聲音，有時候妙子小姐會即興地將電影的台詞加上旋律。

或許是因爲母親的關係，所以他具有特殊的耳朵。藏人在聽或說日語和英語時，沒有感到什麼不自由的地方。不過，由於在拘留所時沒有受過日本教育，錯失了學習漢字的機會。因此，漢字很難的書他沒有辦法讀懂。

當他這麼說時，妙子小姐說：「只要有人出聲唸給你聽，你就懂了。」於是她就爲藏人朗讀她最喜歡的契可夫的《櫻桃園》。藏人閉目凝聽櫻樹被砍伐的聲音，以及柳波芙夫人的嘆息聲，結果和在哈爾濱的俄羅斯人街，或是輕井澤拘留所的情景重疊。其中妙子扮演柳波芙夫人的聲音與記憶中母親娜歐蜜的聲音非常協調，勾起了藏人的感傷。

妙子小姐有時候會責備藏人粗野的動作，也很驚訝於他旺盛的食慾。兩人一起吃草莓，當藏人把粉砂糖灑滿敞開的胸口時，她說：「螞蟻會爬上來喔！」於是使用餐巾幫他擦拭乾淨。她若無其事地照顧藏人的生活，讓藏人不禁想起母親。當然，已經十七歲的兒子還是渴望母親的照顧。不過，眼前的是幻想的母親、虛構的姊姊。而藏人也扮演著虛構的兒子、虛構的弟弟。藏人作著令人心情愉快的美夢。夢中好像有什麼讓他覺得不好意思的事情。小時候母親或姊姊會對自己做的事情，她也幫自己做。而藏人也對亡母撒嬌，愛慕著不存在的姊姊。

兩人默默締結了在夢中相見的契約。藏人把音樂配送給她，而她讓藏人進入浴室洗澡，及爲他朗讀契可夫的故事。這些都是只有在微笑之家才能看見的美夢。

有一次，藏人被寶石商包養的女人逮住。

「你一直都露出愉快的表情，要去哪裡啊？」

雖然藏人若無其事地說：「工作啊！」但在自認是日本第一不幸女人的眼中，沒有錯過藏人幸福的表情。

「小黑！你在談戀愛吧？」

藏人想要默默地把她平日的恨意帶過。女人說：「你好狡猾。」

「我做了什麼狡猾的事嗎？」

「你很狡猾啊。你隨便就在談戀愛，而我必須討我不喜歡男人的歡心。」

「妳跟他分手不就好了嗎？」

女人突然把連鏡小粉盒丟過來。

「夠了吧。我可不想化妝。」

被這句話激怒的女人，又比平常增加說出一些怨恨的話。雖然為了生活必須要忍耐，我也沒有權力來問你這件事。不過，我始終認為，你能夠像蟈蟈那樣唱歌給我聽，治療我的悲傷，所以連房間和腳踏車都給你了。誰知你卻恩將仇報，和你談戀愛的人到底是哪裡的什麼人？請告訴我！要看是什麼人，我可能不會原諒你。

當藏人告訴她那個人的名字時，她愣了一下，不由得大笑起來。

「你和松原妙子談戀愛？你果然有點反常！」

她把藏人的戀愛當作是一則笑話。

7

從微笑之家騎著腳踏車行走五、六分鐘後，視野突然整個開闊起來，來到了寬廣的河灘。滿是櫻花樹的堤壩是妙子小姐很喜歡的散步地方。只要來到這裡，她就可以不避他人眼目、欣賞每一個季節的花草。平常都是麻陪她來散步，這一天藏人就走在撐傘的妙子小姐的前面。垂釣的人都背對著他們，所以沒有人對他們兩個人投以好奇的眼光。不過，藏人還是很在意別人的眼光。他們沿著堤壩散步，在別人眼中他們兩個是什麼樣的關係呢？最容易了解的就是姊姊和弟弟的關係。不過，男女帶到堤壩欣賞夏天長出新葉的櫻花，應該要有更深一層意義的關係吧。平常姊姊和弟弟會一起來散步嗎？

藏人緩緩回頭，詢問妙子小姐：

「我們牽著手好嗎？因爲這裡不太好走。」

藏人強烈地認爲，帶到堤壩散步的男女必須要牽手。她的眼睛稍微向上望了一下，對他微笑，然後靜靜地伸出手。她的手像大理石般冰冷、光滑，被藏人的手吸住了。

「好大的手。就是用這麼長的手指來彈音樂吧。」

突然間，藏人悸動不已。他很擔心自己的脈搏會透過握著的手讓妙子小姐知道。因爲牽手的關係，結果變成令人難以忍受沉默。或許妙子小姐察覺到藏人的緊張，突然說：

「你很自由呢。因爲你的腳好像有長翅膀。」

她很羨慕藏人想要去哪裡就能騎腳踏車去哪裡的自由。

「小黑！你想要去的地方到底是哪裡呢？」

藏人沉吟了一會兒說：「我想去美國！」父親在長崎出生，三歲時渡過太平洋，在美國國內輾轉，然後再回到日本。在哈爾濱，當第一任妻子死亡之後，必須過著拘留生活的父親，戰後不想回去美國。因此，藏人認爲自己損失了。而且撫養他的母親娜歐蜜雖然是猶太人，她想要移居美國的夢想沒有達成，所以自己要代她圓夢去拜訪她的伯父。

當他詢問妙子小姐想去哪裡時，她回答：「羅馬，」然後笑出聲來。

「閉上眼睛，只要心想自己是在羅馬，當睜開眼睛時，這裡就變成羅馬。妳看！那個帶著狗、禿頭的男人，他就是墨索里尼。」

藏人對自己所說的事覺得有點不好意思。他放開滿是汗的手，一個人跑到河灘，隨手就撿起石頭投向水面。妙子小姐也走到河灘，數著石頭在河面上跳了幾下。一、二、三、四、五、六，跳了六下。這次再把石頭丟到沙洲，一、二、三、四，好可惜喔，還差一點點，小黑！

這是藏人第一次面對著眼前妙子小姐天眞無邪的側臉說：

「能夠一起去旅行眞是太好了。」

「是啊，很快樂啊。」

說完後，她露出讓藏人感覺到很幸福的微笑。藏人微微感覺到那個微笑好像在告訴他什麼。在她說「是啊，很快樂啊」之後，一定會有這樣一句話。

「不過，我們兩個人沒有辦法去旅行吧。」

母親娜歐蜜的微笑也是這樣，藏人看到妙子小姐的微笑中也隱藏著深層的悲哀。

8

到了夏天，妙子小姐忙著拍電影。不知道爲什麼，連帶的麻也對藏人冷淡了起來。汗涔涔騎著腳踏車拜訪微笑之家時，麻很粗暴的說：「小姐在鎌倉！」就把他趕走了。妙子小姐不在時，郊外的家就變成是很難攻破的要塞。麻顯然對藏人抱持戒心，採取敬而遠之的態度。他不記得自己有做了什麼讓麻討厭的事情。儘管如此，他還是必須要忍耐麻這種不講理的對待。由於麻不告訴他妙子什麼時候回來，所以他好幾次在門前吃了閉門羹。之後，藏人已經練就一身不會空手而回、跟她周旋到底的本領。隨著和麻交談的次數增加，原本是在門前就會被趕走，現在是站在庭院前講話，接著就能夠鑽到玄關前面的門和她談話。

如果不能讓麻同意的話，他就沒有辦法談戀愛。是的，藏人想要從弟弟的身分進化成戀人的身分。所以戀愛是必須要證明其熱情的。藏人也想要讓麻了解自己的誠實。

麻對於藏人每天都來拜訪有一點驚嚇。她進入了自己的房間端茶出來，然後很明白的告訴藏人。麻好像打從心底就很同情「小姐」。如果情況允許的話，她希望一生都陪伴在她的身邊。

「小姐是把你當作可愛的弟弟那樣對待。因爲你的母親很早就過世，她覺得很可憐、很同情你。所以你不可以過分奢望。」

聽到這樣的話，藏人覺察到麻之所以冷淡對待他的理由。總之，她想要說當自己被同情時就如同是一朵花。

「現在的我不會很感謝別人的同情。爲什麼我會來這裡妳知道嗎？」

「不可以！」

「什麼事情不可以？我都還沒有說什麼啊。」

「我知道啊。我知道你在想什麼。」

「那麼妳告訴我啊，我有什麼企圖嗎？」

「這是不可能的事。小姐是不可能和像你這樣的小毛頭談戀愛的。她只能在電影中談戀愛，而且是非常辛苦的戀愛。」

「她是這樣說的嗎？」

「我一直在小姐身邊看著她，所以我知道。」

「她曾經談過戀愛嗎？」

「這種事是不可能從我口中說出的。」

「麻！我可以問妳一件事嗎？爲什麼我不可以和她談戀愛呢？」

看到藏人憂傷的臉上刻上了苦澀的皺紋，麻不禁拍拍他的肩膀，說了一連串奇怪的鼓勵話。

「你現在還不滿十七歲。和皇太子是相同的生日。而我們小姐已經三十歲了，整整大你一輪。儘管你在那邊一直吶喊著我要戀愛、我要戀愛，小姐也是無法把它當眞的。因此，你才能夠進入這個家不是嗎？像你這麼漂亮的人，而且又這麼會彈鋼琴，街頭巷尾年輕的姑娘們應該是不會放過你的。大人的世界裡有很多複雜的事情，普通的辦法是行不通的。如果你之後還想跟小姐一起生活的話，那麼你就要規規矩矩、謹愼言行彈著你的鋼琴。只要不想一些有的、沒有的事，大家都會喜歡你的。」

藏人聽出麻的話中有話。她似乎害怕某人，然後想要包庇妙子。而且不只是麻，好像連妙子也很害怕。那個人到底是誰啊？麻絕口不提那個人的名字，不管藏人如何詢問都一無所知、不得其解。

藏人溫順地點頭，試圖要化解麻的戒心。他必須要把麻變成是站在自己這一方的伙伴，不然隱藏在心中的秘密就無法達成。

9

九月剛開始的某一天正午，藏人在微笑之家的門前看到停了一輛黑頭車。頓時了解到生活在雲端的訪問者來拜訪妙子了。他不想就這樣空手打道回府。如果因爲情敵在眼前就沮喪地撤走，這是放棄戀愛的男人的作爲。他想要見她，想讓她知道自己好幾天沒有見到她的痛苦。因爲有這樣的衝動，身體自然而然採取行動。於是，藏人朝向通往廚房的入口處，裝做是酒店的推銷員，以悠閒的聲音大喊：「您好。」不久後，麻探出頭，一看到藏人的臉馬上壓低聲音說：「請回去。」

「我是來迎接妙子小姐的。」

聽到藏人毫不畏懼的聲音，麻戳了一下他的胸部。

「是以腳踏車嗎？你這樣的男人太不會選時間了吧。小姐要出去了啊。來迎接她的車子已經來了。」

「她要去哪裡和誰見面？」

「在日比谷要見一個很重要的人。回去！回去！」

「我要在這裡等待，直到妙子小姐告訴我下一次什麼時候可以來。」

「你也要了解我的立場。如果你不想讓小姐討厭你的話，回去吧。下次我一定會讓你和小姐見面的。」

從玄關另外一頭傳來呼叫麻的聲音。麻留下懇求的眼光看了他一眼，就跑到玄關目送迎接的人和要出去的妙子。隔著籬笆，藏人看到妙子的背影。一發現門口放著腳踏車，妙子環視四周想要尋找藏人的身影。為了和她的視線交接，藏人從籬笆探出頭來，但被門前的松樹擋住了。在穿著西裝的美國司機領導下，她搭上車子，門立刻關起來，車子遠離微笑之家。

藏人趕快騎著腳踏車拼命從後面追趕那部把妙子載走的車子。雖然最後保持五公尺的距離，但是已經看不到她背後的頭髮。

10

之後過了幾天，他在四個半榻榻米半大小租來的房間裡收到一封電報。寄信人寫著麻的名字，但是從字面來看，立刻知道是那個人打來的。

藏人先生：

鋼琴覺得很寂寞。明天的午後請送音樂來。

宛如從別的遙遠世界寄來的信，藏人口中念念有詞，咀嚼著每一字每一句。我的手指也想念鋼琴。不管有什麼事都先擱置一旁，我要去送音樂。收到這個令他焦急、宛如等了好幾年的邀請，讓他不由得想要跳舞。喚醒了自從在輕井澤聽到戰爭結束（war is over）的歡聲以後的喜悅。藏人把腳踏車的輪胎打好氣，鏈子上油，然後用破布把車子擦的很亮。滿心期待著那個人的款待，奔馳於剛鋪好的街道上。

不過，每次踩著踏板，藏人心中就會有種不安，宛如水滴要滴落，收到電報時的喜悅，帶著濕氣逐漸沉重。已經沒有那種不知道有情敵存在時的雀躍感。九月中旬，慵懶的陽光照在眼前，連清澈的空氣也令人覺得無法呼吸。

迎接著藏人的妙子小姐撫摸他的臉頰，道歉這一個月以來和他錯身而過。

「最近我出門時你都有來吧。眞是抱歉！」

藏人不喜歡她道歉。因爲覺得她好像要優雅地搪塞某些事情。他沒有辦法讓圍繞在妙子身上的謎永遠成謎。

「好久不見了。謝謝妳邀請我來。」

藏人對著有點疏遠、低下頭的她投射冷靜的視線。到現在爲止，她那微笑中隱藏著冰冷的美麗越發鮮明，她內心所隱藏的意志就隱藏在她的視線中。一副對某件事情死心的表情宛如在服喪。她正在憑弔某人嗎？

微笑使她充滿香味的肉體變得沒有那麼醒目。藏人的視線從妙子憂愁的嘴角移到胸部，這才發現妙子幾乎要溢出的乳房，不由得吞了一口氣。妙子雙手交叉在乳房下，微傾的臉龐充滿困惑。

「怎麼了？你可以跟平常一樣爲我彈鋼琴嗎？」

藏人想要把這種突然燃起的肉慾消滅，於是坐在鋼琴前開始彈奏莫札特的奏鳴曲。不過，每敲一下鍵盤，手指就有觸摸到乳房的錯覺，因此使他連連彈錯好幾個音。藏人把手從鍵盤離開，輕喚「妙子小姐」，這時候剛好電話響起。麻呼叫妙子，於是她走出房間。不久後，從門的另一頭傳來「我知道了，我馬上去」的聲音。

藏人凝視著畫盤及用陶製娃娃排列裝飾的架子，忽然覺得好像有人在盯著他，不由得回頭一看，原來是擺放在有陀思妥耶夫斯基和契可夫的書之書架上的雷朋太陽眼鏡監視著他。藏人把它戴起來，然後隨手翻閱《罪與罰》。

「小黑。你在做什麼？」

「這本書的漢字很多，讀起來似乎很辛苦。」

「把眼鏡摘下來！」

受到妙子小姐的斥責，藏人不禁吐吐舌，然後把可能是情敵忘記帶走的太陽眼鏡放回書架。

「妳最近好像在日比谷和一個重要的人見面吧？」

藏人以諷刺的口吻說。

她回答：「是啊，」然後露出一副那又如何的表情。

「那個人是妳的情人嗎？」

「沒有這個人。你在說什麼啊？小黑！」

「妙子小姐妳……」

他把原本想說很狡猾的這句話吞下去。因爲他覺得把日本第一不幸女人所說的話套在妙子小姐身上是很可恥的，不由得咬著嘴唇。他已經厭倦了不知道該把忌妒的箭頭瞄向何處的情緒。突然間，他想起了最近在河邊散步時她脫口說出的話。她說：「你是自由的。」她非常羨慕藏人的自由，莫非這表示說她被某人奪去自由了嗎？

「妳去了日比谷的哪裡？」

藏人又繼續話題。因爲他想要從沉悶的沉默中交換一些輕鬆的話題。

「去了帝國飯店。」

「啊，我曾經在那裡住過。有一段時期我都從那裡去小學上學。妳去帝國飯店做什麼呢？」

「你是個什麼都想問的小孩。這個話題就到此結束。」

「那麼，我再請教妳一個問題。妳只要回答 Yes 或 No 就可以了。」

「這是最後一個問題了。可以嗎？」

「妳要結婚嗎？」

這個問題對藏人來說是最重要的問題。如果她預定要結婚的話，那麼早晚她會把配送音樂的蠅蠅解雇的。這麼一來，姊姊和弟弟的關係也會消失吧。他的願望只有一個，那就是冬天不要來到微笑之家。結果，她回答「不要」。

藏人這時候才恢復了兩人手牽手在堤壩散步時的心情。於是他坐回鋼琴的前面，彈著在這一個月期間所做的兩首鋼琴曲。

第一首是曲名叫「河邊的華爾滋」的曲子。

在他們兩人於河邊散步的隔天，像寫日記似地他將印象化作音符。就像是在水面跳躍的石頭，右手在鍵盤上跳躍，彈出令人覺得好像結巴的分解和絃。左手則以極弱音彈出合音，描寫在耀眼的陽光下、水面上波光淋漓之午後河邊的情景。分解和絃和合音互相銜接，兩手交叉，突然間變成華爾滋的韻律，重複兩三次簡短的旋律後，曲子就結束了。

接著就是寫著「微笑的妙子小姐」的曲子。

對於用言語無法表達、用畫也無法畫出來的妙子小姐之微笑，或許藏人認爲可以藉著音符來把它整個描寫出來。即使她不在旁邊，只要他喜歡的時候，就隨時可以接觸那個微笑，可說是他的苦心作品。組合了四度合音，藏人運用哈巴涅拉舞曲的切分音，描寫他對在螢幕上、櫻花樹下以及在這個家中所見到的妙子小姐之印象。

演奏結束了，藏人把鉛筆寫的總譜交給妙子小姐。看到總譜的第一頁用幼稚文字寫著「給妙子小姐」的上款，不知道爲什麼，妙子用手摀住嘴巴。瞬間藏人捕捉到妙子凝視虛空的眼神。

「妳不喜歡嗎？」

對於藏人的疑問，她搖頭說：「這是一首很棒的曲子，」然後低下頭。當他要仔細看時，妙子背對著他，肩膀有一點微微震動，原以爲她是在笑，結果卻是在哭泣。

「妳爲什麼哭呢？」

「沒……沒有……」

說完就停止了。過了一會兒，她說：「謝謝你，」然後又露出平常的微笑。

「小黑，你一來到這裡，就讓這個家因音樂而膨脹。」

第十章

1

藏人雖然離開父親獨自生活，但是每週依然去探望體弱多病的父親，並且向他報告自己的見聞或遇到的人。對於他放棄就讀高中且在夜市閒蕩的事情，父親採取放任的態度，只說：「如果你認爲很好就好了，」其它沒有再多說什麼話。他的意識已經沒有飄向未來，對於兒子生動描述的現在不太關心，似乎只以愛惜失去的過去之念頭來當作糧食活下去。藏人說：「前幾天我在意想不到的地方見到爸爸喔！」他只冷淡地回答：「我已經不在任何地方了。」

「爸爸見過日本最漂亮的女演員吧！」

當藏人這麼說時，ＪＢ的眼睛馬上恢復了精神，低聲地逼問：「你也見過她了嗎？」

「我去她的家裡彈鋼琴。」

「是誰介紹你認識她的？」

「是在銀座的俱樂部遇到的一位老師。」

「他是在做什麼工作？」

「據說他是有名的電影導演。」

「大家是不是都叫他N先生？」

「不是。大家都叫他O老師，也有人叫他Y二郎。」

「為什麼O老師要讓你去見那個人呢？O老師到底有什麼企圖啊？」

「我不知道啊。聽說那個人在O老師的電影裏好幾次都擔任女主角。」

「妙子小姐身體還健康嗎？」

「我覺得她好像我死去的媽媽。」

「你也這麼認為啊。那個人和你的生母及娜歐蜜很像，都是非常漂亮的人。」

「在帝國飯店有召開宴會吧？爸爸曾幫她翻譯吧？」

「啊！那是電影公司的那群人把她帶去接待司令部高官時的照片。之後她有見到麥克。麥克不見其他的日本人，只單單見她一人而已。我就是在那時候擔任翻譯。」

「咦？你見過元帥啊。談過什麼話你記得嗎？」

「不太記得了。不過，麥克的確這樣說過。如果妳來好萊塢的話，一定會成功的。這不是一句恭維的話，大家也都是這麼認為。很遺憾地，戰爭使日本的好萊塢明星流產。我不太清楚電影公司的那群人為什麼把她帶去GHQ。想要再次把她賣給好萊塢嗎？不！那時候已經為時已晚。不管是多麼有魅力、多麼美麗，美國人都不可能關照敵國日本的女人。老實說，我也是對她一見鍾情。」

「你想要和她結婚嗎？」

「沒有！我只是憐憫她而已。」

「O老師也說過這樣的話。為什麼要憐憫日本最美麗的人呢？」

「因為我認為她和我的生母有著相同的命運。看起來她總是以笑臉接受加諸在自己身上的使命。她的堅強令人心痛。」

接著JB談起遊走在首都的兒子一不小心就已經跨越了鬼門關的事情。他也考慮到自己為時不長的晚景，於是JB從自己的生母，也就是藏人的祖母蝴蝶夫人的悲劇開始談起。

藏人第一次聽到祖母戀愛的故事不禁嘆息。當得知父親長途旅行是因為祖母自殺，一時之間無法言語。長久以來父親抱著反美情緒卻為美國工作，令人質疑他對日本的親日感情卻留在日本的謎底終於獲得解答。由於JB反抗父親與同情母親，於是作繭自縛，他為了戰爭與妻子之死所做的努力與理性，一切都變成徒勞的事態，他所分配到的是回顧起來會令人不禁咬牙切齒的人生。長崎的藝妓與美國海軍士官所留下來之痕跡的這張臉，最近也因為自己所飽嚐的辛酸而使皺紋加深了。

對JB來說，女演員松原妙子描繪出母親的悲劇，而麥克阿瑟元帥又重覆著父親平克頓的傲慢行徑，因此，他不禁同情起她來了。

沒有想到藏人的眼前出現了巨大的情敵。

讓麻害怕的那個男人，也是坐著黑頭車。妙子去見面的男人，終於現出眞面目了。沒有想到那個眞面目竟然是從父親的口中被證明。

妙子被麥克阿瑟元帥藏匿了嗎？

藏人心想自己眞是不自量力，站在偉大的元帥旁邊，根本就是不可能的事。如果盟軍的總司令官和日本最美麗的女演員相愛，一定舉世震驚吧。把她視爲理想的女兒、妻子、姊妹的日本男人也會灰心而非常怨恨元帥吧。

不過，以元帥的立場來說，可以做這種事嗎？

藏人心想：「爲什麼兩個人不能戀愛呢？」首先是元帥年歲過高。相較之下，藏人的年紀很輕，這也是一種相當遙遠的絕望。世界霸者的大男人氣慨，竟然敗在像女兒年紀的美女手中，花了六十年歲月在現實世界中所建構出的元帥之光環，瞬間就會溶化。即使元帥後悔他的大半人生都花在戰爭和反共產主義上，晚年的生活想在東方的瑞士與五十年難得一見的美女一起生活，這樣的夢想是不會被公衆允許的。有不計其數的士兵與官僚們正等待他的指令來思考與行動，以及戰爭嫌疑犯正等待他來決定免罪或死刑。

對岸的半島開始發生新的戰爭。想將這個國家變成東方瑞士的元帥，就在短短的四年後，聚集了七萬五千人的士兵，創設了是警察預備隊的軍隊，著手捕捉共產主義者。最後，他連作夢的時間也沒有，就回到了賭上人生的使命「戰爭與反共產主義」上。

而且元帥有個非常尊敬他的賢淑妻子。有頭青絲的秀髮與讓周遭的人能感染其活潑、開朗笑臉的瓊夫人，在元帥和前妻路易絲離婚後的第八年，成為他的第二任妻子。她是南部出身、富裕的製粉業者的女兒，當時已經三十七歲了。繼承父親龐大的遺產，在優雅進行世界旅行的途中，於胡佛總統號的船上，遇到道格拉斯而陷入熱戀中，於是放棄去上海，在道格拉斯的赴任地馬尼拉下船，不久後就變成軍人的理想妻子。在太平洋戰爭中，以及逃出八丹島時，也片刻不離丈夫身旁。來到日本後，也代替很少見人的丈夫出席正式的儀式，保持她第一夫人的風貌。就在元帥五十八歲的那年，夫人和丈夫生了第一個小孩，依照麥克阿瑟家長子世世代代都取相同名字的慣例取名為阿瑟。

元帥竟然欺騙妻子和兒子，然後金屋藏嬌的理由究竟為何？

元帥每天兩次來回於美國大使館與最高司令官辦公室，幾乎毫無例外、過著有規律的生活。上午十點半左右上班，下午兩點左右回到家裡吃午餐和午睡，下午五點左右再去上班，直到下午九點才回到家裡。知道他每天有四次會出現在公眾面前的市民，會配合時間聚集在渠道旁向元帥夾道歡呼。

元帥拒絕社交，不容易讓人接近，就像以往的天皇那樣向日本人有效地誇示自己的威嚴。相對的，天皇到日本各地巡幸，努力與國民建立社交。元帥只見天皇、首相、外相、兩院議長與最高裁判長等人，據說和他見面、說過話的日本人不超過十五個人。

元帥究竟如何找出和愛人相處的時間與場所呢？

既要保持元帥的權力與威嚴，又要順利地完成職務、且同時談戀愛的手段就只有一個。也就是以秘密的牆壁把一切都包圍進去，然後上鎖。對握有超過以往天皇權力的這個男人來說，這一切並非是不可能的。當他做了看似不可能的事時，他已經恢復了年輕。

JB凝視著虛空，以嘶啞的聲音繼續告訴兒子。

「麥克第一次見到妙子小姐時好像非常喜歡她。遇到天皇裕仁時也是如此。他是個憑第一印象就決定喜惡的男人。我已經忘了他說過什麼話，不過我非常清楚記得麥克那時臉上的表情。」

那是在麥克阿瑟宮殿的辦公室絕對無法拜見的臉龐。妙子小姐微笑的魔力使元帥垂下眼簾，原本平常是維持一字型的嘴巴微微張開，變成慈祥老者的表情。從那時開始她就變成元帥的愛人。

那是利用女色的陰謀。不只是電影公司的經營者，還有日本政府的幕後操縱者，大家經過商量決定把她賣出。適合元帥的女人只有妙子小姐一個人，關於這一點，全體人員意見一致吧。而且他們認爲，元帥已經被妙子小姐的微笑吸引住了。

麥克阿瑟隱藏了日本的未來，尤其是戰爭中的壞事，甚至也掌握了戰後想發展的資本家和政治家們將來的鑰匙。爲了討他的歡心以及保住自己的身家性命，不計一切手段的那群人把她當作祭品。電影公司的經營者們爲了免除戰爭中量產國策電影及宣傳膠捲的罪，甚至爲了能夠分配到更大量的膠捲；黑暗的資本家們爲了獨占包括日本各地的美軍基地之補給及運送的業務，打算在黑市買賣美軍的物資大撈一筆；保守派的政治家們忠實地遵守元帥的政治計畫，想要鞏固其戰後的地位；每個人都將他們貪婪的希望寄託在一個女演員的身上。

「已經是四年前的事了吧。剛好就在那個時候，我因爲對麥克有所怨言，從此不再踏入宮殿一步，這件事你也知道吧？」

「妙子小姐眞的被元帥關起來了嗎？她沒有辦法逃出來嗎？」

「只要那個男人在日本，沒有任何人可以帶她走。街頭巷尾大家都覺得很不可思議，爲什麼她不結婚呢？她想結婚也無法結婚啊。因爲她有公務在身。戰爭結束後，你也曾經住過的帝國飯店，就是麥克和她逢迎的場所。麥克每天往返於宮殿六樓的辦公室和美國大使館的住宅間，途中會微服去飯店套房。在自己的家中和家人共進午餐後，心血來潮就會去飯店睡個午覺。而她也會在那裡等著。這件事沒有人知道。即使知道也必須保持沉默。表面上她還是繼續著女演員的生活。在電影中，她可以結婚，可以談戀愛。她的自由只有在電影中。只要她能以微笑滿足螢幕，那麼對國民來說就非常幸福了。而日本最美麗女演員的義務就已經達成了。麥克很高興，資本家和政治家、電影公司也各蒙其利。只有她一人獨享憂鬱。」

在那個人和老元帥見面時，JB就在現場，甚至照周遭那群人所想的，協助讓事情順利進展。雖然擔任翻譯沒有罪，但是藏人還是怨恨父親擔任翻譯的工作。連幼年時代唯一讓他有美麗回憶的帝國飯店，也在父親的證言下，變成是老元帥午睡的淫亂場所。而且映出亡母面貌的人，也變成命運悲慘的妾。

「爲什麼沒有辦法幫助妙子小姐呢？」

「你說我到底能做什麼？我能做的就是把要當作秘密的事情說給你聽。O老師又是如何呢？從最美麗的表情、聲音，甚至連走路的姿態，O先生比任何人都了解她，她那麼信賴的導演，離開了螢幕什麼事也不能爲她做。頂多就是讓來歷不明的你潛入秘密的家。在O老師的電影中有看過，看似美國人容貌與肉體的女人，硬是跪在榻榻米的房間，說些山野女人的話，服侍已疲憊的日本男人，你認爲是爲了什麼？因爲O老師隱喻了女人被占領軍奪去，自尊心也被粉碎的日本男人之一種洩憤罷了。我能夠理解O老師的羞愧想法。不過，我要把話說在前頭。不要再去那個人的家。對你來說那裡是太過危險的場所。因爲已經沒有人會再把你當作小孩看待。如果你擔心自己的安危，就不要靠近危險的地方。即使那個人邀請你，也不要去。不要過分自信自己逃跑的速度。」

藏人覺得父親將與自己所說的話完全相反的期待寄託在自己的身上。也就是說，暗示著雖然說不要去那裡，但是只要做好萬全的準備，有覺悟就可以了。藏人的內心難以壓抑的憧憬已經開始冒煙了。

「我會謹記在心的！」拋下這麼一句話後，就向父親告別。避開到處都是廢墟的瓦礫，踩著水花、穿過因下水道溢出而淹沒的道路，和進駐軍的吉普車賽跑，藏人的內心不禁吶喊著：

我終於找到了。能讓我不顧一切的東西。

藏人好幾次一人獨占那個人應該要面對著萬人的微笑。對好幾次陶醉於她的微笑中的藏人來說，她已經不是神女。當然，陶醉也是要付出代價的。就在和她告別的下一刻開始，他就非常痛苦，宛如毒癮發作。只有三天不見她的人影，藏人內心的不安就宛如被留在深山的垂直岩壁上。而且她的笑容和已經不會再微笑的母親之容貌重疊在一起。即使那裡是魔鬼的住宅，且魔鬼幻化成母親的形體，只要那裡是能夠讓他陶醉於音樂中的場所，即使冒著從垂直的岩壁飛降下來的危險，他也想去見她。爲了不讓現實的她再度紛擾他的夢。

2

藏人把那個作曲家爲了尋求藏人的肉體陸續提出的理由，任意用來說明自己的熱情。曼斯崔洛說過：「優雅就是犯禁忌。」如果這句話是正確的，那麼自己已經受優雅誘惑了。爲了獲得那個人的微笑，他必須要把全國人都對他磕頭的元帥拔除。啊！這是何等困難的試鍊。她會爲了試鍊藏人而把他迎入房間嗎？而他內心會暗自期待犯禁忌嗎？她會讓像自己這樣的毛孩子擔任元帥情敵的任務嗎？或者說，她認爲藏人還是個小孩，瞧不起他，認爲他絕對不可能觸動元帥的逆鱗。不管怎麼說，藏人認爲必須犯禁忌來證明他的熱情。

曼斯崔洛也說過：「純粹的音樂就是使人瘋狂，有侵蝕的毒性。」如果可能的話，藏人只能藉由音樂來武裝，然後進入那一個危險的房間。只要坐在鋼琴的前面，一切操之在我。藏人只要任憑無意義、無目的動搖的感情來主宰即可。與其擔心會遭受怎麼樣的責罰，他期待的是如何獲得陶醉。純粹演奏音樂的人，他的內心孕育著毒素，因此就以毒來償還犯禁忌的責罰即可。

她未曾提過有關元帥的話題。在藏人嬉戲戴著雷朋太陽眼鏡時，談論帝國飯店的話題時，以及確認她是否有結婚的念頭時，元帥都隱藏在窗簾的裡面。藏人認爲姊弟之間的蜜月生活，和表面上的天眞無瑕相反，是基於一種嚴格規則的遊戲。一旦打破規則，他就會遭到從樂園中被放逐的噩運。不過，打從他一來到這個家開始，他就應該已經決定要拋棄那個虛構弟弟的位置。因爲妙子小姐對他年輕的肉體充滿著慾求。在這個微笑之家，穿著軍服的禁忌正默默地監視著藏人要抑制肉慾。一旦看穿了讓他不安的影子之眞面目，他就必須要戰爭。他期望能在這場戰爭中獲得恩寵。或許自己就可以超越虛構的弟弟，被那個人所愛。

不過，夜裡膨脹的夢想，到了隔天早上就會整個枯萎，他又變成膽小的男孩。

街頭巷尾到處可以聽到「不要送學生去戰場」、「青年人不要拿槍」，宛如有裂痕的聲音。對岸的戰爭如果繼續拖延，元帥就會不在，那個人就會對音樂和我有所求。對街頭巷尾的人來說，自己是可有可無，而且應該是最好不存在吧。在輕井澤的拘留所時，日本人也以同樣的態度來對待父親、母親以及藏人。爲門不當戶不對的戀愛所苦的青年，就這樣融化在十月慵懶的陽光和空氣中，沒有人受到困擾。

陷入這樣輕忽的氣氛中後，藏人忽然覺得自己踏上和父親相同的路。被稱做JB的那個男人的存在也是可有可無，他被日本和美國兩方都疏遠。兒子不想看到他悲慘的晚年，踏著燒過的痕跡和父親過著另外的生活。

那個人是否同情在對岸戰爭的美國年輕士兵呢？如果是這樣，爲了讓那個人的心思能夠投向自己，他必須要做一些符合英雄的行動。以有別於拿槍的另外方法，插入元帥和那個人之間的自己，只不過是個散播音樂和撒嬌的小毛頭。如果掌握亞洲命運的最高司令官和日本最美麗女演員間的蜜月，類似美國和日本理想關係的話，那藏人只不過是聚集在兩人之間的蒼蠅或塵埃。蒼蠅如何能夠鬥爭？塵埃如何抵抗呢？如果有將元帥拔除的戰略，除了向那個人撒嬌或任性外，還有什麼方法嗎？

在打戰前藏人就已經自覺形穢了。

元帥已經七十歲了。他在四十五歲時，妙子小姐才五歲，而藏人距離出生還要再等待八年以上。元帥在那時候，就把愛人關在馬尼拉，兩年後的四十七歲，他和第一任妻子離婚，五十四歲的那年再度結婚。被他認定是妻子的女人有兩個，而被當作愛人的女人，妙子小姐是第幾個呢？如果從年齡來考慮，妙子小姐一定是他最後的愛人吧。而她對比自己的父親年紀還大的元帥，平常是表現出什麼樣的誠意呢？藏人也想知道這點。不過他有預感，一知道一定會因為妒忌而發狂。當然，他非知道不可。在帝國飯店的床上或沙發上，一定有著日本未來的縮圖吧。而妙子小姐也一定感覺到她對未來日本人所要負的責任與義務，所以想要盡量完成。雖然了解這個理由，藏人的感情卻拒絕理解。

3

麻一看到藏人的臉就說：「啊！你今天沒有精神喔。」他馬上就補笑臉回答說：「我很有精神啊。」結果對方嘲笑他，「你一疲倦看起來就像大人。」藏人一坐在鋼琴的前面，突然夾雜著不協調的音符，開始演奏著美國國歌，一面窺視著麻的表情，然後若無其事地開啓話題。

「元帥最近經常出去吧。」

瞬間，麻的右眉往上揚起。然後故意以若無其事的口吻回答：

「因為戰爭忙碌啊。只要過了陰曆十月就能回來了吧。」

占領下日本的神除了出雲還要出差去朝鮮半島。神不在時，藏人就不斷把那個人當作姊姊思慕，然後獨占她的微笑。元帥擊退了北朝鮮的武力攻擊，為半島帶來了和平，為了恢復國境而直接指揮作戰。元帥賭博性的作戰獲得成功，他的軍隊繼續向北進軍。

和前些日子拜訪時在同樣地方的太陽眼鏡，現在似乎在誇示這個家也是元帥的領土。元帥每次去危險的戰場時，一定會把是自己商標的小東西留給妙子小姐吧。如果元帥死去的話，它就變成是遺物。當藏人開玩笑地戴上太陽眼鏡時，鏡中映出假元帥。他一下子皺皺眉頭，一下子露齒東看看西瞧瞧。

元帥到底想做什麼呢？他採取賭博式的登陸作戰，國聯軍一直朝北前進，他向日本尋求軍備，要他們狩獵，然後要日本最美麗的女演員陪睡，貪戀著午睡……

「只要一直進軍，元帥就不會回來。那麼，這樣對我反而比較好。」

「你在說笑嘛。元帥和你到底有什麼關係呢？」

「三角關係啊。」

「說什麼蠢話。」

「妳裝傻也沒有關係啊。讓我來告訴你吧。那個人眞的喜歡元帥嗎？」

麻的右眉上下跳動。

「是尊敬他啊。小姐祈禱元帥能夠愛日本，能夠爲日本人創造出最美好的未來。」

「所以就直接見他，拜託他吧。反正她是元帥喜愛的人……」

「你是聽誰說這些編造的謊話？」

「當聽我爸爸說時，我也希望是揑造的話。」

不知不覺中，那個人就站在門邊。失去微笑的臉龐一直盯著藏人。她說：「小黑！把眼鏡取下來。」

「我是想看元帥眼中的妳是什麼模樣。」

「小黑，」她嘟囔著。深深嘆了一口氣，然後跌坐在沙發上。麻抓起藏人的領口，在他的耳際叫囂著：「你的爸爸是小說家嗎？你受騙了吧。」

「麻！已經夠了。小黑也知道了。」

「不過……，」麻抓著藏人的領口說不出話來，等確定了妙子小姐的表情後，說聲：「我知道了，」就把太陽眼鏡從藏人的鼻樑摘下來。剩下兩個人時，令人窒息的沉默把整個屋子都包起來。藏人不由得深呼吸，以輕飄飄的聲音說：

「戰爭結束的話，一切會變成什麼樣子呢？」

或許這是必須要詢問的問題。藏人也知道，他被要求的是把一切都曖昧化，只要繼續彈鋼琴即可。不過，跟戰爭一樣，元帥和她的關係，以及自己和她的關係，終會打上休止符的。而目前有權利能夠決定制裁的只有藏人。

「元帥打算把妳怎麼安排呢？」

「你好像很關心元帥的事嘛。小黑！你就不能一直當我可愛的弟弟嗎？」

「我已經無法當你的弟弟了。」

「爲什麼？」

「因爲我已經愛上妳了。」

「啊！小黑！」妙子小姐不由得嘆了一口氣，她搖搖頭說：

「不可以啊。不能談戀愛。」

「談不談戀愛是隨之在我，即使元帥禁止也一樣。」

「你的戀愛是不會有回報的。所以請你死心吧。」

「如果能簡單就死心的話，就不會談戀愛了。而且，即使妳就在我觸手可及的地方，妳的心也在遙遠的彼方。簡直就像只有心留在那個世界。那顆心是不容易觸及的。因此，我要募集憧憬。這是我的心願。即使戰爭結束，元帥回來了，也不要禁止我的憧憬、我的戀愛。」

「我不是你談戀愛的對象。你只是把我當成你死去的母親而已。」

妙子小姐的批評正中藏人的要害。自從自覺到這件事之後，他就格外的撒嬌。不過，藏人覺得他對母親以及對妙子所虧欠的，就是撒嬌的部分。藏人直視著妙子小姐凝視遠方的眼神，然後推出自己的覺悟。

「在妳把我當作一個男人來尊敬之前，我是不會死心的。我要回家了。不過，下次我會來把妳搶走。」

藏人臉色泛青，好像要撕裂空氣似的走出房間。「小黑！等一下。」他充耳不聞，把要阻止他的麻推到一邊，跳上腳踏車，然後漫無目的地突擊。

4

妙子小姐的一句話，好像把他的腫瘤切除。不過，他還是無法接觸到那個人的想法。那時候，他之所以不聽她的制止而飛奔出房間，是因爲告白時的勇氣已經全部用盡，因此沒有時間再理解她的眞意。藏人很怕那個人凍結了微笑，然後一臉嚴肅地告訴他一些話，所以就逃出去了。

一直持續著沉悶的日子。每隔三十分鐘，藏人就會想起元帥的事，想要把它揮去，於是騎著腳踏車隨便走動，不是在空地上仰望蒼穹，就是在樹下胡亂寫著音符。他想要寫信，好幾次握著鉛筆。不過，言語無法像寫音符那樣隨心所欲，最後只變成是在練習寫漢字。無法再收到那個人的信了。

他好幾次踩著腳踏車的踏板朝向微笑之家騎去。下雨天的日子就搭電車，來到河邊的車站。不過，站在微笑之家門前的勇氣，已經被烏鴉、鴿子和狗搶走了。沒有想到，藏人終於下定了決心。

「你說的那個人是叫高野麻嗎？」

日本第一不幸的女人把他可以收到那個人的信藏起來了。而且女人說不想免費把信交給他。

「妳是要我怎麼做呢？」

「你是要無棲身之地？還是要和那個人分手？你要選擇哪一個？」

藏人選擇無棲身之地。於是，女人說：「腳踏車也還給我！」藏人毫不猶豫地，也不理會女人想說什麼就開始打包。他把手上的現金聚在一起，讓女人握在手上，然後把信搶過來就走出公寓。女人以最後的恨意推擠向藏人的背部。

「你即使哭到疲憊了回來，我也不會讓你進來的。喂！腳踏車的錢日幣三千圓太多了。」

「就幫我去買花送妳自己。」

「我才不要花呢。我要的是你啊。」

5

一看到妙子小姐的臉，藏人毫無虛假的思緒立刻變成呢喃。那也是對她的信的一種簡短回應。

「我想見妳。我已無計可施。」

她以微笑回應。他對這個微笑是如何飢渴啊。不過，這時突然掠過藏人意識的是母親的身影。不可以將母親和她重疊。這樣的念頭越是強烈，藏人的意識越是被母親掩埋。撲鼻的百合花香是母親，輕撫臉頰的風也是母親，吸入令人幾乎要窒息的空氣也是母親……。

「小黑！你想不想洗澡？」

是不是他已經露出無棲身之地的削瘦臉龐呢？不，是妙子小姐的時鐘又恢復到夏天。爲了洗掉縈繞在自己腦海的母親之身影，藏人也必須要進入浴室。沐浴在百合花香中，突然有一種不吉利的想法。或許，這是最後一次進入微笑之家的浴室了。不過，在沒有來拜訪這裡之前的一個月間所決定的覺悟是絕對不能顚覆的。藏人必須要打倒年老的情敵，讓自己變成新的戀人，然後地位屹立不搖。

洗完澡後，藏人爲了證明自己的熱情，開始敲打鋼琴。史坦威公司製作的鋼琴，忠實地呈現藏人肌肉的躍動。他所彈奏舒曼的「托卡他曲」就變成是告白的暖身動作。

或許是受到演奏的磅礴氣勢所感動，妙子小姐呑了一口氣說：「好棒喔！我一個人獨占天才。」

「我一直想要永遠爲妳一個人彈奏鋼琴。」

「這樣不行啊。太可惜了。」

「只要能夠換取妙子小姐一生的微笑，這樣我就心滿意足了。」

「你過世的母親可不會這麼認爲喔。」

又是母親。妙子小姐的心情還是和一個月前一樣沒有改變嗎？戀愛的人要隨時忍耐著試鍊。一直等待著對方的心情轉變。而對方並沒有給予確實的保證。

「如果妳不能接受我的愛，至少我想要照妳的心意去做。我是不會背叛妳的，所以請告訴我妳眞正的心情。我已經向妳告白過我的想法，已經無法像以前那樣跟妳接觸。我已經不是小毛頭，也不是弟弟。如果妳說不要再來，我一定會遵從妳的說法。只要告訴我妳的眞心話。」

「啊！小黑！你要我說什麼呢？我是很喜歡你啊。我希望這樣的關係能夠一直持續下去。可是，你想要打開不能打開的箱子。」

「元帥打算如何處置妳？妳和日本一樣都被元帥占領了嗎？」

「你一旦知道我和元帥的關係就會討厭我吧？那我會覺得很悲傷的。不過，你非知道不可吧。」

看到藏人點頭，妙子小姐握著他的手。「你可以遵守約定，這件事絕對不告訴任何人嗎？」「當然。」聽到藏人的回答，她又謹愼地說：

「如果你發瘋，把這件事向別人洩漏，不只是元帥和我，你和O老師也會失去未來。不只是這樣，或許還會發生更令人絕望的事。」

或許是因爲藏人過於年輕，對於自己的未來不在意。他無法想像，對於元帥的未來和O老師的未來會有什麼樣的陰影。不過，藏人回答：「爲了保護妙子小姐的未來，我會讓我的嘴巴像石頭那樣。」

妙子小姐避開藏人一直凝視著自己的眼神，眼睛游向虛空中，以喃喃自語的聲音開始述說。

「元帥是透過秘書告訴我時間。因爲秘書完全掌握了我的行程，只要沒有生病就不可以拒絕。你也曾經看過吧。那部黑頭大車。在約會時間的兩個小時前，一定會出現在這個家。我就搭乘那部車，被載到已經決定好的場所。也就是你住過的帝國飯店。那間套房是供元帥睡午覺和冥想使用的。這件事除了元帥的秘書和飯店的經理等少數人知道外，沒有別人知道。當然，也沒有人會去拜訪那裡。除了我以外。元帥一直都沒有經過大廳，由經理帶他走秘密的通道去套房。我也是走相同的路去那裡。元帥平常大概都是在下午兩點左右、或是晚上八點左右會在那裡度過三小時，再回到家人等待的大使館。他不在那裡過夜。沒有喝酒，只是抽著雪茄或含著煙斗，什麼話也沒有說，只是用灰色的瞳孔凝視著我。我就一直讓他看個夠。元帥察覺我很緊張時，就說放短波，讓整個房間流洩著音樂，緩和我的表情，然後他以溫柔的眼神凝視著我。我因爲無所事事，什麼也不能做，而感到非常痛苦，簡直就想變成佛像。仔細想來，我能給元帥的只不過是讓他感覺舒適而已。因爲隨時讓元帥看到最美麗的臉龐是我的任務，我就當作導演就在元帥的旁邊，然後我正在發揮演技。我想起以往所演過的角色，以及今後要拍攝電影的角色扮演，然後察覺當時元帥的心情，時而笑臉時而浮現憂鬱的表情，或心不在焉地沉思。」

「元帥什麼也沒做嗎？他只是坐著？」

「或許那裡是讓元帥嘆息的房間。當回到大使館的時間迫近時，他就會以非常疲憊的神情說：『如果疲憊的話，就不要想一些無用的事。』戰爭開始之後，元帥看起來年輕了十歲。

不過，那也只是因為在意衆人眼光而虛張聲勢罷了。即使他進入飯店房間時看起來年輕十歲，但在兩個小時後就變成七十歲的老人。為了讓自己看起來很年輕，所以需要休息吧。當元帥疲憊的時候，可能就會有不好的事情發生。所以我祈求元帥能以和平的心情，作出最妥善的處置。因此，好好的招待他就是我的義務。」

妙子小姐看到了任何人都不知道的元帥之眞面目，而且也聽到任何人都沒有聽元帥說過的話。

「元帥經常會談起他的母親。要我當司令官的是母親。我之所以長期都抱持獨身，就是因為沒有辦法遇見能取代母親的女性。他甚至也說過這樣的話，不管他已到了和天皇陛下或總統一樣的地位，他對於神和母親都一樣的畏懼。而且最初結婚時，他甚至覺得背叛了母親，現在還後悔不已。那時候元帥的表情就好像是一個挨罵的小孩。連元帥這麼偉大的人，一想到母親的事情，就恢復到兒子的樣子。」

元帥讓妙子小姐看到了那一張毫無防備的側臉。而且一直凝視著妙子小姐的臉龐，說是擔心著日本的母親和兒子們的未來。

「那時候他曾經問過我的意見。『應該要為日本做些什麼？』由於我的英文不太好，對元帥的話只能點頭。他非常在意日本人對他有什麼樣的想法。在廣島、長崎投下原子彈，他們到來世依然還是會恨他吧。當說到因為讓女性有參政權，以及進行農地改革，收到了很多日本國民的感謝信時，他非常高興。在日俄戰爭最激烈時，也就是他二十五歲時，第一次和身爲軍人的父親在日本，確信這個國家未來的可能性。在攻擊珍珠港時，日本變成敵國，於是自己的軍人生命硬是被拉長了。如果在菲律賓被日軍打敗必須撤退的話，就不會有今日的自己，因此那時候他發誓要占領日本。他以粗暴的聲音說：『投下原子彈是爲了報復攻擊珍珠港和菲律賓的失敗』。而且，每次談到戰爭的話題他就會詢問我：『我這樣做對嗎？人們能夠原諒我嗎？』」

「妙子小姐如何回答他呢？」

我說：「因爲勝利了，當然是正確吧。沒有人能制裁元帥，所以是被允許的吧。」

她一定是用微笑把挖苦包裹起來，然後放上禮籤送給元帥吧。她是用英語這樣說的：

You won. You are right. Nobody says no. You are our new Emperor. You must be right.

她和元帥也締結了個人的講和嗎？她所說的英語和她本人的意思無關，變成挖苦的劍貫穿了元帥的胸口嗎？

「元帥也說：『日本人就像思春期的少年，因爲具有能柔軟接受新想法和制度的素質，所以在不久的將來就能夠確立自由與民主主義的理想吧。』據說戰爭對文化的進步是必須要的惡。雖然犧牲太大，我由衷感謝元帥帶給日本所沒有的這個自由之財產。而且，沒有人希望戰爭吧。我認爲這也是很大的進步。以往花在軍隊的人和錢，現在也轉向電影、音樂、文學或戀愛。」

迎接歷史邁入中年期的民族向剛迎接歷史思春期的民族闡述自由，不正是希望他們宣示永遠忠誠嗎？妙子小姐又是如何？元帥眞的能夠給予她自由嗎？

「元帥看著我的臉說：『你們必須獨立。憑著自己的力量讓工廠啓動，增加競爭力，努力以軍事來保護著自己。我會不惜任何力量來給予援助。』」

藏人將它解釋成不久後妙子小姐也可以從元帥愛人的立場獨立了吧。

「元帥離開日本的話，妳就恢復自由了。這麼一來，我就有能和妳戀愛的權利了。」

妙子小姐的表情又蒙上了一層霧。

「小黑！我只能這樣告訴你。元帥回到美國之後，我也不能打破和元帥所做的約定！」

「你們之間有什麼樣約定呢？」

妙子小姐輕聲嘆息，然後眼光離開藏人的身上，凝視隨風搖曳從枝葉扶疏間所透出刺眼的陽光，然後冷淡地回答：

「到死都要獨身的約定。」

藏人實在不明白，爲什麼一定要遵守這樣的約定呢？爲什麼她必須要對元帥忠誠到這個地步呢？

「元帥一點也沒有考慮妳的事情。因爲他想要一個人獨占戰爭的功勞、占領的政策以及愛人。在我看來，他只不過是個很愛妒忌、把妳當作祭品的老人。元帥強迫妳和他做相同的夢。」

妙子小姐不願意讓他看到自己的臉，於是走到窗邊，凝視著遠方喃喃自語。

「你還是個小孩，什麼也不懂。我也不打算讓你明白。」

她似乎不再爲了藏人回頭。遠遠看來，她用背部拒絕藏人的話，也拒絕他的存在。

不知道爲什麼，突然間母親的遺言在藏人的腦海裡復甦……臨終前母親說：「死者和夢中人都是由相同的成分構成。」就在藏人無法說告別的話、不知所措時，母親就斷氣了，變成只能在夢中相會的人。在父親的催促下，藏人慌慌張張地握住母親的手，但是已經沒有辦法再把她握回。

事到如今妙子小姐也回到夢中了。母親曾經警告過，「如果是你非常重視的人，就要緊緊的抓住她。」失去母親的人，比誰都還孤獨，更被放逐到遙遠的地方，比誰都背負著更多的苦難。結果，雖然獲得了榮光，卻失去了能將榮光獻給她的母親，於是連這樣的榮光都厭倦了。他老實地遵守和亡母的約定，卻無法從空虛中解放出來。

在下一個瞬間，藏人又忘我地抱住她的背部。即使這樣的行爲受到的處罰是死刑亦無妨。只要能在瞬間抓住夢中的愛人即可。

妙子小姐無力地聳聳肩，無言地拒絕他。藏人立刻發覺那不是眞心的拒絕，於是嘴唇碰到她的脖子。此時，有個東西傳到他的臉頰。她正在哭泣。藏人害怕她的眼淚，看著她的側臉，塗著鮮紅的口紅，看起來恰似死人的妝。妙子小姐不願意讓人家看到她濕潤的眼神，於是按了一下藏人的臉頰，然後將自己的嘴唇和藏人的嘴唇碰觸。稍遲才傳來微溫柔軟的觸感。爲了確信那眞的是她的嘴唇，藏人不願離開那艷麗蠕動的東西。從她的胸口揚起溫暖肉體的微風。類似鈴蘭的體香令人沉醉，突然問他的臉頰通紅。她好像被什麼迷住似地，不斷地吻著藏人的臉頰。

誘惑與拒絕交織，喚起曖昧的興奮。呼吸狂亂，然後把拼命抑制情慾的藏人拋下，她就消失到裡面的房間。不過，當藏人聽到她把裙子掉落在地上的那種誘惑的暗示，於是追著她的後面進入。藏人很害怕她的誘惑變成拒絕，於是用後面的手把寢室的門關起來，大步靠近床邊，把自己的身體貼近，同時支撐著她的身體，靜靜地躺在床上。原本束起來的頭髮散開蓋住她的臉龐，藏人把她的秀髮分開、貪婪地尋找她的嘴唇，讓鼻子在乳溝間滑動。衣服的摩擦聲音和她的呼吸聲，聽起來好像在遠方。藏人全身赤裸後脫掉她的衣服，愛撫著她眞實的肉體。他知道要施展進入白皙大腿的絕技到底是不可能的。不過，她張開了濕潤的雙眼，像平常一樣露出微笑，同時以拂掉在胸口砂糖的手勢邀請藏人。

聽到她的聲音沒有喜悅和嗚咽，藏人全身感覺到有無限的歡欣與愧疚。一切終於結束了。

幾乎感覺到妙子小姐的身體在發熱，總覺得剛才的事情彷彿在夢中。爲了再次確定這不是夢，於是藏人尋找她的乳房。不過，接著等待他的是妙子小姐的拒絕和麻的聲音。當麻知道兩個人在寢室時，她在門的另一頭發出嘶啞的悲鳴「啊！」

「麻！妳什麼也不要說了。小黑要回家了。」

藏人隨著妙子的意思移動身體，急急忙忙把身體穿戴整齊。妙子則留在床上，用鼻音說：

「小黑！我們分手了。你已經不能再來這裡了。」

「為什麼？」

妙子小姐用床單拭淚，然後拍拍手。寢室的門打開了，麻伸手招呼藏人。女人們的陰謀似乎在靜靜地進行中。

「我還能和妳見面吧。」

「拜託！你是乖孩子，現在就回家吧。」

聽起來就像是母親在交代遺言時的聲音。藏人不由得打了寒顫，一時之間無法言語，只能離開房間。微笑之家的微笑凍結了，興奮硬是被封印在夢中。

6

就在藏人以為自己的愛被接受後，妙子小姐又變成冰之女神，把藏人推開。把藏人引導到非常幸福的興奮中，在他以為心思已經成功後，又如被去勢般，女演員的變心……。為了解開這個謎底，藏人在之後好幾次反芻當天的事。然而他所憧憬的肉體之顏色、形狀、觸感、味道、行為的陶醉，就宛如夢中的記憶被磨破了。至少要再一次觸摸她的肌膚，然後讓戀愛甦醒。

藏人在變成無家可歸之後，頻頻漂泊於大學的鋼琴練習室或聲樂科學生的宿舍，有時則回到父親JB所住的外國人公寓。

騎著腳踏車，飛馳於郊外的家。但因爲妙子所拍的電影大部分都是在鎌倉，而麻自從那一天發生那件事之後，不再和藏人說話。回到首都宮殿的元帥也和平常一樣，乘著黑色的克萊斯勒帝國轎車，很有規律地往返於美國大使館之間。聽O老師說，元帥好像替她在鎌倉蓋了房子。那裡一定和蝴蝶夫人在長崎山丘上度過三年的家很類似吧。而且元帥未曾拜訪過那裡。朝鮮半島的戰局對聯合軍不利，因爲在新的微笑之家，元帥沒有能夠讓心情平靜的時間。毛澤東和中國人民令他焦躁不安，而且似乎使他疲憊不堪。到了年底，漢城也陷入北朝鮮軍的手中。三月時雖然被聯軍奪回，但是元帥已經失去了耐性。從以前就怒吼著也可以使用原子彈的元帥，對中國的攻擊更加不遺餘力。

當藏人告訴JB這件事後，JB在病床上被歇斯底里的元帥激怒了，竟然這樣告訴藏人。

「如果我像你這麼年輕，這麼靈活的話，我一定能夠暗殺他的。畜生！我有好幾次機會的。一定非得把他殺死不可。元帥發瘋了，爲了保住他自以爲是的晚節之光榮，他變得更加積極。」

JB用英語吐出詛咒的話。父親竟然連「暗殺」的事也想到了，藏人不由得異常吃驚。而且元帥發狂了?!

「那傢伙過於偉大了。而且年歲過高，已經沒有餘力考慮未來的事。能夠將他免職的只有總統。總統也想使用原子彈。已經沒有人可以阻止那個人的瘋狂舉動。那時候我應該殺死他的。眞是遺憾啊。我不想比那傢伙先死。」

ＪＢ在感嘆自己的無力之時，只能重複著空泛不切實際的話。不過，口中說要暗殺元帥的ＪＢ，就和主張使用原子彈的元帥很相似。在他們兩人的老眼睛裡，一定映出另一個世界的遠景。而且，對這個塵世也非常執著，甚至還引出絕望的話和計畫。因爲怨恨虛幻的這個世界，老兵們試著要做最後的抵抗。

那時候藏人突然發覺一件事。

過於偉大、沒有人能勸告的元帥，能夠勸告他的只有一個人。能夠溫柔地原諒老人家的歇斯底里，讓他不要使用原子彈，不要使戰火擴大，變成能夠考慮到未來小孩幸福的人。那個人一定能夠阻止元帥的想法吧。

藏人的確慢了一步。

那個人……犧牲了自己的肉體和未來，爲的是要緩和元帥的瘋狂。

藏人終於了解那個人說自己是小孩的眞意了。頓時羞愧與後悔充塞心胸。藏人只是一個任性、只想要自己被愛的「小毛頭」。

他必須要做補償。他必須要向那個人道歉。

7

配合元帥離開宮殿去用午餐的時間，藏人將腳踏車倒放在溝渠旁。宮殿前的道路已經聚滿一群圍成人牆的男人和女人，等著要拜見比天皇更偉大的元帥。不知道自己想做什麼而聚集在這裡，揮動著星條旗，灑落著笑容。元帥無法了解他們微笑的意義。那個微笑與妙子小姐的微笑不一樣。他們是看主人的臉色，變成一種態度卑屈之奴隸的微笑。雖然藏人很輕蔑他們，不過自己也和他們一樣，不知道自己要做什麼。是要跟元帥直接訴說：「元帥閣下！請讓我所愛的人自由！」還是拔元帥的龍鬚大叫：「喂！麥克！你搶走了我的愛人。」

歡聲雷起，這是元帥當天第二次站在舞台上。雖然他只是回家吃午餐，卻引起人們的大騷動。有人指著他喊：「莎拉・伯恩哈特。（**註：Sarah Bernhardt，法國著名舞台劇演員，1844-1923**）」藏人站立在腳踏車的踏板上，看著大明星走路的樣子。元帥所搭乘的克萊斯勒帝國轎車，靜靜地離開宮殿。人牆中有幾個男人如箭發射似地飛奔出來，於是大家一窩蜂地追著車子。那時藏人突然發現到，其實暗殺元帥是很簡單的一件事。

他一天有四次為了要誇示自己的勇氣，竟然毫無防備的出現在公衆的面前。像剛剛那群男人那樣，從人牆中飛出刺客的話，他就無處可逃。藏人拿出蝴蝶夫人自殺時所使用的短刀，將自己向前衝的影子與追趕著車子之男人們的身影重疊。刀子深深挖入元帥的腹部，於是宮殿前的台階被染成一片鮮紅。臨終時的元帥一定是這麼說的：

「母親！請原諒我的傲慢。」

有著無數光榮事蹟的軍人，在瞬間回歸到戀母、永遠的兒子。是的，元帥也是一個有戀母情結的人。

元帥在這五年間幾乎每天都在這個場所出現。但是，這段期間都沒有出現暗殺者。沒有一個共產主義者或原本是日本兵的人對他抱持殺意嗎？他竟然是如此的被這個國家的人畏懼與喜愛嗎？

「What are you doing here?（你在這裡做什麼？）」

突然有兩個美國兵出現在騎著腳踏車往帝國飯店的藏人眼前，拉著藏人的手把他從腳踏車上扯下來，然後要他背對著牆壁把手放在上面，接受身體檢查，連放在腳踏車架子上面的皮包也被打開。發現皮包裡面有樂譜的美國兵問他：「Who are you?（你是誰？）」

藏人沒有回答英語的問話，只是無抵抗地露出微笑。那是兩個美國兵絕對無法理解的微笑。他們把藏人當作是可怕的東西來處理，大叫著：「Get out!」然後把藏人驅逐。「爲什麼不叫美國人出去呢？應該要出去的是你們啊！」藏人用日語喃喃自語，然後故意以緩慢的動作推著腳踏車。踩著踏板遠離宮殿時，突然背後有部和剛才美國兵所搭乘的吉普車一樣停在門口的另外一部黑頭車追趕過藏人的腳踏車。就是那部把那個人送到元帥正等著她的帝國飯店的車。突然間，和那個人肌膚接觸的感覺甦醒了。那個人的微笑變成和諧的合音，在耳際響起。

8

一九五一年四月十一日，麥克阿瑟元帥突然接到總統的命令，被免除聯合軍總司令的官職。能夠預想到這件事的只有下達命令的總統。做出獨善、吸引人的表演，而且展露自己獨具領袖人物超凡魅力的元帥，已經讓總統有所警戒。元帥如果要拒絕總統的命令，他本身就只能當總統。

五天後，麥克阿瑟離開日本。參衆兩院通過感謝的決議，爲了感謝元帥恩德的市民，沿著到羽田機場的道路歡送他。藏人也站在路旁瞪著他所搭乘的黑頭車。

就在隔天的一九五一年四月十七日，JB還沒有過他第六十次的生日，就在東京去世。藏人就在父親即將去世的床邊，一五一十向他報告和那個人的始末。

JB眼睛微開，鼻子一直發出聲音，然後放鬆臉上表情說：

「你已經是個和麥克搶妻子的男人了嗎？」

「你是告訴我不要深入，可是我還是深入了。」

JB露齒邊笑邊咳嗽。

「愚蠢的傢伙。你是打算襲擊父親的敵人嗎？」

「因爲那個人邀請了我啊。」
「眞的嗎？她很溫柔嗎？」
「是啊，非常溫柔！」
「那太好了！」
「是啊。麥克阿瑟也消失了。」
「現在就是你們的時代了。」
在覺悟到死神已經迫近門口對面時，JB從枕頭下拿出是蝴蝶夫人給他當做紀念的短刀，然後告訴藏人。
「這把刀裡塞滿了我母親的悲哀。」
JB伸出龜裂的嘴唇要求要水喝。當藏人遞給他水罐時，他濕潤了一下舌頭，以嘶啞的聲音說：
「我疲倦了。我已經要睡了。你也和我一樣，隨著母親的幻影徘徊在『灰色地帶之間』的距離。不過，你絕對不可以疲倦。」
那是他最後的一句話。
失去了父親的藏人，父親留給他的只是蝴蝶夫人的短刀和不知道有何忍受方法的孤獨。今後，每一個夜晚、每一個早上、一月一日、三月十三日、七月七日、十二月二十三日，他必須學會一個人度過。

已經沒有什麼要做的事了。他已經走過人生巔峰的日子。他以爲已經找到讓沒有依靠的心能自由出入的場所，結果卻消失了。他能夠留在那裡的，只有眨眼的幾次瞬間而已。未免過於簡單了吧。妙子小姐給他的陶醉，似乎也埋在空等的時間中。她讓藏人所嘗受到的痛苦，就如同讓藏人爲毒癮發作所苦而打麻醉針的情景。

藏人能夠求救的只有死者。而唯一活著的只有妙子小姐。藏人對那個人有誤解的負債，爲了要償還，無論如何都必須和那個人見面。不過，一切都是藏人一廂情願的想法。並不能保證那個人會見他。任何的介紹信也無效。即使被拒絕，他也必須要去。即使要死心，什麼事也不能做，他還是必須非做不可。

距離最後見到那個人已經過了三個月。藏人每天都去微笑之家。玄關的門當然常常是緊閉的。按門鈴時，麻有來應答。不過，當藏人自報名字時，她總是用一句話「小姐不見客」來把他趕走。硬是要進去的話，麻的態度越發頑固。於是他謹愼地埋伏。每天繼續作著簡短的旋律，把樂譜投入信箱後就回家。即使不能進入那個家，也能把音樂送達。藏人相信那是表示自己誠實的唯一方法。

只有藏人一開始拜訪那裡時對他鳴叫的黃鶯歡迎他。之後經過了一年，藏人又增加了一歲，學到了許多去年不知道的事。即使這一次已經雙倍品嘗了同樣的過錯與痛苦的相思，他還是想把一切都放棄回到去年的春天。把樂譜放入郵筒，在跨上腳踏車的座板時，他一定會想著相同的事。

如果不知道那個人和元帥的關係，那麼和那個人的蜜月是否就會繼續下去呢？元帥和夫人、兒子阿瑟一起回到美國了，不會再來日本了吧。那個人和元帥的關係將被當作不存在，封印在兩個人的記憶中。元帥睡午覺的帝國飯店之套房，現在也提供給陌生人享受。而載著那個人的黑頭車，現在也載著不知道是何人的憂愁，遊走於首都的某處。然後，什麼也不知道的藏人一定可以繼續用音樂來交換那個人的微笑。

如果藏人聽從麻的忠告，不要再往戀愛路上跨出一步，那麼兩人的關係應該可以一直延續到很久吧。

無數的後悔逐漸改變了形狀與大小，宛如沖洗著海濱、滿是泡泡的波浪般來來往往。

9

當藏人送第十二曲的旋律去的那天，聽到從房間裡傳來鋼琴的聲音。那是藏人為妙子小姐寫的旋律。他認為那個人收了他送來的樂譜，然後親自演奏作為對自己的報答。

門閂沒有上鎖。他走到庭前，想要凝視彈鋼琴的那個人的身影，希望一切都能夠按照自己類似祈禱的想法。他靠近上鎖的窗邊，呼喚那個人的名字。那個人一看到藏人，將會不禁掩口並轉動著驚慌的眼珠。那個人能再一次微笑，呼喚他小黑，然後打開窗戶，邀請他進入房間嗎？藏人的臉幾乎貼近了玻璃。

那個人走近窗邊了。忽然一股嗚咽湧上心頭。那個人的眼框也濕潤了。透過玻璃將自己的手和藏人的手重疊，然後呼喚著小黑。聲音被玻璃遮住，聽起來好像是從收音機傳來的聲音。在玻璃的這一頭呼吸的藏人等待對方能夠開窗，可是那個人只是站著凝視藏人放在相框裡的照片。藏人想揮拳打破玻璃和那個人的肉體接觸。可是又怕傷到站在窗邊的那個人，所以無法如願以償。他再一次凝視那個人的臉。她的表情不是再次相會的喜悅，而是充滿著別離的悲傷。

突然在瞬間，藏人看到那個人的背後有個重疊的人影，不由得後退。陌生的男人指著藏人，喃喃說著一些話。那個人的視線低垂，以微笑點頭。

藏人忽然覺悟到，微笑之家已經被元帥之外的別的男人占領了。

藏人小小的願望絕望了。他擔任配送音樂的任務也結束了。

一九五一年六月二十日是藏人埋葬戀愛的日子。

那一天，藏人從好幾次把他擋在門前不斷教訓他的女傭手中收到十萬塊的現金、給一個作曲家老師的介紹信以及妙子給他的一封信。信上是這樣寫的：

拜啟　野田藏人：

因為你的關係，所以我才能夠接觸到音樂的喜悅。請用這筆錢去協助你，能夠更加磨練你的才能。如果你願意的話，請拿著這封介紹信去拜訪我所認識的老師。你作品的樂譜，我已經放在那個老師那裡。我希望你能夠成功地成為一個作曲家和鋼琴家。我衷心地等待能夠去聽你音樂會的那天到來。雖然相距甚遠，我們依然還是朋友。再見了小黑！請保重！

M・A

末尾寫上了只有少數人知道的那個人本名的英文字母縮寫。

10

被遺忘的戀愛還有一個，由眼盲的說書人把它說成故事。是因爲歷史是戀愛的墳場呢？還是爲了要使戀愛消失，所以歷史做了註記呢？

杏樹說完了一個故事後，一定會再跟你說：

「戰爭、政治和陰謀全部都和戀愛結合。不過，歷史討厭戀愛。雖然沒有任何歷史眞的會和戀愛完全無關。」

你的祖父藏人並不是胡亂騎著腳踏車在首都亂跑。或許他已經被從占領時代的歷史中消去了。但是他談了一場沒有人能夠重複的、唯一的戀愛。對藏人來說，無法滿足的戀愛結束了。

藏人從一九五一年六月二十日以後如何過日子呢？

爲了繼續學習音樂，他拿那個人給的獎學金，變成音樂大學作曲科的旁聽生，同時變成那個人所介紹的作曲家的徒弟，每週兩次還會去上鋼琴家Y老師的課。爲了中和戀愛結束之後不時襲上心頭之無濟於事的悔恨、欺瞞以及那顆漫無目的的心，因此他必須將整個人投入音樂中。如要達成能夠再相會的渺茫願望，唯一的手段就是音樂會。藏人夢見他爲坐在客滿的音樂會場之看台席上微笑的那個人彈鋼琴。

那個人埋葬了藏人的戀愛，卻用獎學金來補償。或許她是爲了防止受到失戀打擊的藏人陷入墮落生活而做的佈局吧。這是很像那個人的思考方式。不過，還有留下很大的謎。

爲什麼那個人要埋葬藏人的戀愛，把他從微笑之家放逐呢？藏人始終無法了解她的眞意。杏樹能夠解決這個故事的最大謎底嗎？

「妙子小姐最後還是把藏人先生當小孩看待嗎？」

「我認爲不是這樣子的。」

「那麼，她曾經很認眞地愛小黑囉？」

杏樹確信地說：「她愛他。」

「為什麼你知道？是因為她和小黑上床嗎？」

「她和小黑只上過一次床，而且那是她所犯的唯一過錯。因為那個過錯的關係，所以她失去了藏人先生。」

「我不太懂。為什麼會這樣呢？」

「因為那個人想把藏人先生一直放在她的身邊。就是以弟弟的身分。可是，因為藏人想變成她的愛人，那個人被他的熱情屈服了，所以兩人之間有了男女關係。她知道一旦藏人先生表現出戀人的樣子，他們的戀愛就會變成醜聞。對她來說，有身為電影女演員必須要盡的義務，世人是不允許妨礙其義務的男人。這麼一來，想要當音樂家的藏人之未來將會變成一片黑暗。那個人是為了要保護藏人先生的未來啊。」

「她甚至都考慮到這個地步了啊？」

「不只是這樣。那個人為了將元帥和自己的關係封印，必須一輩子都沒有發生任何事。如果洩漏的話，不只是她會被勒死，所有利用她的人都會受到牽連。自己所圖謀的陰謀東窗事發的話，那群人會怎麼做呢？你也是可以想像的吧。和她談戀愛是件過於危險的事。假設那個人希望結婚，她無法將自己的過去告訴對方。可是，成為她先生的人，對於妻子過去的謎，會睜一隻眼閉一隻眼嗎？一般的男人對於他所愛的女人之過去，都會追根究底的。這麼想來，就可以了解那個人之所以要孑然一身的理由了。雖然日本被占領的時代結束了，只有那個人一輩子都被元帥占領。而且，知道太多秘密的人也必須要保持沉默。在講和條約裡面有無數的密約，長期握有政權、支配政黨的政治家們一直想隱瞞。否則，戰後的政治就會全盤被否定。那個人也被強迫要和他們一樣保持沉默。可是，只有藏人先生透過ＪＢ事先知道太多的事情。那個人只對藏人先生沒有說謊。而且從自己的口中說完一切之後，在和藏人先生做了最初與最後的擁抱、且在心靈刻下肉體的感觸之後，兩人的戀愛也被封印了。雖然藏人先生不死心，但是她覺悟到不能再回到過去，因此走向螢幕的對面去了。那才是風險最少的選擇。」

而且也是最無聊的選擇。那個人因爲考慮到藏人，以及其他所有的人，所以硬把她華麗的戀愛拉扯出來。三十歲這麼年輕就發誓不再戀愛了。

「藏人先生最後去見那個人時，在她房間裡的人到底是誰呢？」

「我不知道。或許藏人先生誤以爲是那個人新的愛人吧。即使是這樣，他也是扮演要讓藏人先生死心的角色。或許那個男人就是策劃戀愛陰謀的幕後操縱者，或許……」

「是什麼啊？」

「或許是麥克阿瑟元帥的幻影，渡過太平洋來拜訪她。當然，這個幻影只出現在藏人先生的眼前。」

妳聽到這一連串的故事，連這麼隱密的戀愛秘密都能知道，覺得很不可思議。不管是多麼秘密的事，總有一天會曝露吧。關於這件事，杏樹如此說明。

「結果，那個人無法將元帥的事完全封印。因爲即使當事者全部過世之後，也依然有人繼續在談論秘密的三角關係。當然，爲了報答告訴他實情的那個人之誠意，藏人先生決定到死都遵守不對外洩漏的約定。最後，他打破了約定，將秘密告訴我的父親常磐茂。他的理由是『有過的事是無法說成沒有的』。」

藏人在病床上告訴常磐茂。戀愛的來龍去脈傳給常磐家最後留下來的杏樹，然後現在透過她的口中，轉告給是藏人孫子的妳。拉出了藏人一生無法完成的戀愛之依戀。他和霧子結婚，然後生下了妳的父親薰。如果從妳在呼吸的現在往前回顧，如果藏人沒有失戀，那麼，薰和妳就不會存在這個世界了。這是多麼不可思議的事啊。妳不由得歪頭傾聽。

「可以說妙子小姐是眞的愛小黑。但是她也必須要分手。如果互相守著秘密，能夠繼續談戀愛該有多好。根本就不要管人世間是如何看待他們。」

「妳才十八歲，所以妳才會這樣想。不過，等妳過了三十歲，妳就會了解了。那個人之所以對藏人先生的戀愛死心，是因爲想到年齡的差距。不管藏人先生如何墊腳，妙子小姐早就芳華已逝。坐在鏡前她一定是這麼認爲的。等小黑到了自己這樣的年齡時，我已經變成了老太婆。在照顧了疲憊的老元帥之後遇到小黑，他的年輕應該讓人覺得是一件殘酷的事。因爲知道老後的悽慘，所以她不要讓小黑看到自己芳華老去的身影。她一定是這麼認爲的。何況她是自尊心很高的女演員，更是會如此。」

將和比自己年輕的音樂家之戀愛打上休止符的女演員，從一九五一年六月二十日後如何過日子呢？

在電影史上留下無數電影，扮演著巾幗英雄，支撐著戰後電影的黃金時代，一九六二年，她捨棄了松原妙子的名字、恢復本名。不過，被她捨棄的名字並沒有被人們遺忘。無數的記者和影迷一直在尋找她的消息。而她那年老嚴肅的身影就封入鎌倉的家，不曾在公共場合出現。那個人在埋葬了最後的戀愛之後，承受著漫無止境的無聊生活。

第十一章

1

杏樹每個星期一和星期四都會邀妳去吃飯。所有的事情只要能夠有規則且習慣化之後，即使到了慵懶的年紀，也還是會那樣做吧。妳每次都很規矩地和她交往。特地來到東京，關在這樣像幽靈的房間裡，未免太可憐。杏樹總是這樣說。總之，她似乎想在妳的作伴下，再一次訪問回憶的場所。在五年內景觀已經完全改變的東京，妳估計早已不見杏樹和薰每天出沒時代的痕跡。更不用說藏人騎著腳踏車奔馳於東京的痕跡了。除了皇居以外，一棟建築物也沒有留下。

妳就照杏樹所指示的，帶領著她進入了在防衛廳基地旁邊、現在仍靜靜營業的義大利餐廳。迎接杏樹的服務生把妳們帶到店裡最裡面的那張桌子。杏樹問他：「花田呢？」服務生回答：「馬上就來，」轉身就走。不久後，整個脖子被肉埋住、皮膚微黑的中年人出現，握著杏樹的手。說聲：

「喔，好久不見了。妳好嗎？」

他雖然也對妳露出笑臉，但是眼神中沒有微笑。雖然天氣不熱，但是他的額頭和鼻頭都是汗水，他光是站在旁邊，就令人感到壓力。妳不禁在想，他那粗大的手腕和隆起的胸部，以及好像要脹破的便便大腹，到底是用來做什麼呢？

「花田！你認爲這個人是誰？」

中年男人斜眼再次凝視妳的臉。他捲舌說：「聽妳這樣的問法，好像是有不良紀錄的美女。」花田……曾經在杏樹說的故事中聽過這個名字。和少年時代的薰一起躲在瓦楞紙城裡面的同班同學的名字就是叫花田。

「椿文緒。薰的女兒啊。」

知道後，花田的眼睛睜得更大。「喔！」不禁發出低沉的感嘆聲。果然還是那個花田。不被別人喜愛，甚至是被葵嫌惡的花田，現在在做什麼呢？

「薰那傢伙現在在哪裡呢？」

總覺得充滿孩子氣的花田所說的話聽起來有一種親切的感覺。妳察覺到薰和花田在離開了瓦楞紙城之後還繼續交往。

「妳叫文緒嗎？妳也是在找爸爸吧？」

看到妳默默點頭，他以既非說明也非自言自語的口吻說：「我和那傢伙有許多共同的經歷，不過都已經是從前的事了。」

「你剛剛說你和爸爸有什麼……」

對於妳這種單刀直入的問法，花田嚅嚅地說：「有很多事情不方便說出口，」然後就笑了起來。也沒有人邀請他，他就在同一張桌子坐下來，然後吩咐服務生說：

「喂！把最貴的酒拿過來。」

杏樹要妳和花田見面，就是要妳聽聽和藏人因戀愛無法回報而焦慮不安的相同年紀時，與薰有關的故事。妳對於花田說話的方式、服裝的品味以及香水的味道，還有點菜的方式都很討厭。花田和他在點酒時一樣，點的都是最貴的菜。他很嚴肅地說：「最貴的東西最好吃，」令妳不禁啞口無言。吃飯到一半他去廁所時，妳不禁跟杏樹說：「我討厭那個人。」杏樹說：「因爲妳是用眼睛去看。」搪塞她的話題。

「沒有必要硬要勉強自己喜歡。不過，不管是多麼令人討厭的人，他也會有在瞬間發光的時候。來！忍耐一下。因爲他就快發光了。」

他興奮的話就會脫掉頭套嗎？

不過花田還是沒有更加發光。他想到什麼就說什麼。他的記憶都是片斷的，只說一些彼此沒有關聯的話。

薰喜歡吃烏魚子和骨髓一起煮的義大利麵。經常和這個店的大廚談論女人的話題。在上空酒吧工作的愛爾蘭女人爲薰著迷，那傢伙身邊總是圍繞著一群女人。那傢伙雖然不善於吵架，卻有本事說出讓對方讓步的話，所以沒有人會揍他，事情就結束了。他經常練習接球。他投的變化球非常厲害。是個重義氣的人。他有來看我第一次的出場表演喔。在美國見到時，是他心情最惡劣的時候。他是個總是努力卻無法獲得回報的傢伙。這點或許和我很相似。好的東西總是被別人拿走。每次有所得的都是葵，吃虧的總是薰。這都已經是以前的事了。葵已經死了，而薰行蹤不明。杏樹姐姐的眼睛也看不到了。而我們的孽緣還在繼續中。時代改變了，從現在開始就是文緒妳們的時代。妳要好好繼承，將我們所預備給你們的東西好好地料理。

妳實在聽得一頭霧水。杏樹似乎能夠從花田斷斷續續、沒有脈絡的話中銜接起來，描繪出背景，然後找出因果。

總之，花田以前似乎待過相撲房。而且和薰有著奇妙的相遇，所以結下了孽緣。

告別時，花田抱緊杏樹的肩膀、並和妳握手，然後把名片遞給妳說：「我曾經幫助過妳的父親，也曾經受他幫助。受他幫助的恩惠，我會回報在是他女兒的妳身上。因此，如果有什麼事情的話，請和我聯絡。」

妳無聊隨口問問：「你說的是什麼事？」

「例如，妳被奇怪的男人糾纏或脅迫。因爲妳年輕又漂亮，總是會捲入各種麻煩中。那時候，我就會幫你出力了。你知道仁義這句話嗎？」

「我聽過。」

「那很好。」

在妳接過來的名片上，有用粗的書法寫著「花田組組長花田貴志」，行動號碼是用手寫上去的。

目送坐進紅色朋馳車而去的花田，妳忍不住詢問杏樹：「那個人是流氓嗎？」杏樹回答：「是屬於舊的類型。」

「他是怎麼練出這樣占空間的身體啊？」

杏樹喃喃自語：「他應該也削瘦了吧。現在應該是像堆滿砂石的垃圾場。」

「妳是說他是相撲力士嗎？」

「是啊。而且還是鶴立雞群的喔。」

薰有個相撲力士的朋友。對於相撲是什麼一無所知的妳，實在很難想像，究竟有什麼原因讓他們兩個人結交在一起？

「他是如何的強大呢？」

「他曾經推倒橫綱。如果是以前的相撲迷，只要一提起雲取山，大家都會知道喔。就是用東京最高的山來幫他取綽號的。」

和雲取山在一起，薰到底做了什麼？

每次重新面臨薰的謎，就會躊躇、無法言語，乃因爲這是妳的任務。杏樹說：「人的相遇是場惡夢，」然後含著微笑繼續說：

「小學生時雖然做相同的夢，在十年後也會互相有別的惡夢。薰似乎很喜歡那個惡夢。我依然記得薰在妳這個年紀時迎接生日的情景。薰在十八歲的那年，他想要做一個自己喜歡、漫長的惡夢。」

2

那一天是薰十八歲的生日。養父常磐茂將全家人聚集到當他不想要別人打擾、一個人要思考時經常會利用之義大利料理的餐廳。沒有人忘記薰的生日，而且大家都爲他準備了禮物。不過，那一天的主角是結束了兩年在紐約留學生活、剛回國的葵。

葵設籍在哥倫比亞大學的商業學校，透過常磐商事紐約分公司社長的介紹，在將來會是交易對象的美國石油公司、穀物商社經營者一族、證券公司、保險公司、銀行等重要幹部，以及專利商法的專門律師等面前露臉。回國後，他也被分配到常磐商事中收益率最高的人壽保險部門，在社長常磐茂德高望重的庇護下，他不用負擔所有的風險，而且已準備好的大筆契約都歸爲自己的業績，預定表面上踩著一步步升級的階梯前進。

常磐家的父親和母親期待他回國，希望在美國兩年的生活能夠讓他學會將來身爲經營者的威嚴。不過，成果是葵有著各式各樣的旅行見聞。

「美國人好像什麼事都要訴訟。因此，只要把石頭丟出去，就會打中律師。律師很多，美人也很多。不過，和律師結婚的話，離婚時財產都會被她拿走。所以，我決定不和律師結婚。」

「鎮上到處都有流浪漢。他們常常用繩子圍起來劃地自限，所以走出公寓總是碰到相同的一張臉。因爲覺得每次都要給他錢很麻煩，所以我每個月花五十塊美金雇用他們。他們的工作就是跟我說：『慢走』、『您回來了』，然後保護我在路上的安全。」

「我發覺了還沒有被使用的專利，然後把它買過來了。我爲常磐商事做出了專利銀行，然後也比其他公司搶先取得新產品開發的主動權。」

「而且，我要做出能夠媲美 Micky Mouse 的牛奶糖，然後使相關產品的生產能夠取得進出口的許可證，這樣就可以賺錢。」

「開發活著的時候也可以使用的保險金，也可以借款的人壽保險的新產品。」

常磐家的母親對葵的想法頻頻點頭，她瞇著眼睛期待對常磐家未來的投資能從葵的身上獲得回報。不過，父親茂就沒有抱著這麼天眞的想法，

「葵！我認爲你觀察的眼光很普通而已。不過，只要兩年待在那裡，大家都可以模仿美國的做法。總之，我認爲你總是想要逃避。即使想出主意，也要委託他人執行吧。生意是不可以半途而廢的，一開始新的事情，提案者就必須要看守到最後。一開始就抱持想要把失敗歸給別人的態度，別人是不會尊敬你的。」

葵伸出拇指，聆聽好久沒有聽過的父親之說教。然後以懷念、不好意思的表情說：「我知道了。」茂把玻璃杯裡剩下來的酒喝乾，然後卸下常磐商事經營者堅強的面孔，露出是要庇祐兒子無依靠的父親之面容。

「你這樣呆呆的，眞的令人很不安心。雖然沒有人說什麼，不過你的脖子上就像是掛了一個寫著雙親權勢的牌子。常磐商事希望你失敗的職員不少。當你要開始進行什麼事之前，大家都認爲你就是扯公司或我後腿的男人。」

「如果害怕失敗的話，什麼事都不能開始了。父親不是希望我繼承您的事業嗎？因此我必須要不同凡響。」

「說你非凡倒不如說你很古怪。雖然不怕別人誤解是好的，不過問題在於有沒有得人心。」

「不是只要競爭勝利、提升業績就好了嗎？因此，父親只要派個有頭腦的人在我的旁邊協助就可以了。」

葵都是以一開始就要受到父親庇祐爲前提。從小開始，葵就被印上是常磐家主人的記號。在眠丘的住宅、箱根或輕井澤的別墅，以及在夏威夷的套房，父母親都說：「這一切都是你的東西。」讓他坐在常磐商事社長室的椅子上時也說：「將來坐在這裡的人是你。」因此，小學時他在作文上寫「我將來要當常磐商事的社長」。茂就像以前常磐家上一代一樣，他說的都是和常磐家上一代的主人久作一樣的事情。維新時代的混亂期，身爲朝臣的祖先對買賣不在行，會被這樣說的只有長子。而次子只不過是爲了保險而已。薰就是被印上要當次子、也就是養子的標誌，就這樣過了十年。而葵確實遵守這個規律。

茂對杏樹以及對葵是完全不一樣的考慮方式。常磐家對杏樹的要求就是戀愛和結婚。而且是遠離妒忌、遺恨及醜聞的戀愛。再則必須是能為常磐家帶來協調與安定的婚姻。不可以談衝動的戀愛或違反道義的戀愛，感情要保持中庸。這樣的教育是由母親來擔任。杏樹被要求要模仿母親那種戀愛與結婚的模式。即使她的戀愛和結婚很無聊，在表面上仍要忍耐，這是常磐家女人的義務。迄今為止，放蕩一詞的誹謗沒有用在常磐女人的身上。因此，今後也不會有這種事發生，這就是他們家默認的家訓。

茂表現出對於每一件事都能理解、採取自由作風的父親。然後詢問杏樹：

「妳對戀愛有什麼樣的憧憬？」

杏樹已經二十歲了，她在S女子大學的文學部念日本文學。父親希望她在二十五歲時能夠模仿母親走過的路。母親的同班同學現在還站在講台上，講授《源氏物語》中豪放女的心態。杏樹還未曾接納過男人的身體，戀愛也是被關閉在故事的形式中。而且對被命名為曖昧的憧憬這種慾求，曾在肉體的內側冒煙。

杏樹在中學時，一個人時，經常是以姊姊的立場說出：「讓我愛世界上最孤獨的人。」那個人究竟是誰，這是超乎她所能想像的。所以對父親的質問，杏樹就回答說：

「我想和有一天忽然把弟弟當作禮物送給女兒的人談戀愛。」

茂在瞬間窺視了一下妻子的表情，看到她的眉毛在抽動，於是趕緊叫服務生把別的酒送過來。

「用不著這麼驚慌失措吧。女兒是看著父親的背影長大的，希望你要做得正。」

對於妻子挖苦的話，茂突然轉換話題，詢問次子：

「對了！薰！你打算在大學做什麼？」

薰從今年春天開始設籍在葵所上大學的法學部。薰原本對自己的未來沒有抱持任何預定與希望。他之所以選擇法學部，是因爲他認爲這是將想要寫詩和唱歌的自己最冷淡拋棄的一種方式。他知道父親絕對不允許自己上大學是爲了繞路，因此就順著父親的詢問，如此回答：

「我是想知道我到底有什麼權利以及能有什麼樣的自由？」

「所以你才要進入法學部嗎？我原以爲你一定會走上和你親生父親相同的路。」

「因爲音樂或詩無法改變法律。」

「當然。你想要改變法律嗎？」

「不是，我只是想要改變生存方式。」

「大學是個能夠改變生存方式、具有影響力的地方。我已經忘記了。葵！你認爲如何？」

研究所剛剛畢業的葵對面無表情的薰做了一個奇怪的訓示。

「你是想要什麼樣的武器吧。不管是刀子、槍或是什麼法律，什麼都可以。因爲我在十八歲的時候也是這樣。簡言之，大學聚集了很多危險的傢伙，是來拔牙的地方。我沒有聽說過來大學是要磨牙的故事。」

薰面露微笑，同時對葵的話充耳不聞，他平靜地告訴父親：

「我要選擇和哥哥不一樣的道路。我不想造成父親的困擾。」

「你的音樂讓很多年輕的女孩如癡如醉，不是嗎？」

「也沒有什麼如癡如醉的啦。只是有幾個志同道合的人。」

薰若無其事地回答。杏樹立刻說：

「你不要這麼謙虛了。你在爵士俱樂部舉辦了音樂會，門票馬上就賣光了，不是嗎？我的大學也有很多是你的歌迷。」

聽杏樹這麼說，母親亞美子也詢問說：

「有幾個觀衆來聽？」

「如果進去兩百個人就會客滿，結果來了三百個人。」

「眞的嗎？那麼下一次我也必須去聽薰的演唱會了。」

「我目前沒有要舉辦演唱會。因爲我已經解散樂隊。」

「什麼？如果你眞的打算從事音樂活動，我也會援助的，而且毫不吝嗇。因爲你應該繼承了野田藏人的才能。或者，你想在常磐商事工作的話，請告訴我，不要不好意思。」

茂很靈活地運用父性的微妙，他把王位讓給了葵，對於薰則扮演著後援者的角色。以往不管葵有多少負債，父親都會給予援助，而葵完全不會感覺有任何的愧疚，這點讓薰很羨慕。常磐家人的善意，讓薰覺得壓力沉重。善意是無法用金錢來計算的。因此，負債累積起來變成感情的隔閡。如果心理的負債，能夠像獎學金那樣償還的話，薰就會覺得很自由吧。

意識到從藏人時代到第二代都依靠著常磐家的善意，於是薰變得卑屈。就在葵不在家、沒有欺負他這個養子的兩年期間，更讓他感覺到負債。葵的挖苦或是戲弄反而讓他中和了卑屈的心。他只要遵從葵不合理的要求或命令，就可以逐漸償還心靈的負債，這樣他就可以自由了。除了葵以外，沒有人要求薰要償還。這樣對薰是很殘酷的。不過，父親、母親和杏樹沒有人發覺。

3

薰到了十八歲，整個人都改變了。至少在杏樹的眼中是這樣認為。在他很熱衷地將詩送給遠在美國的不二子的十七歲之前，他的臉上看起還很幼稚，他努力的意志很清楚地顯現在他的背部肌肉與聲音中。長長睫毛下的黑眼睛凝視著另外一方，充滿著憧憬，心神不寧，身體不斷地在動。

不過這些都是虛張聲勢。他突然由動而靜慵懶地橫躺，原本對詩或音樂充滿熱情，也突然變得什麼也不想做了。他原本有一點圓潤的少年臉頰憔悴了，原本是一直凝視著人的眼睛，也變成無精打采的斜眼，他很少在日光下曬太陽，沒有青春痘或擦傷的皮膚如蠟。杏樹很擔心他的身體是不是出了問題，詢問「你好像做什麼事情都不起勁」時，他立刻就背向杏樹。

杏樹有種不吉利的預感，看到弟弟有時候毫無做作的表情或動作，杏樹的胸口不由得激烈跳動起來。有時候杏樹還停留在薰八歲時露出那張害怕的臉之記憶中。拒絕姊姊理解，看起來越發孤獨，十八歲的薰變成了好像是突然闖進常磐家的外星人一樣。而且他是那種令人打寒顫、美麗的外星人。

薰還是以和往常一樣的口吻跟杏樹說話。杏樹在面對薰的美貌時，發覺自己很緊張，而且在意識到和薰沒有血緣關係時更加緊張。

即使薰開始唸書，他沒有唸到最後一頁就放棄了。坐在鋼琴的前面，也只是把手指放在鋼琴上，卻沒有讓樂譜注入生命。簡直就好像是已經演奏完畢，在打發悵然若失的時間。

杏樹認爲人一定會有無爲的時間。就好像幼蟲變成蛹，然後變成成蟲。

有時候，父親茂從遠處眺望薰的背影，不禁告訴杏樹：

「薰越來越像藏人。」

杏樹曾經在照片看過三十幾歲的藏人。她覺得和十八歲的薰沒有什麼相似處。於是父親更加確信地說：「不！薰畢竟是藏人的兒子。」

「因爲我知道活著時藏人的一舉一動，所以我知道。連他拉耳垂或是兩手交叉碰觸額頭的習性都很像。妳認爲那傢伙爲什麼要這麼做呢？因爲他正在凝聽靜謐。」

很不可思議的，父親早就過世，應該不可能模仿其動作的，爲什麼還能夠有相同的癖好呢？

「薰也十八歲了嗎？藏人完成世紀的大戀愛是在十七歲時。」

杏樹對於第一次聽到的話，忘了隱藏好奇心，她纏著要父親說。

「如果是戀愛的話題，不管有幾個妳都想聽嘛。薰已經十八歲了，也應該要讓他聽到那個故事了。如果再不說出來的話，它就會變成被遺忘的故事。不過，在我說之前先要約定好，絕對不可以輕易告訴別人。」

父親爲了愼重起見，把薰和葵也叫來，和他們做好相同的約定，於是就忠實地將他從藏人那邊聽到、有關野田藏人與松原妙子無法完成的戀愛之始末告訴他們。

最初，薰一付沒有什麼興趣的樣子，等到麥克阿瑟不斷出現在故事的段落中時，他才睜大眼睛，頻頻舔著嘴唇，拉著耳垂，一字不漏地聽著茂陸續說出來的故事。

談到故事的結尾時，茂說或許是自己畫蛇添足，他加上了自己的感想。

藏人就像是《托斯卡》歌劇中的獨唱曲，「爲歌而生，爲戀愛而生」。不過，他那時候的感情眞讓人羨慕。在十七歲時就完成了無人可以模仿的事情。十七歲的青年竟然敢和麥克阿瑟的戀人私通……我認爲足以匹敵百米游泳自由式破世界紀錄的情形。

茂的眼睛濕潤，他說：「我不要再想了。」這已經是三十年前的戀愛故事了，而且又是過世十多年的朋友的故事。爲什麼茂在告訴薰之前都無法忘記呢？出生與成長、及所聽到的聲音與接觸迥異的朋友之回憶，深深地刻在是資本主義忠實者的自己之心中。如果沒有藏人的回憶，茂就不可能有現在這種人生的選擇。遇到藏人，使茂窺視了音樂的另外一面，相信戀愛不滅，而且朋友也變成他崇拜的對象。雖然薰不知道，但是茂以扶養藏人的獨生子薰來表示他對藏人的尊敬。

葵對薰報以微笑，點頭笑說：「你是不知該怎麼說他的男人的兒子，」然後用力拍打他的肩膀。

就在自己出生的遙遠以前，和自己完全無關的戀愛，有可能將影子落在現在自己的身上嗎？如果戀愛是一種遺傳病，那麼薰確實也承受了基因。杏樹有種預感，薰也會爲歌而生，爲戀愛而生。薰再度燃起對太平洋對岸的不二子之熱情。

4

薰解散樂隊。之前爲彌補不二子不在身旁，他不斷爲她寫詩並塡上音符。現在他捨棄這種風格，開始摸索如何用音樂來描寫感情變化的新手法。他將爲他甜美的詩和歌聲著迷而群聚的歌迷棄之不顧，自己避居在別的世界裡。那裡沒有歡呼聲，也聽不到大聲急呼聲，只是個沒有化妝品味道跟絢爛色彩的寧靜世界。受薰的詩和歌吸引的女孩子們約他出來，想要吸引他的關心，或是寫信給他或打電話，甚至來到他家的門口。但是，能夠進入他寧靜世界的只有一個人。

那就是一個突然出現、名叫伊能篤的朋友。他是薰高中時候的同班同學，除了下嘴唇凸出以外，在外表上沒有什麼特徵的男人。可說是個不顯眼的男人。原本薰所到之處那裡都變得很開朗，但是在伊能出現後，那裡就會變得很黑暗。別人對於他們兩個的組合投以異樣的眼光。他不理睬競相施展魅力的女孩子們，然後和這個朋友交往，他到底是何方神聖？

當杏樹詢問他時，薰以很奇怪的方式來介紹。

「伊能在全國共同模擬考試中，三次都得到第一名。」

再詢問他爲什麼和他開始交往時，薰好像已經事先想過被詢問時該如何回答，立刻毫不猶豫地回答：

「事實上，能改變法律和社會的人，就是像伊能這樣的男人。最初一群頭腦敏銳的人，依據已經立案的設計圖，然後來營運這個國家。伊能一定也是他們集團的一份子。因此我和他交往。當革命興起、戰爭開始時，官僚依然是爲權力者來畫出設計圖。反之，能夠在革命戰爭裡或背後拉線的人是官員，而現在就將能夠變成官員的傢伙洗腦的話，我認爲這個國家就會比現在稍微好一點。」

從他只露出一半微笑的笑容，卻說的頭頭是道，令人很難以相信薰眞的就是這麼認爲。於是，杏樹又找別的機會暗中詢問伊能，爲什麼他和活在詩及音樂中的薰交往時，伊能也是毫不猶豫就回答：

「因爲薰有和一般人非常不一樣的地方，所以對他深感興趣。」

他不知道這樣的說明到底是要說什麼，於是又歪著頭換另一個說法。

「他有憤怒和悲傷的力量。具有比任何人都能忍耐無聊的才能。因此，他要尋求比別人加倍的喜悅和快樂。我就是被薰這種坦率的態度所吸引。他一直在感情上是正確的。如果感情全部都變成行動的動機，那麼他也可以讓別人有正確的行動動機。我就是缺乏像他這樣強烈的感情。我雖然能夠說明社會上一般所發生的事，但是卻無法理解其背景下的感情。表面上大家都相信人們的理性可以改變社會，事實上是感情的糾葛改變了社會。沒有人知道因困擾而產生屈折的感情到底該何去何從。不過，薰卻能夠感受得到。」

薰的確生活於感情中。只要在他的身邊，任何人都會被捲入那種鮮明的感情中。只要薰在場，房間就會變得很明亮，就是因爲這樣的關係。伊能想要在薰身上尋求的就是感情的力量。而薰要追求的似乎就是伊能所具備分析的知性。他們兩者一定是尋求互相欠缺的東西。所以他們兩個之間無法再插入女孩子。

兩人半開玩笑半認眞地談起「革命」。而這個詞早就已經變成是不使用的語言。而且，他們打從一開始跟本就不相信共產黨或左翼過激派曾經倡導的那種革命。

伊能認爲革命是自然發生的。他模糊地思考著二十世紀的事情。二十年的社會劇烈地改變了社會的經濟與價値觀。不過，由於變化很緩慢，所以很難意識到。二十年間改變的社會要在一年內硬把它改變時，不管是誰都可以意識到，那就是革命。如果二十年後沒有發生革命時，那麼也會招致相同的事態吧。強行革命後，一定會有反作用。革命就會空洞化，舊有的權力就會復活。或者是革命政權本身就會保守化。事後來看，突發的革命只是招致流血，以及只是把設施破壞的損失，而且支配者輪流交替而已。不過，即使沒有革命，經濟也會不斷的變動。相對的，社會也會變動，價值觀也會改變。這麼一來，革命只不過是滿足人類破壞行動的一種儀式罷了。

那麼眞正的革命是什麼呢？

如果預想是二十年後的未來和現在之間的變化，爲了不讓它像我們所預想的未來那樣，個人須作一番努力。而且，應該是模範的美術家。

薰很高興地聽著伊能對美術家所蘊藏著一種朦朧的憧憬之分析。而且他將亡父藏人與應該要負起革命的美術家之形象重疊。

透過與松原妙子的戀愛，或許藏人才是無意識想改變這個國家未來的革命家。原本其革命就和戀愛一樣無疾而終。不過，站在一時之間能左右這個國家命運的微妙立場上，隨著感情行動的藏人使兒子薰的感情地殼產生變動，變成新的山隆起。

薰還和一個杏樹無法理解的人繼續交朋友。他也是常來常磐家、肉店老闆的兒子花田貴志。不知道爲什麼花田貴志也和薰締結了孽緣。從小學時代、國中時代起，薰的身邊就聚集了很多適合他的朋友。不知道爲什麼，他就偏偏和花田十多年來都是朋友，杏樹實在不了解其理由。

花田小學畢業後，就去學生逐年減少的當地公立國中上學，不久後就進入在柔道大會中揚名全國的高中，也變成能夠出場大會的成員。之後，因爲和柔道部的顧問起衝突而向高中辦理退學手續，直接進入相撲房。

接受校際大賽新弟子的檢查，他的名字沒有列入入幕力士的相撲賽。薰邀請伊能一起去看花田三戰三勝、變成相撲第一等級的初賽。光頭邁入比賽場上的花田，他所呈現出的肌肉比其他的胖子更結實，說他是相撲的力士，倒不如說他比較像摔角選手。那一天，他一站起來交手，兩秒間就贏得了他那值得紀念的第一場勝利。

薰送給花田第一次勝利的賀禮就是電子計算機。然後他說：

「這是為了讓你計算之後幾次勝利就會出現在電視機上用的。」

或許是因為薰的這一句話，讓原本進入不同世界、逐漸疏遠的兩人更加接近了。花田因為自己完全沒有通知薰，薰卻來看他的第一次比賽，所以非常感激。就在第一次比賽後的兩個星期，花田回到父母親的身旁，突然來拜訪常磐的家，詳細說明自己之所以會站在比賽場的始末。

一開始他並沒有想要在眾人的面前露出屁股。但是因為顧問說：「你的柔道沒有品，」他回答：「只要勝利有什麼關係，」結果卻被責備，遭到禁閉處分。或許就直接變成是轉向相撲世界的動機。因為花田想要更單純的生活。

「簡單地說，我就是想要當世界上最強的格鬥家。」

花田認為在有限的格鬥技巧中，相撲是屬於最強的，如果在這個世界上能夠發揮自己的實力，那麼就越能證明自己是世界最強的。他意氣風發地說，在自己光頭上的頭髮長到可以結髻之前，他的目標是朝向二級力士，排行進入力士名次表。

花田和伊能一樣，都是沒有感情的男人。他們都是不加思索就猛力向前衝，除此之外沒有其他表現的手段。但是因爲只是想要變得很強壯的單純欲求，所以他們忠實地讓肌肉來表現。除此之外，花田想要磨練沒有任何目的的純粹暴力。當然，暴力與那種需要細膩計算的技巧互爲表裡。能針對花田的暴力給予感情的只有薰。是薰讓花田沒有感情的肉體和伊能沒有感情的知性有了喜怒哀樂。

透過聽憑感情變化的男人之媒介，肉彈跟大頭見面了。他們三人所交織成的關係，只是爲了他們所夢見之奇特的未來效力。

花田在一年後排上力士名次表，邁向二級力士前進。原本都是用本名花田去出賽的，現在他所屬的團體希望他能另外取個好聽的藝名，父母親也都能接受，而花田則希望由自己來想出藝名，於是提出申請，結果也獲得大家的同意。於是他拜託薰和伊能幫自己取個力士藝名。

在國技館的廣播中，都會向觀衆告知出現在比賽場上力士的出身地。花田是難得一見、來自東京住宅區的力士。一開始他想要取的是與東京有關的藝名，於是三個人絞盡腦汁。

薰說東京最高的山是雲取山，伊能說流過附近的河是多摩川，而花田則說：「我想要感覺更恐怖、更顯目的藝名。」於是，伊能就從鐵路的站名或地名開始列舉能夠使用的名字。

例如：惠比壽、代官山、東中野、西日暮里……。突然間他靈光一現，不由得大喊：

「自由之丘很好。」

花田忽然給伊能一巴掌，說：「我才不喜歡那種誇大其詞的名字。」

這次由薰以令人覺得「不舒服」的東西爲題來取名字。例如：焦躁之海、憂鬱谷、癌山、冥河、淹死鬼、阿彌陀佛……，花田也給薰一巴掌。

「我不是病人、也不是死人啊。你們在開玩笑吧。」

「那麼，我們就來想個簡單又有衝擊力的名字吧。」

伊能不想拘泥於地名或是車站名。等等力、大岡山、九品佛、二子玉川……，當花田呼吸急促時，伊能立刻抱頭噤口。薰接口說：「我想替你取個有花字的名字。例如花見月、花椿、花屏風、花都、鳳仙花、彼岸花……」花田雖然沒有揮拳，但嘟嚷著說：「我是踐踏者，我討厭被踐踏。」伊能小聲說：「我覺得花之都很好啊。」花田根本就不予理會。「那麼，這樣如何呢？」薰列舉與動物及昆蟲有關的藝名。黃金蟲、甲蟲、蟬丸、都蝶蝶、虎穴、九頭龍、牛殺……。花田顯然相當不滿。伊能對牛殺這個詞有反應，立刻脫口說「肉之花田」時，薰不由得爆笑，花田快要停止呼吸，而伊能不支倒地。

「那就用我家店的名字好了。我已經不想要再拜託你們了。」

花田氣得握拳站立，想要踢椅子時，薰立刻說：

「坐下來！雲取山！」

瞬間，花田就變成雲取山了。很不可思議地，當薰這樣呼叫他時，花田似乎覺得從很久以前開始自己就是雲取山。雙親對這個名字似乎很喜歡。「爬到能夠摘雲的地方，也就能夠摘星。」於是從下一場比賽開始，力士名次表上就寫上了東京最高山的名字。

第十二章

1

「不擅長和朋友交往的薰，卻和那兩個人氣脈相通。問他爲什麼？他卻不知如何回答。只要薰在旁邊，大概伊能和花田就能從猶豫中解放出來。雙親非常擔心的秀才，經常獲得最優秀成績的伊能，飢渴於要活用他的知性。因此，他希望薰能夠利用他多餘的知性。這也是他懵懂地對革命懷著憧憬的方法。花田想要薰幫他考慮暴力的目的與使命。而薰想要借用伊能的頭腦和花田的肉體來完成其對少年時代的大復仇吧。如果站在一切都已經結束的立場來看的話，或許可以這麼說，當他們三個人在一起時，大家都隱約認爲和對方在一起一定會引起某種騷動。他們只能以破壞的幻想來排遣十九歲即將結束、令人無法開心的日子。因此，他們必須爲這種沒有什麼值得回顧的青春付上賭注吧。他們約定到時候要不惜提供彼此的頭腦、肉體與感情。」

「舊的、美好時代的友情……」

「或許就是這樣。不過，友情就像保險。有和沒有相當不同。薰因爲和他們交往，所以連和流氓吵架這種大膽的行徑也作過。」

「和流氓吵架？」

薰也有這麼男子氣慨的一面嗎？妳越發對父親的故事著迷。杏樹把過去遙遠的記憶喚醒，開始又講了另外一個被遺忘的故事。

「和往例一樣，這個故事和葵有關係嗎？」

「因爲葵一直就是一個麻煩的製造者。」

「是啊。他好像就是爲了製造麻煩而生的。」

對常磐家和常磐商事來說，那是個攸關存亡的危機。事件與葵和一個波霸女人有關。

現在已經去世的常磐商事第六代社長、常磐家第十三代家長的葵，是個波霸的崇拜者。他在美國留學期間，經常來往於服務生穿上空裝的酒吧。爲了新澤西州的波霸舞女，不惜大手筆呼朋引友來捧場。從那時起，葵就已經是那一條路上的狂熱者。甚至一天最高紀錄是埋沒在二十四個人、四十八個乳房中。顏色和形狀當然不同，而且她們的總容量都超過一千ｃｃ，最大的超過兩千ｃｃ。葵用摩托車的排氣量數値來計算乳房的大小。

回國之後，他對波霸的偏執依然不變，只要有空就會涉足銀座或六本木的俱樂部，評定符合自己喜好的乳房。然後又在模特兒公司或電影公司露臉。如果對方有推薦理想乳房的女明星，葵就會成爲他的贊助者。由於葵覺得日本製的乳房比美國製的乳房平均容量少，這點讓他很不滿意，於是更加失去了節制。而且葵似乎繼承了祖父淫蕩的血液，能夠證明這點的就是他每夜熱衷於追尋波霸。

「爲什麼他要這樣追求波霸呢？是因爲有什麼故事嗎？」

你有一種簡直自己的乳房也是他的對象之錯覺，不由得皺眉。

「因爲他認爲越大越好吧。男人們未完成的夢想就擠到乳房上。」

葵在回國後半年終於和接近自己理想的乳房邂逅了。已經沒有人知道那是如何完美的乳房。既然符合葵的理想，那對與少女天眞浪漫的臉孔不相稱的大乳房左右搖擺，像要彈出來似的非常有彈性，乳圈圓潤，而且必須是粉紅色。葵在某家電影公司社長的介紹下，認識一位叫美智代的波霸姑娘，已經有百分之九十符合他的理想。

葵不只是愛那個乳房，還把自己的面子也注入其中。

他想把美智代改造成日本第一的波霸姑娘。現在她的兩個乳房合起來不滿一千ｃｃ。顏色和形狀雖然無可挑剔，但是大小比美國製的遜色多了，因此他想要讓它膨脹到像哈雷排氣量的總量兩千ｃｃ的乳房。於是對她提出這樣的無理要求。就像祖父常磐久作對他在新橋的藝妓愛人之牙齒排列方式不甚滿意，於是讓她去接受矯正。而葵也打算要東施笑顰。

美智代毫不懷疑地認爲自己是葵的愛人。爲了愛人的話，即使是免費，她也願意接受讓巨乳變得更大的手術。不僅如此，她也相信葵酒醉隨口亂說的輕率承諾，認爲自己已經坐上了常磐家的錦轎。葵對美智代做了這樣的約定。

「如果妳的乳房符合我的理想，那麼我們結婚亦無妨。」

葵帶美智代去美容整形外科，拜託醫生進行各加入五百ｃｃ矽膠的手術。他跑了三家，三家都以同樣的理由拒絕手術。醫生的說法似乎是，日本的手術只能以每一個乳房放入三百ｃｃ爲最高限度。說是超過的話可能會爆炸。葵笑著說天底下會有這麼可笑的事情嗎？醫生滿臉嚴肅地說明：

「放入矽膠後，原本乳房的組織就會爲了排除異物而隆起，就好像是在有傷口的地方肉會隆起一樣。手術不久後，乳房就會出現硬塊。那時候就要忍耐著疼痛，不斷地按摩，讓組織熟悉矽膠，否則乳房就眞的會破裂了。」

葵還是拘泥著非得兩千ｃｃ不可。於是，他認爲還是要去美國的整形外科一趟，隆胸手術的專家在比佛利山開業，只要去那裡，不管妳要乳房多大它就可以多大。葵爲了嗜好不惜巨資，告訴美智代說要帶她去看好萊塢，於是兩人一起飛去洛杉磯。半強迫地要美智代接受乳房改造的手術。

手術成功了，胸部就像佩戴著導彈的狀態。那已經變成是凶器，一種發狂的行爲。然後葵問她：「妳狂喜嗎？」她有一點任性地說：「我好像生病了。」事實上，美智代的乳房如同受傷了。硬塊覆蓋整個乳房，使她腫脹到只要乳頭一摩擦到襯衫，就會疼痛無比，而且未曾有過重量的乳房也加重了背部的負擔。依照醫生的指導，必須要按摩乳房。但是葵光是把兩手輕輕放上去時，美智代就喊痛。葵還是毫不容情的指頭用力，她發出悲鳴把葵的手揮走。

「不按摩的話，這麼珍貴的乳房就會爆炸。」

她雖然同意葵的說法，但是乳房的疼痛超乎想像，所以她淚眼婆娑地懇求：「請在我能容忍的範圍內。」葵使用強硬的手段，他讓美智代喝酒，把她的雙手綁在床的欄杆邊緣，雙腳也綁起來，用布塞入她的嘴巴讓她咬著，然後上下左右從旁邊到中間開始搓揉乳房。美智代發出微弱的呻吟聲，不停地扭動身體，滿臉通紅，淚流滿面。葵很同情她，為了稍微緩和她的痛苦，於是慢慢地來回移動手指。

美智代以哭腫的臉對葵說：「我們早點結婚吧！」

2

葵絲毫沒有要和美智代結婚的意思。在葵的眼裡，似乎只有美智代的乳房，即使她是能夠讓疲憊的人痊癒、具有緩和緊張的魅力，對於葵所吩咐的事情都能夠誠實地遵照辦理，葵還是依然無視，只崇拜那對被偶像化的巨乳。並沒有承認美智代的人格。

雖然美智代發現葵一天比一天冷淡，還是相信葵的誠意。她堅信在手術後那麼拼命為她搓揉乳房的葵應該不會背叛她的。雖然葵曾經公開地說：「我不要和妳結婚，」美智代仍然認為那只是葵一時心血來潮，他一定會再找一個適合的時間向自己解釋。腫脹乳房的疼痛因此還沒有變成怨恨。

葵把薰召回。爲了要導正可能會對自己輝煌未來造成汙點的波霸姑娘之誤解，使她放棄和自己結婚的夢想，他陰謀策劃要使美智代愛上薰。於是他把薰叫到帝國飯店的酒吧，告訴他：

「你對波霸的女人有沒有興趣啊？即使不是有戀母情結的人，每一個男人都會想要有個豐滿乳房的女人。」

薰回答沒有什麼興趣時，葵還加了一句說：「我並沒有強要你喜歡我的興趣。」

「只是碰巧那個女人的乳房很巨大。只要你沒有問題的話，我希望你跟她交往。她是個模特兒，想要當女明星，二十出頭的女孩。」

「那照哥哥所說的，她一定有什麼內涵吧。」

「她既沒有內涵也沒有外表。我只是喜歡她的乳房，其他的性格或想法一概不喜歡。我只要她的乳房，其他的都讓給你。」

葵還是跟以前一樣，說話很露骨。薰只能以淡淡的微笑來回應。

「我沒有要你喜歡那個女人。只是要你讓她爲你著迷就可以了。你只要唱歌、跳動身體，任何女人都會垂涎的。你要運用你的聲音和臉蛋來協助常磐家的未來。」

按照葵的算法，只要美智代喜歡薰，無論如何就無法開口說要結婚，應該就能像現在這樣，甘心作供他玩弄的波霸女。喜歡上別的男人的美智代就會對葵抱持著愧疚的心。葵打算對美智代的變心顯示寬大的態度。等到薰達成他的使命後，就要立刻從美智代的眼前消失。

然後所有的事情就好像劍放回鞘裡一樣，船過水無痕。於是葵就可以和波霸繼續孽緣。

薰毅然拒絕葵要他當棋子去試探的做法。不過，葵好像事先已經預想到薰會拒絕，於是誇示他還有餘裕，說出了令薰出乎意料的事。

「我在美國見過不二子。」

已經好久沒有聽到由別人的舌頭發出來的名字。薰面無表情的臉上開始出現皺紋。

「我去拜訪住在波士頓、常磐商事的顧問時，打電話到她的公寓。我們一起去吃飯喔。五年不見了，她變得非常漂亮。說是非常懷念日本。我問她回國之後想要做什麼？你猜她怎麼回答？她說想要見朋友。我們也談到你的事。女人們好像都沒有辦法把薰棄之不顧。不過我告訴她薰的心中只有兩個女人。」

「兩個人？」

「是啊，就是你的媽媽和不二子兩個人。如果我要結婚的話，我認爲像不二子那樣的女孩很好。如果你同意的話，我要正式寫信到麻川的家。以結婚爲前提，請求對方同意我和麻川家的小姐不二子交往。」

葵是眞心地說出那些話嗎？他的表情讓人猜不出來。大概是謊話吧。即使如此，薰也就默然接受了。

「爲何去和不二子見面呢？」

「曾經住在同一個城市裡的夥伴，再度在異國的城市裡相遇，會讓人覺得奇怪嗎？」

雖然說不上奇怪，但總讓人覺得彆扭。能體會薰對不二子傾慕之心的人唯獨杏樹。兩個人一直魚雁往返，即使薰爲不二子寫詩，葵也認爲那一定是從杏樹那裡得到的點子。葵之所以去見不二子，不外乎是要對薰冷嘲熱諷。關於去見不二子的事，葵在回國後也完全沒有向薰報告，就是爲了當作是將來對薰下達不講理命令時的最後一張王牌。

「我並沒有打算要以你的心上人來和波霸女交換。我隨時都可以從不二子那裡抽身。只要你是我的夥伴。從前你就一直守護、不讓別人來偷窺不二子。從那時起我就知道你崇拜不二子。而且不二子也很想和你見面。」

「爲什麼我非得爲了不二子去欺騙那個波霸女呢？」

「那是因爲我吊兒郎當啊。我要是能夠擺平的話，哪還需要勞煩到你啊。如果討厭的話，不用過於勉強。好歹你去幫我和那個女的見一次面。光是去看那對乳房也就值回票價了。拜託啦。」

一方面守護著家聲，另一方面又讓自己陷入如此卑賤，語帶威脅又含著請求的口吻，就好像從巨乳所滴下的性愛味道。葵看穿薰會在心不甘情不願的情況下答應。

3

在等待的飯店內之咖啡屋裡，原本該出現的葵，卻由薰代爲出面。薰悶不吭聲地在美智代的面前坐下，點了點頭。不經意被驚動的美智代，以微笑來掩飾突然被驚擾的不安，她也點頭回應。在短暫沈默的片刻中，美智代凝視著薰的臉，嘟噥著說。

「葵呢？您是哪位？」

「葵不會來這裡。我是葵的弟弟薰。」

薰以炯炯的眼神注視著她，並且將有備而來的台詞順理成章的說出來。

「常磐葵是不會和妳結婚的。這份虧欠由我來償還。只要我能做到的事，不管什麼都請妳別客氣說出來。」

「事情怎麼會變成這樣呢？」對於提出這個問題的美智代，薰打算按照自己從葵那裡聽來的理由來傳達葵的想法。無論如何，都要讓美智代理解葵只對她的乳房感興趣的事實。

「這麼說就是想把我甩掉嗎？」

薰以低沈的聲音對那個以平靜、蒼白的臉向他求證的美智代回應：「是的，就是如此。」

「我該怎麼做才好呢？」

「不知道。」

「是要我去死嗎？」

「請妳別去死。因爲爲了葵去死簡直就是個笨蛋啊。」

不知道是不是戴上隱形眼鏡的緣故，美智代的眼裡滲出眼睫毛，而眼角泛出的青筋順著臉頰而下。她只能聽從第三者的宣告。而那個第三者無法理解自己的痛楚。因爲應該憎恨的人不在現場。於是美智子在衆目睽睽下放聲大哭。完全不知情的客人們，對薰投以好奇的眼神。薰代替只有自己從宛如戰鬥場面逃出的葵，送美智代回家，讓她盡情哭個夠，在能有餘裕考慮下一步該怎麼走之前，薰必須聽她傾訴痛苦。

回到了葵爲了和美智代進行淫亂遊戲而租來的公寓之客廳內，美智代一邊喝著薰爲她倒的酒，一邊向薰傾訴葵如何背叛她、讓她受到的痛楚。就好像是在唱演歌一般。

「葵是不是還有其他的女人？那個女的是不是擁有比我還大的胸部呢？葵一直都是這樣說的。他認爲胸部可以稱霸他的世界。他要我實現他的夢想。雖然我不應該去傷害父母所賜給我的身體，但是在他跪下來求我的當下我就知道該怎麼做了。我在手術之前是很在意自己的胸部如此巨大。那種模樣就好像叫別人都當色情狂來看我一樣。然而這副胸部如今看起來卻像變形般，走在路上大家都瞪大眼睛看著我的胸部。誰也不會瞧我的臉一眼。看來胸部的確是比我的臉還偉大、而且還顯眼呢。我一直被胸部支配著。即使只有一天也好，我眞想過那種不用在乎自己胸部的日子。你應該是不懂這種感覺的吧？你知道這胸部給我帶來多大的痛苦嗎？不只是覺得可恥而已，還相當沈重呢。如果要你在肩上或脖子上擔起二公斤重的秤砣看看的話，你就能夠理解那種感覺。如果光只是重倒還好，但卻是會痛呢。經過了十年、二十年，腫脹的胸部依舊，只有我逐漸老去。即使變成皺紋滿佈的老太婆，胸部依然像二十歲懷春的少女一樣。誰該負這個責任呢？現在的一切就好比走過一段無法再回頭的橋啊。雖然我多麼希望葵能夠照顧我的胸部一生。接下來我該怎麼辦才好呢？我不要只剩下變態的人把我當作交往的對象。我多麼憧憬平凡的婚姻啊。那個培訓公司的社長也嚇呆了。竟然說是哪有人把那裡弄得那麼大的啊？那樣的胸部連女人們也都會嫌棄。不但在工作餘暇時不受歡迎，而且早就該被當作是應景商品般銷售出去的。如果是你，你要怎麼辦啊？我對這副胸部充滿著悲哀及怨恨啊。」

美智代的恨意不斷地圍繞在同一件事上，在無盡的深夜裡綿延著。薰必恭必敬地盡著聽話者的義務，陪著她喝完剩下的酒，一心一意只等著她累到能睡著。

看起來美智代已經把所有的想法毫無保留地全部說出來。不過，似乎還不能說是已經信服了。她要是一個人自己獨處的話，大概哭著哭著就會睡著了。結果不讓她這樣做的第三者出現了。認爲美智代的胸部以別的含意可以當成是凶器的第三者展開了要恐嚇葵的復仇計劃。常磐商事的人壽保險部轉交了一封信給葵。雖然寄信人是以美智代所屬的藝能培訓公司之名寄出，但信裡面的內容一眼就看到有花田組組長花田清正的署名。

事實上，信中並沒有任何恐嚇的字句，僅有一成不變的季節問候語，以及祝福葵和美智代要共結連理。另外，還以演員美智代的將來及身爲企業家葵的成功爲主旨，以華麗的辭彙來形容將來兩人一定會致力達到衆人所期待的境界。在別人的眼裡看來，收到的是如字面般的祝賀信。但對於當事者的葵而言，很容易就會將如此恭維的信視爲是封威脅信。

花田清正這個人到底是從哪裡得知這件事的呢？這個男人究竟是誰呢？葵立刻透過在調

查部上班、是茂的心腹去幫他調查。意外地得知，竟然是薰的朋友、也就是進入相撲界的花田貴志之伯父。不知道是不是付給培訓班社長的遮口費太少，反正只要有一件事被黑道咬住，再來就不會是只有葵一個人的事了。不過，葵打算在父親知道這件事之前，讓薰把美智代當成是自己的情人，如此一來便和自己沒有絲毫瓜葛了。否則，在未來常磐商事的佈局上，會對於將和前景看好的銀行家之女兒結婚一事造成負面的影響。和黑道交涉的事情就交給薰，自己則和培訓班社長交涉，一定要拜託他徹底閉嘴。

葵再度把薰叫出來，說了以下這些話：

「你還記得我以前要你注意的事嗎？我不是告訴過你應該不要和親戚是流氓的同學交往的嗎。你還是和花田交往，對吧？那個花田的伯父打算恐嚇我。你要怎麼幫我呢？你透過花田去見組長，說自己是美智代的戀人。你已經和美智代上過床了嗎？如果還沒有，就趕快上啊。」

被花田組的事弄到一個頭兩個大的葵，根本不聽薰說的話，只是一味地責備他。葵早就忘記自己才是眞正的元兇，滿腦裡想到的都是長子要負起讓常磐家度過這次危機的使命。而薰決定默默地接受葵的命令。因爲薰心裡有預感，這將是自己最後一次對哥哥的報恩。

葵準備好從公司零用金內挪出本來用在防範不時之需的百萬資金，打算一找到培訓班的社長，就先發制人，先謝罪，然後說明非預期到的災難臨頭已讓自己陷入窘境。社長的主張如下。

成爲全日本波霸第一把交椅固然不錯，但是被葵拋棄，將來能選擇的道路就會變得狹窄，美智代正在思考未來該怎麼做才好。如果是一般人都認爲的大那倒還好，但是超特大的巨乳簡直就是完全白費功夫，今後只好在情色世界裡苟且偷生了。所以打算出個蒐主意，那就是若和企業家的第二代傳出醜聞的話，知名度會提昇，自然不單只有胸大會受到注目，連出版業界也會有興趣的。照這樣的條件來談的話，培訓班的出資者一個人就可以恣意爲美智代索賠遮羞費。甚至他還打定主意去和自己認識的組長商量。因此，事情越來越棘手。連自己也不太能掌控局面了。會不會變成醜聞，就要看美智代和組長的作法了。

偶然間葵和常磐商事的命運掌控在薰的手裡。如果薰沒有將美智代的事處理好，一旦和花田組發生任何爭執的話，葵就無法收拾局面，就會爲常磐商事帶來前所未有的危機。常磐商事包括社長在內，沒有任何人知道這件事，薰也不明白其中的道理。美智代的人工乳房比想像中的還貴。實在無法判斷這個問題能不能解決？以及該如何將問題轉個方向，變成沒有人哭泣呢？

美智代對於自己的人工乳房變成別人利用的工具，完全漫不經心。她覺得那是大人們需要煩惱的事，她現在所熱衷的只是如何計劃把突然出現在自己眼前的這個男人變成自己的戀人。那個男人參與美智代的失戀，說是爲了彌補，允諾要爲她做任何事。陪著美智代，聽她發牢騷，直到她醉了、睡著爲止，隔天早晨又立即不留絲毫痕跡、消失無蹤影的那個男人，能讓美智代稍有片刻忘記自己腫脹的胸部。美智代開始懷著甜蜜的心情，希望那個男人可以拯救不屈服於乳房的自己。那個男人的美貌讓美智代心猿意馬。雖然和葵是兄弟，簡直有天壤之別。

美智代邀約說是有事要問她而來拜訪公寓的薰：「我們去不是這裡的其他地方吧。」美智代讓薰搭自己開的車子，穿越TM河，朝向位在郊區的遊樂園。

薰還姓「野田」時，曾經和父親藏人、母親霧子三人來過那個遊樂園。雖然已是遙遠過去的事，卻宛如最近才夢到的事。那裡的確有一座白塔、一座滑雪台、飛越太平洋和美國軍艦作戰，以及零式戰鬥機的廢鐵任憑風吹雨打。薰坐在零式戰鬥機上，想起他曾對母親說過的話。

「眞希望我們三個人就住在這個遊樂園裡。」

曾經是停放零式戰鬥機的空地，現在卻被改成是快速滑行車的巨大高台。亞洲第一大的摩天輪和環遊世界的遊船都是自己孩提時代沒有的新設備。

「快速滑行車是爲了忘卻憂愁的交通工具喔，」美智代這麼說。

「所以才和你一起來搭乘啊。」

美智代挽著薰的手腕，一坐進快速滑行車內時，憂鬱夾雜著不畏懼的心，隨著盡情大叫幾乎都快嘔吐出來了。「你也跟著一塊叫嘛！」美智代這麼說。爲了一次又一次追求恐怖的刺激，他們不斷地改搭各種遊戲設備。就好像要確認對方是新戀人的感覺，她把自己的頭依偎在薰的肩上，然後把薰的手壓在自己的胸部。薰把美智代想像成是比自己大兩歲的不二子，盡情回味在已經十二年未曾來過的遊樂園所油然而生的甜蜜鄉愁。

在摩天輪的小覽車內，薰硬是被迫要將視線貫注在如導彈般的胸部上，不禁覺得呼吸因難，他喃喃地說：

「有人迷戀於巨乳，也有人用巨乳來敲詐。眞是造孽的雙峰。」

「你想怎樣呢？」

「我……認爲如果那對乳房能爲美智代的人生加分不知道該有多好。」

在薰面紅耳赤、結結巴巴說話的時候，竟然遭到美智代的反擊。

「你就像資優生一樣很會說話嘛。想到的完全是別的事。」

薰眺望窗外首都高樓大廈聳立的遠景，一再回味自己所擔任角色的功能。薰代替葵當美智代的戀人，而且必須避過流氓的恐嚇。

「要是哥哥跟大家說美智代是我的戀人的話，那麼萬事好像就會變得很順利。」

「薰！你在想什麼？」

「我在想不能被流氓當成小孩來騙。」

「那麼，你爲什麼要和我約會呢？」

「啊……爲了什麼呢？無非是爲了守護妳的雙峰啊。」

「薰也痴心於乳房嗎？」

「才不是呢。」

「不過，比起小乳房，大一點不是比較好嗎？」

美智代東聊西扯，直接就拿巨乳作為誘拐的大道具。自己乖乖地順從她的誘惑，就能忠實地演出葵塞給他的甜蜜劇本。

「我可以摸一下妳那充滿悲傷的乳房嗎？」

薰自言自語似地呢喃著。美智代則是浮現著微笑邊說：「可愛吧，」然後邊解開罩衫的第三顆和第四顆鈕子。薰戰戰兢兢地伸出手，胸部就迎面而來。薰如羽毛般地輕觸，手指滑入猶如深谷般的胸部。在那一瞬間，稍微帶著濕氣、隱約看見血管內浮現青筋的乳房，就好像大花草般擒住了薰的手指，不讓他抽出來。

「抓到了。」

美智代讓薰的手反覆地搓揉，並讓他在自己的腳跟前跪了下來。葵一定也是以如此的姿勢崇拜著美智代的乳房吧。薰一邊咬住嘴唇一邊微笑著，心想不如趁機問些重要的事。

「妳是眞的想和我哥哥結婚嗎？」

「到前些日子之前都是這麼想。不過，現在我已經不再迷戀他了。」

「花田組的組長都說了些什麼？是常磐葵打算怎麼做嗎？」

「那樣的事情不管如何都無妨吧。」

「美智代打算怎麼做呢?」

「想和薰一起離開去某個遙遠的地方。」

「這樣可以嗎?不管那些流氓嗎?」

「我好像愛上薰了。」

薰悄然地將被危險的乳房所挾持的手指一抽,如同被吸引似地,將鼻子插入危險的谷間。美智代緊抱住薰的頭,呼吸急促。

「薰,我們一塊逃走吧。總覺得這裡的一切都好煩人喔。」

薰也是同樣的感覺。薰的使命就是斬斷美智代對葵的迷戀,若是能在爽朗的明天讓美智代迎向其他男人,薰的任務應該就可以完成了。就這樣,帶美智代到處走走,刻下短暫戀情的回憶,然後讓她領取賠償胸部腫脹的撫恤金及分手費的話,那就再好也不過了。

兩人共乘的小覽車再度回到地面時,薰將美智代的罩衫鈕子鈕好,混雜著嘆息聲嘟噥著。

「我非得去見組長一面不可。」

「不要管他不是比較好?就讓葵和組長一起談話。薰又不需要出場。」

「或許吧。不過,我的哥哥是不可以和流氓打交道的。」

「所以呢?即使你不在乎的出去,也只會被裝到袋子裏啊。」

「如果被裝到袋子裡,也是我的事。不管如何,施展暴力都是會輸的。」

「你爲什麼看起來很高興啊。」

因爲薰有勝算的把握。

4

去見花田清正的最好方法是什麼呢？薰詢問伊能的智慧。伊能說：「應該要透過別人介紹最好，而且是花田貴志。」但是薰說：「花田應該是最後的王牌。」伊能說：「如果是這樣的話，應該把律師一起帶去。」「如果出動常磐商事的顧問律師，社長就會知道了。」最後，薰選擇了最無謀的方法，也就是充當葵的使者，單身去花田組的辦公室。

因爲距離很近，所以他比約定的時間提早五分到達，來到在新宿歌舞伎町的高級公寓，在大門前等待的時候，裡面走出來一個和薰同樣年紀的青年，問他有什麼事情。薰報上自己的名字，告訴他想要來見組長的事，於是對方帶他進去客廳。無言站在房間入口的男人們之呼吸聲似乎帶給薰壓力。有一個穿著看起來像有千鳥飛行模樣、格子花紋夾克、肌肉結實的中年男人從房間裡出現。呼吸慌亂的男人們一起低頭，薰也仿效他們的動作。在那個好像是組長的男人之邀請下，稍微坐在沙發上的薰自我介紹說：「我是常磐葵的弟弟常磐薰。」對方遞出名片，低聲告訴他說：「我是花田清正」。然後他們很快就進入主題。

「爲什麼常磐葵本人不來呢？」

薰抖落猶豫回答說：「因爲哥哥已經和美智代小姐沒有關係了。」

「可是不久前他們還在交往啊。」

「是啊，不過現在已經沒有交往了。」

「想要慌慌張張撇清關係嗎？」

組長笑時，他的組員們也跟著笑，薰也一起笑。當薰幾乎要說你不要笑時，組長嘆息地說：

「你來做什麼？」

「我是要來拜託您不要將哥哥和美智代以前的關係向媒體公開。」

薰從口袋裡拿出一張有組長簽名的信之影本。他想了解組長有何弦外之音，於是打開給他看。

「公開事實的是媒體的工作，和我們沒有關係。如果你想讓事實不存在的話，一定是有什麼樣的請求方法囉！」

組長在裝糊塗嗎？他突然語氣粗暴，採取讓薰很容易討好自己的態度。

「如果有失禮的地方我跟你道歉。」

薰很意外自己居然如此鎮定。他的本能告訴他，如果沉默的話就全盤皆輸。

「如果你也是常磐家一員的話，你應該知道吧。花田組和常磐商事有很深遠的關係啊。你的父親應該在這方面很有心得。就以這一次的事件來說，你的哥哥確實讓我們兩者的關係加深。我們是魚水相幫的關係。你知道嗎？既然你知道這件事的話，就必須爲了共存而互相努力。你哥哥好像誤解了，他如果是常磐商事的繼承人，就必須要重視我們在背後支撐的力量。」

雖然能夠理解組長所說的每一句話，但是組長在說有關係或共存時的眞意隱藏在背後。

「哥哥或我有什麼必須要了解的事嗎？」

薰盡量以謹愼的口吻、然後不損及組長的威嚴，表現出請教的態度。

「你哥哥好像繼承了放蕩的血液。此時最好是學會將放蕩束之高閣。總之，他把一個將來前途無量的女演員的乳房變成畸形了，所以他必須要賠償。」

「賠償就由我來做吧。美智代小姐也了解到這一點。」

「你說什麼？」

組長被氣到惹毛似的，突然改變成恐嚇的口吻。在這裡是不可以畏懼的。

「我想，賠償費是要付給她的。不過，花田先生爲什麼一定要扯進這個事件呢？我認爲這是美智代小姐一個人的問題啊。」

「你好像比你哥哥更有膽量。不過，你在這種場合未免多管閒事了吧。我是透過製片變成美智代的保護人。你如果輕舉妄動的話就會妨礙我們喔。現在立刻回家去問你爸爸。常磐如果採取把花田清正當作傻瓜看待的態度的話，會有什麼樣的下場，事情就不會像你所想像的那麼簡單了。」

「請告訴我我應該要怎麼做才好！」

站在組長背後的年輕組員就好像在抓老鷹似地抓住薰的頭髮，然後用力把他推倒。薰好像被翻過來的烏龜跌倒在地，然後出於反射動作地採取嬰兒的姿勢，睜開眼睛，準備下一次的攻擊。有好幾隻腳伸出來要踩他，薰猛力地緊緊抱住其中一隻腳，然後用力地咬小腿。組長大叫「停止」。瞬間客廳又恢復了只有呼吸聲的寧靜。

「你覺得什麼東西很可笑嗎？」

在組長斜視的眼中，薰看起來像在笑嗎？至少組長有所察覺，薰似乎有不畏懼流氓的特別理由。

「因爲我都是擔任將常磐商事以往所做的壞事漂白的作用。到現在爲止，我都是協助他們隱瞞惡事，不過，我隨時都能夠再回到正義的一方。葵的醜聞只不過是巨惡的冰山一角而已。」

「他做了什麼樣的壞事嗎？如果你打算要把惡導正的話請告訴我。」

「你這個乳臭未乾的小子還不明白嗎？你還上不了檯面。你問你父親常磐商事對政治家或官僚送出了多少賄賂？當從美國大量進口客機時，從買嗎啡到畢卡索的畫時，向舊貴族收買土地建飯店時，以選舉資金或顧問會等名目送出活動經費等，請不要忘記這些事情。在股東大會上能夠順利進行，想想這是誰的關係。當公司職員在內部告發，揭發了將精密儀器不正當輸出給蘇聯時，是誰把那個職員和地檢處檢察官的口封住的呢？堅持常磐商事信用的就只有我們啊。」

常磐茂打算把商社經營的內幕告訴葵，結果比哥哥先知道這件事的薰卻被逼進一個很微妙的立場。站在薰面前的是因爲資金而產生孽緣的花田組組長。或許薰的舉動會讓花田清正更加採取脅迫的姿勢。如果當場頻頻道歉，之後大人們去和解，爲了要讓花田保持沉默就一定要付出很多錢，而且確認這個孽緣不會毀滅。薰原本就不應該來這裡。

「你是說我應該保持沉默囉。」

「是啊！你還是野雞。只要不叫的話，就不會被攻擊。」

薰看出了花田清正脅迫中有矛盾的地方。如果花田舉發常磐商事的醜聞，那麼花田組也會受到醜事的牽連一起問罪，然後同歸於盡。如果要切斷孽緣的話，必須要有受傷的覺悟，然後切掉另外一方。花田認爲常磐沒有這個覺悟，所以目中無人。如果葵來到這個現場的話，他是會表現出多麼狼狽的態度呢？常磐家的傷就會變成是自己的痛，而常磐商事的損失也會是自己的被害，知道這一點的葵，是不是就會聽憑花田清正的擺佈呢？不過，常磐家的神經沒有通過薰的肉體。薰對常磐家的危機完全沒有現實的感覺。因爲花田威脅的是常磐不是薰。

「我明白了。我會照花田先生說的告訴我的父親和哥哥。這樣可以了嗎？」

「你的工作就是這樣子而已。」

聽到這樣，薰立刻站起來，把呼吸慌亂的男人推開，走到靠近出口兩步的地方。向組長點頭致敬。

「實在很抱歉。我要告辭了。下次來的時候，我會和雲取山一起來。我不喜歡爲了常磐家而被毆打，所以我要讓雲取山來保護我。」聽到雲取山的名字，組長的表情出現陰霾。看到這個情形，薰把手放在門上，調整一下立刻就可以逃走的姿勢，然後把自己的想法忠實地說出來。

「我和父親和哥哥都是站在不同的立場，我和常磐家與花田組的孽緣沒有關係。常磐商事會採取什麼作法不是我所能知道的。」

聆聽薰說話的組長之眼睛變成三角形。薰察覺一秒都不能久待的氣氛，於是滑向門邊，全力逃走。

5

很快地花田清正要求要和常磐茂見面。最近五年來常磐商事經營得很順利，股價也很安定，所以沒有花田組趁虛而入的機會。薰認爲兩者的關係很快就會消滅了。不過，薰的解讀過於一廂情願。因爲花田組一直在等待著關係復活的好機會。

茂把薰和葵叫來，要他們說明事情的來龍去脈。還沒有聽他們講到最後時，茂托著頭呻吟。

「眞是咎由自取。要如何處理才好呢？」

花田組無論如何都要出來干涉和阻止葵結婚。薰不知道葵已經和常磐商事主要來往的都會銀行之董事長的女兒正在談論婚約的事情。尤其是美智代的事情如果沒有處理好，將兩個人的關係埋在黑暗裡，那麼這段婚約就有破裂的危險。即使薫能夠巧妙地處理美智代的事情，可是問題在於美智代的巨乳下垂，如何才能封住花田的嘴？要讓花田沉默的話，必須要付上天價。

花田組妨害了常磐商事和都會銀行的蜜月演出。準備為葵和經營基礎有關的銀行做好聯繫、確保其繼承人地位的茂，他想要切斷前一代久作時代所製造出來與暴力團體的聯繫，然後遠離花田清正的殷勤。

戰後有一段時期，流氓和商社都是生活在同樣廢墟中的同伴。由於對占領軍不服輸，因此意氣相投。大家以假聲唱和著與季節無關的標語「鬼畜米英」。前一代的久作為了在財閥解體、農地改革後能夠生存，於是需要和流氓合作。常磐久作為了要使面臨十九個經營危機的常磐商事重生，需要吸收占領軍的需要，然後使各商店和基地之間的管道能夠變寬，他和花田組共同將取自占領軍的堆積品盜賣。常磐久作因為想要將被占領軍分割的自己公司之股票或財產，藉由和占領軍的需求與供給產生連動，然後一舉使傷口愈合。雖然是因為麥克阿瑟害常磐商事解體，但是要達成財閥復活的目標，需要與占領軍的聯繫變成強力的後盾。常磐商事要驅散自己公司以外的其他商店時，花田組可說是常磐商事的私設軍隊般活躍。

常磐商事也將農地改革時佃農所獲得的土地全部買下來。因為他預料戰後會對住宅區需求殷切，在首都近郊的農地一被解放的同時，就展開了激烈的買賣競爭。此時，花田組也忠實地回應常磐久作對他們的依賴，對於暴力收買農地頗有貢獻。

關於在廢墟與黑市時代的財閥與流氓的蜜月情形，常磐茂記得在年輕時曾經聽花田組的上上一代組長說過。不過，廢墟和夜市變成高層大樓，由於業界的洗鍊，於是以遊走在法律成規以外世界的私人信用為糧食成長的企業因運而生。結果就產生齟齬了。在久作生前，常磐茂就已意識到在自己這一代就要跟花田組斷絕一切的關係。

當花田清正脅迫他們恢復關係時，茂原本打算要斷然拒絕的，但是擔心他們的報復可能會影響到葵的婚事。越來越窮的他們，也覺悟到非要揭開常磐商事過去最惡劣的事態不可。如果累積遮口的活動費，就可以更新兩者的孽緣關係。附帶說明的，就是花田清正對薰的態度非常生氣。因此，要讓花田組保持沉默的話，需要的金錢還要增加兩成。傷了組長的自尊心，到底薰是怎麼樣的神經啊。

無計可施的茂首先詢問葵的意見。葵只會對花田組的殘忍忿忿不平，一點也沒有反省的意思。他說：

「只要把花田清正殺死就好了嘛。」

「你倒蠻像花田組的嘛。」

吃驚之餘，茂只能嘆息回應。「薰！你到底打算怎麼樣呢？」茂不抱期待地詢問他的意見。

「把花田組當作常磐商事的子公司就好了啊。」

爲什麼他會有這樣的想法呢?茂覺得有點出乎意外,一時詞窮,不由得笑了出來。等他收起微笑後,覺得或許這種作法會比殺死清正可行性更高。「我想再稍微聽一下你的意見。」在茂的催促下,薰繼續說:

「歌舞伎町的辦公室很髒,而且部下很少,顯然流氓的生活越來越艱辛。因此,我們可以拜託他,在不傷害到清正先生自尊的情況下,將他們解散,然後讓他們當我們的子公司之類的。可以讓他經營酒家啦、主持俱樂部啊,或是電動遊戲中心等。我們只要出資,這樣一來常磐商事和花田組的傷痕就可以解除了。如果他們經營失敗,我們就可以毅然地把他們割捨丟掉。他們經營夜總會的話,哥哥就可以在那邊玩弄波霸女,他們應該會保守所有的秘密吧。」

「有這麼容易就可以籠絡的流氓嗎?」

除了把美智代的乳房變大之外、什麼事也沒有做的葵當然不認爲說服是自己的工作。

「我去說看看好了。只要仁盡義至的話,清正應該不會說不的。葵!你也要跟我一起去低頭道歉。」

「薰!等所有的事情解決之後,美智代要還給我喔。」

聽到葵這麼說,茂氣得七竅生煙。還沒有受到教訓、還是要追求巨乳的葵,茂不由得一次賞他兩個巴掌。

「你把這個世界看的太容易了吧。」

葵流著鼻血，眼睛稍微往上看了茂嚴峻的臉孔一眼後，就走出房間。茂改盯著留在房裡的薰的側臉說：

「薰！我不太了解你。你看起來是一副飽讀詩書的臉，爲什麼會突然做出這麼大膽的行動，模仿單槍匹馬去清正地盤的做法呢？」

「因爲哥哥叫我去啊。」

「我沒有聽過這種事。你未免過於無謀了。或許還招惹了最惡劣的事態。現在清正來了。他說如果輕蔑我的話，你們的兒子就會見血。他尤其指名說你，如果我不對薰加以制裁的話，他就要代爲制裁。到底你說了什麼啊？」

「我說個人的問題就不要說出來。我要離開的時候，說我不知道常磐商事會變得怎樣。」

「喔！我越來越不懂你。」

「我是要讓清正聽起來是只要花田組和常磐商事一起自殺就好了。事實上我想要說的也是這樣。」

「你要和流氓吵架嗎？」

「如果我不這樣說的話，那些傢伙會越來越無法無天。如果抓住常磐的缺點是他們一貫的做法，那麼我也只能掌握他們的弱點。」

「你就是都不站在任何一方囉！」

「是啊！不這樣的話怎麼能籠絡清正呢？」

「你知不知道這樣你的處境會越來越危險耶。你想死嗎？」

「反正都是死，人的死亡率是百分之百的。」

在花田組的辦公室被威脅，薰滿腦子想的都是完全無關的事情。

如果自己罹患瀕死的重症，或許不二子就會回來了。

薰沒有必須要負重傷的理由。然後他也沒有抱持這樣期待的根據。那只是薰的一個祈禱罷了。當自己在生死一瞬間時，不管不二子在哪裡，只要她能表達眞意，基於信任，他可以忍耐不二子的長久不在。薰對亡母和父親也是抱持同樣的信仰。他們都生活在夜晚與早晨的夢中，不斷地守護著自己。夢中死者和生者是沒有區別的。薰在夢中奉獻祈禱的唯一生者就是不二子。

冒著危險的報酬，如果是能夠見到不二子的話，就沒有什麼可以害怕的了。只要相信不二子，薰在夢境以外也是個勇者。

以某種意義來說，或許薰想死。在還沒有死之前，冒著身體的危險讓他開始覺得有種快感。置身在危險的場所，很鎮定地觀察周遭。眼睛補捉空氣的流動，甚至耳朵打開聽到所有的聲音。時間一延長的話，空氣就會變得很濃密，所有的一切都會緩緩地滑動。然後在冰冷或汗乾了以後，從讓自己害怕的東西中解放出來，身體覺得非常輕鬆。薰從少年時代開始就常常無意識地玩弄那種快感。越接近死亡，意味著亡母越靠近自己的身邊。因此，現在讓他有同樣快感的來源就是不二子。被清正挖苦時，他想的也是不二子。身陷那種危險的處境也就變成一種快感。

「你討厭常磐家嗎？」

不知道是不是察覺到薰心中的想法，茂詢問他。

「我感謝常磐家的人啊。因此我才想出用我自己認爲是最好的手段。我做錯了嗎？」

「不，你沒有做錯。不過，如果葵去見清正的話，如你所說的，他就會掉進清正的陷阱。之後的事我來處理好了。不過，花田組的組員中有人很恨你，爲了保護你的安全，你不可以再胡來。」

「那要對我如何處置呢？如果不採取讓清正能夠同意的懲罰是不行的吧。」

「你好像是在講別人的事的樣子。你想要接受什麼樣的懲罰呢？」

茂打算給他稱作懲罰的褒獎。「那是爲了安撫清正的怒火，做做樣子就可以了。」不過薰脫口說出令人意料的話。

「那就和我斷絕父子關係吧？」

「只要形式上就好了。」

「光是形式上是不行的，要眞的斷絕父子關係。」

「你在說什麼啊？沒有必要這樣吧。還是說你想要跟我斷絕關係呢？切斷親子關係嗎？」

薰默默不語。沉默表示「Yes」。

「你沒有可以去的地方吧。你想去哪裡呢？在事情冷卻之前要去國外避避風頭嗎？在美國大學生活如何呢？好！就這樣做。表面上只要把你放逐就好了。那班傢伙也不會爲了揍你追到美國的。」

薰想了一會兒，下定決心毅然決然地說：

「謝謝您。就這麼做吧。」

6

花田清正和常磐茂兩個人面對面，他挽著雙手沉吟一會兒。剛才茂跟他說要成立暫定爲清正股份有限公司的計畫。組長變成社長，組員變成社員，他們所要應付的是營業成績，採取薪水制。常磐商事提供資金給清正股份有限公司，保有百分之五十的股票。主要是以從事不動產買賣、居酒屋或經營俱樂部爲主，採取單獨核算方式。

清正說：「從來沒有聽過流氓和商社合併的事。」不過，這不是合併，是徹底的支配關係。到現在爲止，都是花田組威脅常磐商事獲取不當的顧問費。顧問費是不能記在帳簿裡的活動經費，所以只是損失而已。不過，如果把活動經費換成投資清正股份有限公司的話，那麼他是第一大股東，負責監督經營，也可以期待利益。這是將在陰暗者拉下陽光下能夠封住惡的方法。清正一旦接受資金，移向獨立法人時，意謂著常磐商事掌握了法人的命運。茂沒有讓清正領悟到這一點，只是叫他冷靜地體會花田組的困境，以及好好地盤算作爲法人的地位，然後希望他這個提議清正能夠點頭同意。

三天後，清正同意卸下花田組的招牌。

薰的任務還沒有結束。雖然茂要他從這個事件中抽身，不過他必須要盡一點禮節，所以又再度拜訪花田組的辦公室。如他之前所預告的，他把雲取山帶來了。披頭散髮沒有刮鬍子的雲取山，穿著牛仔褲配著皮製的短上衣，看起來不像力士倒像是花田組的年輕小夥子。清正從茂那裡知道他的姪兒雲取山和薰是好朋友，於是對這個逆觸自己神經、乳臭未乾的小子改變了態度。

薰深深地低頭爲前幾天的不禮貌道歉。然後告知自己已經被父親命令到美國冷卻頭腦的情形。雲取山抱著薰的肩膀，跟伯父表示他們的友好，他說：「葵是個很爛的男人，可是這個傢伙不一樣。」

「這傢伙一個人來見伯父。也沒有要我美言，也沒有要我一起來。他打算全部由他一個人來扛起責任。伯父！這傢伙很適合作流氓吧。」

盯著薰的清正，斜視的眼睛裡面含著笑意。

「這傢伙是搗壞花田組的小鬼。貴志！你竟然和這麼出乎意料的傢伙交往。」

結果清正任憑薰的擺佈。如果是眞正的流氓是不會這麼快就決定要解散的。不過，讓清正收起組織的決心卻是源自他的姪兒雲取山。對於茂的提議，最初是採取頑固拒絕的姿勢。當清正和在相撲土俵上正要出人頭地的姪兒談及時，結果宛如忘了要堅持己見，他開始猶豫不決。清正的腦海裡突然閃過「流氓的職業或許會影響到雲取山的出人頭地」。在薰去見清正之前，他就已經盤算好要讓雲取山是解決問題的最後王牌。在雲取山還沒有發覺之前，就被薰利用了。不過，不曉得薰是不是爲了打算減輕他的罪惡，於是以開玩笑或是認眞的口吻跟他締結了約定。

「不是要花田組從此沒有了。只是歇業而已。等你雲取山退休之後名字恢復成花田，那時候你就可以讓花田組復活了啊。而且那時候我也會加入你們的。」

薰認爲雲取山似乎也將兩人之間的約定向清正報告了。清正不禁咋舌說：「這傢伙對任何事情都用開玩笑的口吻來說。」然後，他確認了薰的眞意。薰說確定雲取山的意思才是最重要的。雲取山說：「我怎麼樣都可以啊！」然後詢問清正。

「您有聽過相撲的大關（**註：僅次於最高級相撲力士「橫綱」的稱號**）變成流氓頭目的事嗎？」

清正交互凝視著薰和雲取山，說句：「沒有聽過這樣的話吧！啊！沒關係啦！」然後就叫屬下準備杯子。

「花田組要進入冬眠了。在我還是組長的時候，就和你們乾杯吧！」

雲取山笑嘻嘻地在薰的耳際說：「眞有你的。」「啊，沒有什麼啦。」薰態度平穩地說。他的態度又讓清正非常驚訝，於是叮嚀地說：「等一下我們乾完杯之後，就不許你背叛了。」

「我知道了。」聽到薰的回應，清正嚇唬他說：「這個傢伙根本就不在乎花田組的復活。」

又嘟囔著說：「你到底是不是常磐的兒子啊？」薰以正經的表情淡然地說：

「如果我接受你的杯子之後，你就可以把常磐的兒子當作人質了，這樣你還不安心嗎？」

清正向雲取山確認說：「貴志！你知道你的朋友到底在想什麼嗎？」當雲取山回應：「不知道」時，突然間清正就笑出來了，然後告訴薰：

「你這個好小子啊。我會告訴我的屬下不要對你動手。如果你有捲入什麼麻煩的事，一定要告訴我。」

清正已經收起了他的怒火。

7

為什麼薰想要被斷絕父子關係呢？

茂把杏樹叫來，告訴她薰拜託父親和他斷絕關係的情形，希望杏樹去試探看看「薰到底在想什麼呢？到底想做什麼呢？」父親認為，如果面對著杏樹，薰應該會把他隱藏在內心深處的皺摺打開來讓她看吧。

杏樹選了一個萬里無雲、晴朗的日子，說是關在家裡面的話太可惜了，於是邀請他和孩提時一樣一起去散步。他們騎著腳踏車奔馳到TM河的堤岸。太陽很刺眼，於是他們戴上太陽眼鏡，選擇跑向陰涼的是薰那顆心不在這裡的身體。杏樹凝視著河川的對面，然後詢問說：

「有時候會去看自己生長的城鎮嗎？」

「沒有。只有以前三個人的時候去過。」

「你要不要去對面看一下啊？」

薰不想配合杏樹的邀請。他似乎對父親初戀的舞台之興趣勝過自己的出生場所。

「野田藏人和松原妙子約會的地方應該是在更上游的地方吧？」

大概是在兩公里左右的上游吧。薰邀請杏樹，他們騎著腳踏車往上游飛馳而去。三十幾年前父親應該是和大女明星一起眺望的中洲島，經過十年前的洪水現在還殘留著。附近蓋了一棟很大的百貨公司，堤防和中洲之間有座橋，有很多人來散步。他們跨下腳踏車，渡過中洲。薰的背部在太陽的照耀下，杏樹看到他的背影被籠罩在光暈中，杏樹突然有一種不吉利的感覺，於是輕呼一聲：「薰！」回過頭來的薰那張令人看不清的臉，突然間讓杏樹說不出話來。弟弟眞美。相較之下，自己實在不配當薰的姊姊。這種美麗也讓她有一種不吉利的預感。薰以粗魯的聲音回答：「什麼事？」然後等待杏樹的回應。杏樹深深嘆了一口氣，按耐住心裡砰砰跳的感覺。

「你是我的弟弟吧？」

薰咬著下嘴唇笑著詢問：「妳想說什麼？」

「你不是說過你希望斷絕父子關係嗎？」

「這是開玩笑的。」

「可是爸爸說你的眼睛是很認眞的。」

薰冷笑一聲，然後背對著杏樹，凝視著河面上跳動的陽光。

「我只是說說而已。」

「爲什麼你會把沒有想過的事情說出來呢？請你老實說。」

「老實說的話，我想姊姊和爸爸大概會覺得很悲傷呢。」

「管他什麼悲傷或憤怒，你不說出來我們怎麼知道呢？」

薰斜眼窺視杏樹的表情，然後鬧情緒地說：

「在我盡了作爲常磐家兒子的義務後，如果父親同意的話，我想要恢復野田薰的名字。我要離開常磐的名字，離開常磐的名字就可以獲得自由。」

「如果一直都是以常磐爲姓，你不是可以自由很久嗎？」

「姊姊！妳不了解。我……」

薰呑呑吐吐突然嘆了一口氣。然後把猶豫丟給河川，他毅然決然地告訴杏樹：

「因爲不自由。」

這次輪到杏樹呑呑吐吐。

「打開冰箱時、拿到零用錢時都是這樣。我已經忍耐了十年的不自由。姊姊和母親對我很好。父親和祖母也會斥責我。大家都把我當作是常磐家的兒子來看待。我也想要當作常磐家的兒子。我在常磐家一直都在努力。但是我已經厭倦努力了。我這樣說或許有點寡情。」

將他應該說的事情說出來的薰，露出難為情的表情隱藏在逆光中，他走下河灘。杏樹有一點猶豫，然後在後面追趕，兩個人並肩坐在護岸的水泥地上。凝聽了一會兒飄忽的河流流過的聲音，追趕著飛鳥的影子。薰不停地眨眼，頻頻地搔癢他的耳後。這時候杏樹才第一次知道薰有上髮臘的嗜好。杏樹把手掌放在薰的背後，然後撫摸。她能夠感覺肌肉纖維的背部很熱。

「薰！你要好好地忍耐喔！」

杏樹努力著要以輕鬆的口吻說。薰的背部微微顫抖。就和第一次在常磐家過夜時的情形一樣，杏樹一直觀察著薰背後的成熟度。一個人在公園遊玩時，薰的背影簡直看起來像是背負著從遙遠過去的悲哀。現在他的背部已經變得堅強到能夠抵抗悲哀。不過，杏樹深知薰背後的肌肉除了悲哀以外好像還有什麼東西。

「我是不是能夠對常磐家有所貢獻呢？」

「眞是白痴！爲什麼你要介意這些事情呢？你看大哥葵。說是要爲常磐家，只不過是加速常磐家的沒落而已，不是嗎？」

「大哥這樣沒有什麼關係的。不管他是毀敗常磐家或是讓常磐家繁榮，都是他的自由。能夠否定常磐的只有常磐家的人。」

「薰！你沒有必要幫大哥擦屁股。你也不用去考慮到常磐家的未來什麼的。不過，你不要討厭常磐家的人。我不管你是常磐薰也好、野田薰也好，只要你是我的弟弟就好了。」

薰以嘶啞的聲音說：「謝謝你。」那是杏樹沒有聽過的聲音。然後隔了一會兒，他好像又在感謝什麼事情，再次說了一次謝謝你。

「第二次的謝謝是爲了什麼事呢？」

杏樹詢問。

「這次是爲了道歉。首先是姊姊同意讓我睡在妳的房間時，跟我說『明天你也可以睡在這裡喔！』那時候我沒有辦法說出聲來，所以沒有說謝謝。我一直很介意這件事，經過了十年後，我現在是要感謝那個時候的事情。現在如果不說的話，或許暫時就不會再說出口了。」

薰低下頭，把臉靠近杏樹的肩膀。杏樹把從來沒有見過這種撒嬌行爲的薰抱在自己的胸口，然後用臉頰摩擦他的太陽穴。現在薰就變成介於弟弟和男人中間的存在。杏樹在意識中好像要把什麼東西彈掉，一種現在所未曾感覺過的衝動一湧而出，令她不知所措。姊姊和弟弟之間在默默不語中的那種禁忌一旦解開後就消失了。就好像解開麻痺時那種發癢的感覺走遍背部。忽然察覺薰的左手正在杏樹的背脊畫線。

「啊！薰……」

杏樹宛如陷入很愉快的惡夢中似的，以嘶啞的聲音呼喚著剛剛還是弟弟的那個男人的名字。瞬間，杏樹心想，刺眼的太陽好像是爲了燃燒兩人而閃閃發光。杏樹所培育、所疼愛的薰突然間闖入現在還是空位的理想男人之位子上。杏樹已經沒有辦法拒絕薰了。如果薰願意的話，她要把自己的所有一切都給他。薰在杏樹的耳際輕聲私語：

「杏樹姊姊！」

杏樹制止接著要說什麼話的薰，嚅嚅說：「什麼都不要說了。」薰這樣的稱呼是表示他對常磐有一種複雜的想法。他對杏樹的信賴，使杏樹感覺到一種無法言語的衝動。

突然間，烏鴉的聲音劃破河原的上空，杏樹恢復了自我。她猛然吸了一口氣，就在身體變硬的瞬間，薰也驚覺自己正在撒嬌，於是從杏樹的身上把身體抽離，然後假裝咳嗽清清嗓子。薰的眼角沾著杏樹的口紅，杏樹用手帕幫他擦拭。薰和杏樹都很緊張，彼此沒有交換視線。

因爲討厭這種不愉快的沉默，杏樹說：

「你要去美國吧？薰！」

薰稍微睜大眼看著杏樹的眼睛，有點狼狽，然後以一種不是很確信的表情點頭。杏樹叮嚀地說：「你打算去吧！」薰小聲地回答：「我要去！」杏樹知道薰的思緒已經飛到不二子的身邊。杏樹沒有再追問。因爲如果提起不二子的名字，那麼靠近自己身旁的薰整個思緒就會被不二子掠奪。杏樹心想，薰只是要離開日本，想要到自己的祖父出生和長大的國家去看看而已。然後她把對不二子的妒忌封印起來。

在杏樹窺視到薰動搖心情的那一天之翌日起，薰開始準備旅行的事情。他向大學提出休學申請，申請了護照，並取得了簽證。在兩個禮拜內就準備好要出發的事情。在美國透過常磐商事駐美國的工作人員，安排他在大學當旁聽生。從有那間大學的城鎮到不二子住的波士頓，搭電車要兩小時，搭公車要三小時。

當茂從杏樹那邊聽到薰在常磐家感覺到不自由的事情時，不由得嘆息說：「是嗎？那樣的不自由嗎？他不斷地想要證明他是我們的兒子嗎？」他的聲音發抖，不斷地按住自己的眼角。這是杏樹第一次看到父親爲了薰哭泣的樣子。

對薰的憐憫，以及毫不掩飾身爲養父非常後悔的父親，他不允許薰恢復野田的姓。父親這樣告訴薰：

「如果你無論如何都想要變回野田薰的話，那麼你就把他當作筆名也好，當作一般通稱也好，這都是你的自由。不過，你的本名就是常磐薰。」

對於希望自己和他斷絕父子關係的薰，常磐家絕對不會和薰斷絕關係的。他以這樣的手段來處分他。薰在他的命令下，放棄了一切的反擊，然後遵守他的命令。

在出發的那一天，爲了送薰，四個人聚集在機場。杏樹、在相撲大會開始前放棄練習趕來的雲取山、在全國大學入學模擬考試第一名的伊能，以及日本第一大波霸女郎美智代也追著薰。

薰爲了安慰哭泣的美智代說：「啊！你就在機場的大廳背叛我們兄弟兩人。我來幫妳介紹朋友吧。一個就是二級力士、前途無量的雲取山，以及頭腦太好到有點愚蠢的伊能。他們兩個都很崇拜波霸。我可以預言說，美智代是世界上有戀母情結的人之偶像。」

「我本來是想說用付給我的遮羞費來買什麼東西給你的。你眞的很狡猾啊。就這樣逃走。你去美國又要爲別的波霸女揮霍。你眞是個沒膽的人。我就讓別的男人來吸我的乳房好了。」

高亢的聲音響徹整個大廳，美智代大吵大鬧。斜眼望著美智代的雲取山和伊能都啞口無言。不過，聽到她最後說的話，伊能說：「那就拜託妳了。」於是雲取山用手打伊能的臉，杏樹和薰都在爆笑中，美智代這才第一次看了一下伊能的側臉說：「搞什麼嘛，你這個青葫蘆！」**（註：嘲笑別人臉瘦、顏色青澀）**

美智代在薰消失在出國的大廳之前都一直緊黏在他的身邊不分離。她按著自己的胸部，珍惜片刻，頻頻吻著薰。終於到了要離別的時刻，薰一一和他們每個人握手，然後從美智代的身上脫身走下樓梯。馬上又像要回來拿什麼忘掉拿的東西似地跑上樓梯，靠近沒有正式說什麼道別話的杏樹，把臉靠近她旁邊，彷彿要跟她說什麼悄悄話，然後再度跑下樓梯。在那個數秒間到底發生什麼事呢？薰到底做了什麼事呢？沒有人知道，只有杏樹的唇知道。

8

「杏樹姑姑！妳也愛上爸爸了嗎？」

對於妳的問題，杏樹不願意回答，她的嘴閉得很緊，只是露出微笑。對於薰和藏人的事情巨細靡遺，可是一旦提到自己的事情，她就裝蒜說這已經是前一世紀的事情了。或者是她不願意對自己的感情說謊，所以有必要去吟味自己的記憶嗎？或者是在她記憶深處，那種難爲情甦醒，然後面對著二十歲的自己，她要一個人靜靜地去解開那時候的感情。

「那算是戀愛嗎？妳認爲呢？」

杏樹反問妳。

「以某種意義來說，不能算是戀愛吧？」

杏樹對於某種意義，露出一個意義深遠的微笑。

「啊！是啊！某種意義呢！」

「姑姑會不會對不二子考慮太多了？」

「我不是考慮太多。之後我一直反覆反省那一天的事情。我究竟是用什麼樣的心情去抱住薰呢？我那時候所感覺到的不吉利是什麼呢？而且薰那時候對我有什麼要求呢？」

杏樹似乎正在屏神傾聽從遙遠過去傳來的聲音。就和那時候的薰同樣年齡的妳是這麼認爲的：

沒有血緣關係的兩個人，從一開始雖然不用有什麼禁忌，但是十年間一直扮演著姊弟關係的兩個人，是沒有辦法這麼容易就越過這個藩籬的。即使薰出入常磐家有資格當杏樹的戀人，但是杏樹選擇讓薰永遠的當弟弟。這樣的話，杏樹就可以更加長久地愛薰，然後不會分離。

杏樹聽了妳的意見承認說：「我也曾經這麼想過。不過現在不一樣了。」

「如果藏人先生爲了和松原妙子的關係能夠延長，照妳所說的那樣去做就好了。不過，薰和我的情形不一樣。從結果來看或許是這樣，不過那時候我認爲薰是活在刹那間的感情。那時候在TM河的河邊，除了我和薰之外還有另外一個人。」

「另外一個人？」

「是不二子小姐啊。薰將眼前的我和不在那裡的不二子小姐重疊在一起。也就是說我是不二子小姐的替身。」

薰的戀愛還沒有結束。隔著太平洋，不，是被隔開了，所以薰的戀愛才能延長。薰和不二子分離已經過了五年了。蝴蝶夫人等待平克頓三年之後，遭到對方的背叛，她把自己的戀愛殺死。可是薰過了五年還是不死心。

「因爲他們有交換寫信。就在薰繼續寫詩和唱歌的時候，戀愛也還持續著。不過，到了有一天不二子就消失了。所以迄今還沒有辦法平靜下來的薰就停止了他的舉動。失戀之後就被爬出來的憂鬱蟲侵蝕。那是我的誤解，其實戀愛只是在冬眠。」

「薰桑從冬眠中醒來了吧。」

「結束的是薰的少年時代。戀愛越過了少年天眞無邪、憧憬的門檻，轉變成大人發狂的想法。這麼一想，就足以說明薰的幽默和他採取無謀的行動。他大膽地解決了常磐家的危機，只不過是想要證明他已經是大人了。那麼他就有資格愛不二子，然後他由蛹變成成蟲。那一天，薰在河邊讓我看到的是身爲弟弟的最後那張臉。在我的記憶中，那是最初他在常磐家過夜那晚所看到、謹愼的臉。震動的背部和在河邊看到的那一張臉重疊在一起。」

「杏樹姑姑！妳爲什麼不把薰桑留下來呢？如果妳愛薰桑的話。妳應該不要讓他去美國的啊！」

「啊！文緒！妳忘了一件很重要的事。如果我把薰留下來，薰就不會遇見妳的母親囉！也是說，妳之所以會在這裡是因爲我那時沒有留住薰。」

「或許是這樣子吧。」

總覺得令人有一種著急的感覺，但是妳無法用言語來表達。不過，杏樹已經把你的心情表達出來了。

「妳說出了一個戀愛的女人應該要做的事。謝謝妳！老實說，我實在不想放棄薰。可是，薰是我的弟弟，我是比誰都能和他長久在一起度過歲月的女人。不過，我沒有辦法阻止薰的戀愛。即使我愛薰，我也知道他的戀愛是會有不吉利的後果。」

聽到不吉利的後果，妳突然想起薰的墳墓上面亂寫的那些字。到底兩人之間發生了什麼事情呢？

「薰桑的戀愛沒有完成嗎？」

「現在下結論還太早。因爲薰的戀愛到了西元兩千零十五年的今日也還在持續中。」

戀愛還沒有結束！？妳必須要聽到最重要的事情。戀愛的當事人一方行蹤不明。不過，不二子小姐現在在什麼地方？做什麼呢？

「不二子小姐去了薰沒有辦法去的地方了吧。」

杏樹正面對著妳的臉，靜靜地點頭。妳覺得不只是自己的表情，連無意識的深處都被看穿似的，不由得全身戰慄不已。杏樹看不見的眼中一定映出了現在、過去以及未來兩人的身影。

「不二子小姐現在就在沒有人能夠靠近、一個寧靜的森林生活。人們把那個森林叫做皇居。」

薰十八歲和蝴蝶夫人殺死自己戀愛是相同的歲數。他想要讓自己的戀愛甦醒。從蝴蝶夫人之後數來第四代，薰確實有繼承戀愛的遺傳因子，然後想讓它開花。蝴蝶夫人沒有夢見結尾的夢吧。她沒有想到自己的戀愛也會左右了遙遠未來的祖孫之戀愛。戀愛使喜怒哀樂歪斜、毀壞理性，甚至還有喪失生命的危險。沒有結束、沒有毀滅，今天又有某個別人在重複著同樣的一件事。即使戀人已經死了，但是他們沒有滿足的慾望還會持續到未來，在被遺忘的時候甦醒。

「無限卡農1」完

二〇〇〇年八月十五日

後記

當我想到已經寫了將近二十年的小說時，不禁想抱著頭。我的確寫了很多我自己也想閱讀的東西。每隔六年我就會努力要改變一下風格。對於歷史或社會的不平依然義憤塡膺。因爲對於忘掉過去的事情覺得很恐怖，所以就很努力地跟在「現在」的旁邊。由於很早就出道，所以有一點恍惚。加上對前輩的批評比別人更加緊張一倍。不過，我一直在反省自己是不是寫了還沒有人能夠寫的小說呢？

我在四十歲以前，正面去面對這個創作上的問題，開始構想要如何寫出長篇小說。那是一九九七年的事情。由於在文藝雜誌等連載，我對於戀愛充滿著妄想。首先我洗鍊出自己的過去，也曾有過幾個認爲自己會有和現在完全不一樣人生的戀愛。而且我也想過要跟歷史有關的戀愛。當然，我也涉獵無數個到現在爲止所寫過的戀愛。然後，我終於發現了只有自己可以寫的戀愛，基於這樣的想法，那將是一個更加危險、甜美、艱辛、難以描寫的戀愛。如果那個戀愛實現的話，我確信那將是個使歷史完全改觀的戀愛。

我希望這個戀愛是以二十世紀的百年歷史爲背景，然後開花。因此，我打算以二十世紀無法依靠的戀人們之故事爲雛型。

當然，書沒有辦法立刻就完成。我必須發明解說人，把跟戀愛有關的感情全部蒐集起來。蒐集了超過千個細部，經過吟味、組合，然後才能安排出戀愛。這個令人難忘的戀愛既沒有資料也沒有證據。爲了要發掘，只能動員小說家的那種感覺。於是，我傾全力在這部作品上。我想作的就是把它變成一部小說。

被遺忘的戀愛有一個，還有一個，然後由盲人的說故事者來述說這個故事。歷史是戀愛的墳場嗎？還是因爲要抹滅戀愛所以歷史就被註記了呢？不過，戰爭、政治和陰謀都跟戀愛脫離不了關係。

二十一世紀的戀愛隨著二十世紀的戀愛之結束而開始。

《彗星住民》承蒙新潮社出版部的矢野優先生、《新潮》雜誌編輯部的風元正先生、新潮社的多位負責人，以及打字的義江邦夫等人的協助，始得見到陽光。藉此我想表達謝意，跟新的讀者說聲：「讓你久等了，」跟從以前就一直支持我的老讀者說聲：「好久不見了。」

二〇〇〇年十月十五日
島田雅彥

※新寫的部分七百五十五張。包含將〈三聲的尋求曲〉（《新潮》一九九九年新年號）及〈無限卡農〉（《新潮》一九九九年五月號）的內容潤飾而成的東西。

※關於蝴蝶夫人的父親之死亡年月日的記述，參考約翰・盧特・隆著／古崎博譯《原作蝴蝶夫人》（長崎衛斯理公會短期大學刊）中古崎先生的調查。

※其他尚受到 Helen Miarz 著／伊藤延司譯《美國的鏡子・日本》（Media Factory 刊）、塚田美智子編譯的《Symbol 詩集》（土曜美術社出版銷售刊）、鶴見俊輔編《日本的名隨筆別卷九十七／昭和一》（作品社刊）所收錄的隨筆，及許多書籍的啓示。

J文學賞

彗星住民

作者◆島田雅彥
譯者◆沈曼雯
發行人◆王學哲
總編輯◆施嘉明
責任編輯◆林羿君
美術設計◆吳郁婷

出版發行：臺灣商務印書館股份有限公司
台北市重慶南路一段三十七號
電話：(02)2371-3712
讀者服務專線：0800056196
郵撥：0000165-1
網路書店：www.cptw.com.tw
E-mail：cptw@cptw.com.tw
網址：www.cptw.com.tw

局版北市業字第 993 號
初版一刷：2006 年 4 月
定價：新台幣 380 元

ISBN 957-05-2040-X

彗星住民 ／ 島田雅彥著 ； 沈曼雯譯. -- 初版.
-- 臺北市 ： 臺灣商務, 2006[民 95]
面 ； 公分. -- (J 文學賞)

ISBN 957-05-2040-X(平裝)

861.57 95003177